철인의 자전거
그리고 산티아고

# 철인의 자전거 그리고 산티아고

| 발행일 | 2020년 4월 15일 | | |
|---|---|---|---|
| 지은이 | 김영일 | | |
| 펴낸이 | 손형국 | | |
| 펴낸곳 | (주)북랩 | | |
| 편집인 | 선일영 | 편집 | 강대건, 최예은, 최승헌, 김경무, 이예지 |
| 디자인 | 이현수, 한수희, 김민하, 김윤주, 허지혜 | 제작 | 박기성, 황동현, 구성우, 장홍석 |
| 마케팅 | 김회란, 박진관, 장은별 | | |
| 출판등록 | 2004. 12. 1(제2012-000051호) | | |
| 주소 | 서울특별시 금천구 가산디지털 1로 168, 우림라이온스밸리 B동 B113~114호, C동 B101호 | | |
| 홈페이지 | www.book.co.kr | | |
| 전화번호 | (02)2026-5777 | 팩스 | (02)2026-5747 |

| ISBN | 979-11-6539-159-1 03810 (종이책) | 979-11-6539-160-7 05810 (전자책) |
|---|---|---|

이 도서의 국립중앙도서관 출판예정도서목록(CIP)은 서지정보유통지원시스템 홈페이지(http://seoji.nl.go.kr)와
국가자료공동목록시스템(http://www.nl.go.kr/kolisnet)에서 이용하실 수 있습니다.
(CIP제어번호: 2020014887)

인생의 위기를 기회로 반전시킨
한 중년 직장인의 자전거 대장정 2,500km

# 철인의 자전거
## 그리고 산티아고

김영일 지음

북랩 book Lab

이 책을 윤춘자 님께 바칩니다.

엄마 사랑합니다….

# 프롤로그

:

"뭐 할까?"
"여행이나 다녀오든지…"
"어딜?"
"산티아고 순례길 어때?"

　회사의 경영 사정으로 2개월 동안 휴직하게 되었습니다. 금전적인 타격은 불가피했지만, 어쩌면 다시 찾아오지 않을 기회로 받아들였습니다. 우리나라에서 저와 같은 50대 중년의 직장인이 두 달이라는 시간을 갖는다는 것은 어찌 보면 꿈같은 이야기이기에 아내의 이해와 전폭적인 지원이 없었다면 이번 자전거 여행은 한낱 일장춘몽에 그쳤을 겁니다.

　자전거와의 인연은 2010년, 철인3종경기 대회 출전을 준비하면서부터 시작되었습니다. 첫 대회의 자전거 180.2㎞는 정말 고역이었습니다. 등으로 내리쬐는 한여름의 땡볕과 길바닥에서 올라오는 후끈한 지열로 체력은 금방 고갈되기 시작했고, '대체 이게 뭐 하는 짓인가!'라는 후회와 푸념이 밀려왔습니다. 하지만 자전거는 탈수록 묘한 매력을 발휘했고, 덕분에 우리나라 곳곳을 국토 종주나 장거리 훈련이란 이름으로 유랑할 수 있었습니다. 우리나라는 참 아름다운 곳입니다. 시간이 흐를수록 '어떻게 하면 자전거로 더 빨리 달릴 수 있는가?' 보다는 자연 속에 둘러싸여 달리는 것 그 자체가 더 마음에 와닿게 되어 자연스럽게 자전거 여행에도 관심을 갖게 되었습니다.

빠른 것보다는 여유로운 것을 좋아합니다. 그래서인지 어릴 적부터 혼자 강둑이나 마을 주변을 걷곤 했습니다. 프랑스 샤모니에서 출발해서 이탈리아와 스위스를 돌아오는 몽블랑(Tour de Mont Bloc) 트레킹과 히말라야 안나푸르나 베이스캠프(Annapurna Base Camp) 트레킹도 다녀왔습니다. 이러한 저의 취향과 경험이 무의식중에 '산티아고 순례길'을 마음속에 품게 한 것인지도 모르겠습니다. 산티아고 데 콤포스텔라(Santiago de Compostela, 이하 산티아고)에서 한 달여의 여정을 마무리 짓는다고 생각하니 설레기도 했습니다. 여행 기간, 이동 거리 그리고 날씨 등을 고려하며 몇 번의 번복 끝에 출발지는 스위스 취리히로 낙점했습니다. 여행용 자전거를 사고, 예상되는 돌발 상황까지도 대비하여 나름 꼼꼼하게 준비했지만, 막상 출발일이 다가오니 한 달이 넘는 시간을 혼자서 버텨야 한다는 부담감이 커져갔습니다.

38일간 2,500㎞를 달리면서 몹시도 외로웠고 몹시도 그리웠습니다. 그때마다 떠오르는 얼굴들을 생각하며 자식으로서, 남편으로서, 그리고 아버지로서의 삶을 되돌아보았습니다. 그리고 달리면서 바람과 함께 무심히 스쳐 가는 생각에도 애착이 갔습니다. 그런 작은 마음들을 간직해 두었다가 평균 8시간, 80㎞ 이상의 라이딩 일과를 마친 후에 블로그에 매일 담았습니다. 제때 담아 두지 않으면 감정은 휘발성이 강해 금방 날아가 버리기 마련입니다. 덕분에 어떤 날은 자전거를 타러 왔는지, 아니면 일기를 쓰러 왔는지 분간이 되지 않았습니다. 하루하루를 버티기에 급급할 것 같았던 날들이 저의 의지와는 상관없이 그렇게 귀중한 시간으로 변모해 갔습니다.

어느 날 비바람을 맞으며 프랑스의 한 마을을 지나고 있을 때 '이번 여행을 혼자만의 추억으로 간직하기에는 너무 아깝다.'라는 생각이 문득 들었습니다. 지금 생각해 보면 오기에 더 가까웠던 것 같습니다. 그래서 블로그에 올렸던 여행기를 다듬고 정리해서 이렇게 책으로 내놓게 되었습니다. 일부러 사진은 많이 담지 않았습니다. 한 장의 뚜렷한 이미지보다는 감성으로 그 시간을 추억하고 싶었기 때문입니다. 혹 사진이 궁금하신 분들은 제 블로그에서 '2019 유럽 자전거 여행' 편을 참조하시면 됩니다.

글은 여러 형식으로 구성되어 있습니다. 일인칭 주인공 시점으로 적어 가다 아내에게는 편지로 적었습니다. 그러다 프랑스 리옹에 도착한 이후로는 외로움을 덜기 위해 누군가에게 이야기하듯 써 내려갔습니다. 형식만 바꿨을 뿐인데도 많은 위로가 되었습니다. 고맙게도 적지 않은 분들이 '그대가 되어' 저의 글을 읽어 주셨습니다. 그동안 마음에 품고만 있었던 미안함과 깊숙이 내재해 있던 아픔을 편지에 담아 동생들과 아버지께도 드렸습니다. 그것이 저에게는 성찰의 시간이 되기도 한 것 같습니다. 책을 준비하는 과정 내내 그때의 기억과 감정이 선명하게 떠올라 행복했습니다.

　그럼 저의 작은 이야기를 시작하도록 하겠습니다.

# 차례

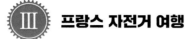

# III 프랑스 자전거 여행

# Ⅳ 산티아고 순례길

# I 출발

## 3월 30일(토):
### 22년여 만의 방학

어제 종업식을 했다. 학창 시절만큼이나 요란할 것은 없었다. 두 달 동안 주인의 손길이 닿지 않을 필기구와 책상 위에 놓인 애장품들을 서랍에 넣어 두는 것으로 족했다. 작년 연말에 예고된 방학이며, 직장생활을 시작한 지 22년여 만에 맞이하게 된 방학이다. 어제 아파트 이웃들과 함께 방학을 축하하는 자리에서 알차고 건강한 방학 생활을 다들 응원해 주었다. 하지만 주위 분들의 격려 자리도 어제를 끝으로 마무리하기로 마음먹었다. 연일 술자리가 계속되다 보니 컨디션 조절이 힘든 게 사실이다.

몇 개월째 계획해 오던 방학 계획표를 오늘부터 마무리하기 시작했다(이제 남은 시간이 없다). 구글 지도에서 정리했던 자전거 이동 경로를 KMZ 파일로 저장했고, 자전거용 내비게이션 앱인 구루맵스(Guru Maps)에서 확인도 해보았다. 여태껏 경험해 본, 2주가량의 여행들에 비해 챙기고 신경 쓸 게 많았으며 걱정스러운 것이 한둘이 아니었다. 모든 것을 혼자 해내야 하는 솔로 여행에 대한 부담감이 서서히 커져 천지를 덮은 벚꽃에도 눈길 한 번 주지 못했다. 오전에는 이것저것 정리하다 여행 출발지인 취리히

철인의 자전거 그리고 산티아고

(Zurich)의 일기예보를 확인하고는 힘이 쭉 빠져 버렸다. 도착 전 날부터 비가 내리기 시작하고 예상 기온은 영상 0~5도로 예측되 었다. 야영을 위해 미리 알아봐 둔 캠핑장을 포기하고 숙소를 따 로 알아봐야 하며, 라이딩용 의류도 겨울용으로 바꿔야 할 처지 다. 마음을 더 차분하게 가져야 할 것 같다.

'어디든 세상살이는 매한가지일 거다. 비 오면 비 맞고, 추우면 어디선가 잠시 몸을 녹이면 되니 미리 걱정할 필요는 없다.'

출장을 다녀오며, 매년 5월에 열리는 '모교 실험실 방문의 날' 행사에나 찾아뵈었던 지도교수님께 인사를 드렸다. 올해는 참석 할 수 없는데 다행이었다. 아버지 산소에도 들러 절을 올렸다. '장남 무사히 다녀오겠습니다…'

이제 즐길(?) 일만 남았다. 누구를 만나 어떤 시간을 보내게 될 지, 두 달 후의 내 모습은 얼마나 바뀌어 있을지 자못 궁금해진다.

Are you ready?

p.s.
야야가 오늘(3. 31.) 아침, 자췻집에 가기 전에 응원 케이크를 사 왔다. 생일 축하곡의 리듬에 맞춰 "잘 다녀오세요"로 합창을 했다. 민승이는 전날 음주로 침대에서 나오질 못했다.

## 4월 3일(수):
## 스탠바이

　수험생은 시험 직전까지 책을 놓지 못하고, 보고자는 보고 전까지 발표 자료를 다듬는다. 그럼 여행자는?

　적지 않은 시간 동안 여행 준비를 해 왔지만 미흡한 게 너무 많았다. 부족한 건 상황을 봐 가면서 해결하자고 마음먹고 준비를 마무리했다.

　방학 첫 3일은 의외로 바빴다. 미루고 있었던 자동차 검사도 받고 엄마 식사도 도와드렸다. 그리고 불편했던 오른쪽 아랫니도 치료했다.

　공항에 가기 전에 '알톤자전거' 대리점에 잠시 들렀었다. 구매 후 지금까지 달린 거리는 길지 않지만, 자전거 여행을 하면서 브레이크 패드를 한두 번은 교체해야 할 것이기 때문에 미리 새것으로 바꾸어 두는 것이 좋을 것 같았다. 자전거 전문가인 우식이의 조언을 받아들인 결과이기도 했다. 하루 마수걸이로는 성에 차지 않는 듯, 대리점 사장에게서 친절함은 찾아볼 수 없었다. 패드 교체를 위해 들른 손님에게 사장은 패드만 내밀었다. '2,400~2,500㎞나 되는 장거리를 탈 사람이 브레이크 패드도 손

수 교체하지 못하느냐'는 핀잔과 함께. 브레이크 패드는 예비품으로 벌써 장만해 두었기 때문에 시간만 허비한 셈이었다.

김해공항에 자전거를 가져가 포장을 한 후, 뒤쪽 패니어(pannier) 가방 두 개와 랙팩(rack pack)을 3층 수화물 보관소에 맡겨 두었다. 자전거 포장을 위해 핸들과 페달을 분해할 것이라는 예상과 달리, 자전거에서 리어랙(rear rack)과 앞 흙받이, 그리고 안장만 분해하여 포장 상자에 넣었다. 다른 자전거보다 작아서 그렇게 할 수 있었다는 답변을 들었다. 사진으로만 보다가 막상 자전거가 포장되는 모습을 직접 지켜보니 야릇하기도 했다.

패니어 가방 2개와 랙팩의 무게만 17kg이 넘었다. 따로 챙겨가는 노트북과 배터리팩 등을 합치면 20kg 가까이 될 것이고, 여기에 핸들용 가방, 1.5ℓ 물병과 0.7ℓ 물병 두 개를 다운 튜브와 포크에 장착된 케이지에 꽂는다면 자전거에 싣는 짐만 25kg이 넘을 것 같다. 야영할 거라고 챙겼던 텐트와 다른 장비들을 날씨 때문에 포기하길 잘했다.

공항에서 돌아온 후, 패니어 가방에 넣어 둔 펑크 수리용 접착제가 찜찜해서 확인해 보니 인화성 물질이라 비행기 반입이 안 된다고 했다. 다시 공항에 가서 보니, 접착제 튜브에 인화성 물질임을 뜻하는 불꽃 그림이 그려져 있었다. 내 것과 같은 체인 오일을 비행기에 싣고 갔다는 유경험자의 글만 읽고 물질안전보건자료(MSDS)를 준비하지 못한 탓에 체인 오일도 위탁 수화물에서 빼내야 했다. 검사소 여직원이 오일과 같은 애매한 화학제품은 제조사로부터 미리 MSDS를 받아, 탑승 전에 항공사로부터 탑재 가능 여부를 확인받아야 한다고 친절하게 설명해 줬다. 덕분에 하루에 김해공항을 두 번씩이나 왕복해야 했지만, 액땜이라 생각했다. 내일 탑승 준비를 하면서 오늘 감당한 일들과 맞닥뜨렸다면 훨씬 더 당황했을 것이다.

아내는 새벽 4시 알람을 맞춰 놓고 잠이 들었다. 기분이 묘하다. 고등학교 시절, 어둑한 일요일 저녁에 하숙집으로 향하는 완행버스에서 느꼈던 그 우울함이다. 집이 무척이나 그리웠던 그 시절. 이번에는 이겨 내겠지. 아니 이겨 내 보자!

철인의 자전거 그리고 산티아고

## 4월 4일(목):
### 출발

잠이 오지 않아 뒤척거렸다. 영화도 내려받을 겸 그냥 밤샐 까도 생각했었다. 그러다 잠이 들었던 것 같다. 새벽 4시 알람 소리에 잠을 깬 아내가 나를 깨웠다. 조금 더 자고 싶어 10여 분을 침대에서 더 보내다 샤워를 했다. 공항까지 배웅하려는 아내를 집에서 쉬게 하고 택시를 호출했다. 생각보다 택시가 일찍 도착하는 바람에 찐한(?) 인사는 나누지 못했다.

이른 시간이라 도로가 한산한 덕분에 김해공항 국제선 터미널까지 30분이 채 걸리지 않았다. 터미널에는 여러 부류의 사람들이 아침을 밝히고 있었다. 5시 40분에 문을 여는 3층 수화물 보관소 앞에 카트를 대기시켰다가 조금 일찍 출근한 여직원 덕분에 자전거와 가방들을 빨리 찾을 수 있었다. 여분으로 가져간 휴대용 수리 공구는 여직원의 도움으로 자전거 상자에 넣었다. 어제도 느꼈지만, 수화물 보관소에 근무하는 'CJ대한통운'의 직원들은 모두 친절했다.

시간이 넉넉한 건 아니었지만 예전부터 찍어 보고 싶었던 사진을 촬영하는 여유를 가졌다. 근처에 있던 청년에게 자전거 상자를 실은 카트를 부여잡고 있는 내 모습을 찍어 달라고 부탁했다. 자전거 여행가라면 공항에서 누구나 찍는 인증사진이다.

대한항공 모닝캄 회원이라 자전거 상자를 포함한 두 개의 위탁 수화물을 무료로 부칠 수가 있었다. 자전거 상자는 직원이 수화물 검사장까지 직접 가져다주었다. 진행은 대체로 순조로웠고, 항공사 직원들에게서도 친절함을 느낄 수가 있었다. 티켓팅할 때 직원이 "취리히에 폭설이 예상되어 항공기가 지연될 수도 있다"라고 한 것이 옥에 티였다.

일사천리로 진행되던 출국 절차는 마지막에서 멈췄다. 안내 방송에서 내 이름이 호명되는 것 같아 근처 보안검색대 직원에게 문의하니 나를 찾는 게 맞는다고 했다. 위탁 수화물 검사소에 가니 가방 세 개가 든 종이 상자 안에 라이터가 있다고 했고, 두 개의 패니어 가방 밑에 깔린 랙팩의 상단 부분에 있다고 콕 집어 말해 주었다. 짐을 풀어 확인해 보니 패딩 조끼 주머니에 난 구멍 속으로 라이터가 흘러 들어간 것이었다. 라이터를 찾는 데 많은 시간을 지체하지 않도록 해준 노련미와 땀 삐질 흘리며 다시 짐을 싸는 나를 도와주는 친절을 두루 겸비한 여직원이 진심으로 고마웠다. 아무튼, 어제는 공항에 두 번씩이나 다녀오고 오늘은 수화물 검사소도 다녀오는 영광을 누렸다.

인천공항 2터미널의 첫인상은 깔끔했다. 아침 식사를 하러 대한항공 라운지에 가니 식사 시간이라 제법 많은 사람들이 자리를 차지하고 있었다. 볶음밥과 컵라면으로 식사를 하면서 여러 단톡방에서 날아드는 안부와 응원 메시지에 답했다. '성원에 힘입어 좋은 시간을 보내리라…'.

라운지의 빠른 무선 인터넷 속도 덕분에 미뤄 두었던 몇 편의 영화를 내려받을 수 있었다. GPS 경로 외에 별도 준비한 경로파일(구글 지도에서 작성한 후 다운로드한 KMZ 파일)을 구루맵스에서 테스트해 봤는데 제대로 읽히지 않았다. 예비 휴대폰으로 가져가는 갤럭시 노트3에서 확인했기 때문에 당연히 갤럭시 노트8에서도 읽힐 것이라 확신한 것이 착오였다. 하는 수 없이 그것을 대체할 오프라인용 구글 지도를 다운로드했다. 여행 전에 확인된 것만으로도 위안이 되었다.

빈손으로 찾아가서 공짜 잠을 청할 수는 없는 노릇이라서 용(Yon) 형 부부에게 줄, 전통 혼례복 차림의 작은 인형 한 쌍을 샀다. 마지막으로 장인어른께도 전화로 인사를 드렸다.

자! 이제 출발이다.

## 4월 4일(목):
## 더 늦기 전에 사랑한다는 말을…

살아오면서 '사랑한다'라는 말에 궁색했다.

말하지 않아도 알 것이다?

나이 들면서 이심전심이라는 말에 왠지 회의감이 드는 게 사실이다. 표현하지 않으면 알 도리가 없다. 사랑 표현에 대한 마음이 바뀌니 조바심이 생긴다. 살아온 날보다 남아 있는 시간이 더 짧다는 생각과 지금이라도 하지 않으면 나중에 가슴 치며 후회할 것 같다는 예감이 밀려온다.

무엇이든 인생에는 연습이 필요하다. '사랑한다'라는 말도 예외일 수는 없다. 낯선 길에서 자전거 페달을 밟으며, 낯선 곳에서 하룻밤을 보내며 그리운 이들이 떠오를 때마다 연습하자.

사랑합니다.
사랑하오.
사랑한다….

## 4월 4일(목):
## 취리히행 비행기 안에서

왜 이리 긴장되지? 한 달이 넘는 기간 때문에?

아니다. 장기 출장 때는 이러지 않았다.

그럼 혼자여서?

그런 것 같다.

동행이 있으면 위안이 될까?

말동무라도 있었으면 좋겠다.

나만 외로움을 많이 타는 걸까?

그건 아닐 거다.


자신감이 점점 상실되어 간다. 도착 2시간 전에는 잠시 멘탈 붕괴도 왔었다. 짐을 찾고, 자전거를 조립하고, 궂은 날씨로 자전거 대신에 숙소 근처까지 버스를 타고 가야 하고, 어둑해진 저녁에 숙소를 찾아가야 한다. 부담스러운 일이다.

'잘 해낼 수 있을까?'

자전거 조립은 익숙하지 않아 시간은 지체되겠지만 할 수 있을 것 같고, 버스에 자전거와 가방을 싣는다고 오르락내리락하겠지만 크게 문제 될 것은 없을 것이다. 버스비는 기사나 주변 사람들에게 물어보면 될 일이고, 내릴 버스 정류장은 한 번 더 확인해야겠다.

두 끼의 식사와 한 번의 간식, 그리고 영화 세 편(안시성, 명당, 성난 황소).

스위스를 일주일간 여행할 두 자매 옆에서 그렇게 12시간을 날아가고 있다. 우리와 7시간의 시차가 있고, 현재 비 오고 기온이 영하 2도라는 그곳, 취리히로.

# 4월 4일(목):
## 순조로웠던 첫 일정(취리히 공항 - 클로텐 숙소)

비행기가 착륙할 즈음에 옆자리에 앉았던 두 자매 중 언니가 당 떨어지면 먹으라면서 밀크캐러멜 한 통을 주셨다. 앞선 대화에서는 나를 위해 매일 기도하겠다고도 하셨다. 나는 패키지여행을 하실 그분들이 부러웠고(동행이 있어 심심하지 않을 것 같아), 그분들은 홀로 자유여행을 앞둔 나를 부러워했다.

비행기에서 내려 공항철도를 타고 메인 터미널로 갔다. 철길은 양방향으로 되어있었는데 뭘 탈까 두리번거리다 단체 여행객을 따랐다. 예상외로 취리히 공항은 한산했다. 여권에 스탬프 찍는 것으로 입국심사는 간단히 끝났고 짐도 금방 찾을 수 있었다. 자전거 상자도 다른 짐들과 같은 컨베이어로 나왔다. 주변에 있던 두 자매 중 동생께 기념사진을 부탁드렸다. 다가오는 혼자만의 시간을 조금이나마 늦추기 위해 그리 한 것인지도 모르겠다.

공항이 한산한 덕분에 아무 데서나 자전거 조립을 할 수 있었지만, 의자가 있는 구석진 곳을 택했다. 블로그에서 본 것처럼 손톱깎이(손톱깎이는 기내 반입이 되기 때문에 위탁 수화물로 보내야 하는 칼의 기능을 어느 정도는 대신할 수 있다)로 자전거 가방이 들어 있는 종이 상자의 끈을 끊고 테이프를 제거한 후 가방 세 개를 꺼냈다. 랙팩에 둔 멀티툴을 찾아서 자전거 상자를 폼 나게 해체하려 했는데 가방을 온통 다 뒤져 봐도 그 녀석을 찾을 수 없었다. 짐작건대 김해공항에서 위탁 수화물 재심을 받으면서 그곳에 둔 것 같았다. 하는 수 없이 손톱깎이를 다시 사용해야 했다. 이때부터 땀이 나기 시작했다. 그 와중에 카톡으로 도착 사실을 가족들에게 알렸고, 아내와 야야가 늦은 시간이었지만 화답해 주었다. 자전거를 조립하느라 이야기를 길게 나누지 못했다.

핸들과 페달은 조립된 상태로 실려 왔기 때문에 안장, 리어랙 그리고 앞 흙받이만 순서대로 조립하니 어려울 게 없어 3~40분 만에 조립을 마쳤다. 종이 상자 두 개는 쓰레기통 옆에 두었다. 지나다니는 직원이나 환경미화원도 내가 조립할 때나 종이 상자를 둘 때도 아무런 반응을 보이지 않았다. 그냥 '동양인 남자 한 명이 저기서 자전거를 조립하고 있구나' 정도로 생각하는 것 같았다.

자전거를 끌고 공항 밖으로 나오니 날씨가 싸해서 옷깃을 여며야 했다. 어두운 데다가 비까지 내리고 있었다. 숙소까지 자전거로 가기는 무리여서 버스를 타기 위해 정류장을 찾았다. 이정표를 따라갔는데도 찾을 수 없어 주위를 몇 바퀴 돌다 건물 밖으로 나가 주변에 있던 아저씨에게 도움을 청했다. 그 아저씨도 초행이었지만 친절하게도 나와 같이 정류장의 위치를 찾아주었다. 문제는 위층으로 이동하는 것이었는데 엘리베이터가 보이질 않

철인의 자전거 그리고 산티아고

아 과감하게 에스컬레이터로 자전거를 옮겼다. 혹시나 에스컬레이터 모서리에 자전거 타이어가 찍힐 수도 있어 조심했다.

735번 버스 앞에서 담배를 피우고 있던 기사 아저씨를 만났다. 차비는 자전거 운송비와 함께 현금으로 5CHF(스위스프랑)을 지급하면 된다고 했다. 목적지인 하들렌(Hardlen) 정류장까지 10여 분이 걸렸다.

정류장에 내려 구글 지도로 숙소 위치를 확인했지만, 방향을 제대로 잡기가 어려웠다. 다행히 지나가는 아저씨에게 길을 물을 수 있었다. 그 아저씨는 비 오는 저녁에 조깅을 하고 있었다.

숙소 근처에 도착한 것 같은데 정확한 위치를 찾을 수 없었다. 두리번거리다 숙소에 전화했는데 자동응답기 음성만 들려서 난감했다. 에어비앤비(Airbnb) 앱의 메신저로 근처에 와 있다고 메시지를 보내도 인터넷 신호가 약해서인지 전달이 되지 않았다. 그러던 차에 주인이 집 근처에서 나왔다.

자전거는 1층 창고에 두고 엘리베이터를 타고 2층으로 올라갔다. 주인은 사용할 방과 화장실을 친절히 안내해 주었고, 저녁 식사용 피자도 주문해 주었다. 잃어버린 멀티툴을 근처에서 살 수 있느냐고 물어보니 없다고 했고, 조금 후 자기가 가지고 있던 새 스위스 군용칼(일명 맥가이버칼)을 내게 보여 주었다. 처음에 주인도 가격을 몰라 60CHF을 불렀고 너무 과한 것 같아 50CHF으로 흥정했다. 그 가격도 비싸다고 생각되었지만, 일부러 사러 다녀야 하는 수고를 덜 수 있었기에 만족하기로 했다(집에 몇 개나 있는데).

샤워하고, 배달된 피자(14CHF)를 먹고 침대에 누우니 세상 부러울 것이 없었다. 첫 여정을 나름 순조롭게 마친 것 같아 다행이다. 내일은 비가 내리지 않는다고 하니 첫 라이딩을 매끈하게 시작해 봐야겠다.

잘 자시오.
사랑하오.

철인의 자전거 그리고 산티아고

# Ⅱ 스위스 자전거 여행

## 4월 5일(금):
### 역사적인 첫 라이딩(클로텐 - 올텐)

6시쯤으로 생각되어 더 자려 했는데 시계를 보니 2시 40분이었다. 조금 뒤척이다 그냥 일어나버렸다. 방과 연결된 베란다에 나가 보니 싸했지만 비는 오지 않았다. 체크아웃 시간(오전 8시)까지는 시간이 많이 남아 자전거 가방 세 개에 든 짐을 모두 꺼내 정리했다. 부피나 무게를 줄이기 위해 안간힘을 썼으나 포기할 만한 것은 치약과 칫솔 보관용으로 가져간 플라스틱 통과 작은 종이 상자 몇 개가 전부였다.

여행용 어댑터를 두 개 챙겨 갔는데 인천공항에서 비상용으로 하나 더 샀다. 30$짜리와 20$짜리가 있었는데 둘 다 USB 코드를 바로 연결할 수 있어서 싼 것을 선택했다. 그런데 전날 어댑터에 꽂아 둔 스마트폰 충전이 덜 되어있어 확인해 보니 충전 속도가 엄청 느렸다. 새로 산 어댑터의 USB 기능은 아예 무용지물이었다. 현지용 USB 충전기를 사야 할 것 같다.

숙소의 빵빵한 와이파이 덕분에 아내와 보이스톡을 할 수 있었다. 카톡으로만 대화를 주고받다가 보이스톡을 하니 훨씬 반가웠다.

너무 일찍 일어난 탓에 시장기가 돌아 가져간 육포 몇 조각을 먹었다. 아내가 산 육포의 주인은 본래 민승이로 낙점되었는데, 이번 여행용 간식으로 딱 맞을 것 같다는 말에 아들이 순순히 양보해 줬다. 덕분에 앞으로도 잘 먹을 것 같다.

짐 정리도 하고 아내랑 통화도 했음에도 여전히 시간이 남아돌았다. 그래서 블로그 이웃이 요사이 읽고 있다는 책을 나도 질러 버렸다. 그 책과 예전에 구입한 책 두 권을 e북에 다운로드했다. 오늘처럼 시간이 남아돌 때는 책을 읽을 것이다. 나머지 시간엔 스트레칭과 함께 팔굽혀펴기와 플랭크도 했다. 하루 이틀 자전거를 탈 게 아니므로 라이딩 전후에 하면 좋을 것 같다.

어제 먹다 남은 피자를 안주인에게 좀 데워 달라고 했다. 친절한 주인은 우유까지 얹어 주었다. 안주인이 먼저 출근하길래 늘 건강하길 바란다는 말과 함께 작별 인사를 했다. 베란다에서 피자와 커피로 아침 식사를 하고, 7시 30분경 숙소를 나왔는데 바깥주인인 다니엘(Daniele)이 자전거 가방을 들어 주었다. 호감이 가는 데다가 친절하기까지 해서 함께 사진을 찍었다.

숙소를 나서서 마갈리(Magali) 형수에게 전화를 했다. 여행 전 우리나라에서는 시차 때문에 통화하기가 어려웠는데 전화를 바로 받았다. 다음 주 목요일 저녁이나 금요일 아침에 다시 통화하기로 했다. 몽블랑 트레킹 이후 거의 2년 만에 용(Yon) 형과 함께 만날 것을 생각하니 설레었다. 이번 여행에서 아는 사람이라고는 오직 용 형 부부밖에 없으니 만남의 의미가 더 클 것이다.

장을 보기 위해 미그로스(Migros) 슈퍼마켓에 들렀다. 점심 식사용 빵과 오렌지 주스, 그리고 1.5ℓ 물 2병을 샀다. 펑크 패치를 찾았으나 판매하지 않아서 기내 반입이 안 되는(펑크 패치 안에 들어있는) 접착제 대신 사용하기 위해 일반 접착제를 구입했다. 바깥에 두고 온 자전거 가방이 걱정되어 서둘러 장을 보느라 캠핑용 가스를 사지 못했다.

미그로스 앞에서 역사적인 첫 라이딩을 시작했다. 장갑을 끼지 않고서는 라이딩을 할 수 없을 정도로 쌀쌀하고 구름 낀 날씨였지만 바람이 없어 체감온도는 그렇게 낮지 않았다. 구글 지도에서 올텐(Olten)까지 연결된 자전거 길의 합류 지점을 확인했다. 조금 버벅댔지만, 무사히 합류할 수 있었다. 스위스에서 달릴 길은 미텔랜드(Mittelland) 자전거 길인데 서쪽 로만손(Roman-shorn)에서 제네바(Geneva)까지 연결된다. 취리히 국제공항이 있는 클로텐에서 프랑스 쪽으로 연결된, 스위스 자전거 길을 확인하던 중에 이 길을 알게 되었다.

스위스 자전거 사이트(www.schweizmobil.ch)에서 봤던 미텔랜드 자전거 길의 이정표를 눈으로 직접 보니, 비로소 스위스 라이딩을 하고 있다는 게 실감 났다. 갈림길이 나올 때마다 이정표가 설치되어 있고, 중간중간 구글 지도에 올려놓은 경로를 확인하고 갔는데도 역주행을 두 번씩이나 하고 말았다. 게다가 경로를 확인할 때마다 멈춰야 해서 10여 ㎞를 달린 후에는 구루맵스를 이용했는데 실시간으로 경로를 안내해 줘서 달리기가 훨씬 수월했다.

주변 경관을 찍느라 몇 번이나 길을 멈추었다. 사진을 찍어 가족 단톡방에 올리고 대화를 주고받다 보니 계획한 시간 안에 올텐까지 갈 수 없을 것 같았다. 그 뒤로는 이색적인 곳에서만 잠깐씩 멈추었다. 자전거 길은 다양해서 지루하다 싶으면 아스팔트 길, 흙길 그리고 자갈길로 바뀌었다. 거기에 주변 경관도 마을, 숲속 그리고 강변으로 바뀌니 길과 주변의 조합만으로도 다양한 분위기를 느낄 수 있었다. 그런데 맛있는 음식도 혼자 먹으면 그 맛이 반감되듯, 텅 빈 자전거 길을 쓸쓸히 가다 보니 좋은 경관도 그 빛이 퇴색되는 듯했다. 그나마 오후 들면서 잠깐씩 내리쬐었던 햇볕이 힘을 북돋우는데 한몫했다.

클로텐에서 올텐까지 여러 도시와 마을을 지나쳤는데 바덴(Baden) 시내를 빼고는 대부분 한산한 분위기였다. 버스 정류장에서 점심을 먹은 마을에선 인적을 찾아보기 어려웠다.

거의 90km를 달려 올텐 숙소에 도착했다. 70km를 넘어서면서 안장통이 약간 오긴 했지만, 라이딩에 지장을 줄 만한 통증은 아니었다. 마지막 20~30km는 숙소에 빨리 들어가서 쉬고 싶은 마음에 페달만 열심히 밟았다.

숙소 주인이 우편함에 열쇠를 둔다고 했는데 찾아보니 없었고 연락도 되지 않았다. 다행히 아파트의 같은 라인에 사는 이웃의 도움으로 찾을 수 있었다. 알고 보니 우편함은 두 곳으로 나뉘어 있었다. 처음엔 공간이 좁아 숙소 안에 자전거를 두지 못해 바

같 거치대에 두었는데, 불안한 마음이 가시질 않아 아파트 지하 계단 옆으로 옮겼다. 샤워하고 저녁 식사를 하러 나가다 보니 자전거가 보이질 않아 순간 엄청나게 놀랐다. 옆문을 열고 들어가 보니 다행히 다른 자전거와 함께 놓여 있었다(밥을 먹고 오니 자전거가 밖에 나와 있었다. 걱정이 되어 다시 지하 창고에 가져다 놓았다).

숙소 주변에 마땅한 식당이 없어 2㎞ 정도 떨어진 중국식당에 갔다. 뭘 주문해야 할지 몰라 '돼지고기가 든 튀김우동'일 것으로 추측한 메뉴를 선택했는데 예상이 맞았다. 맵싸하게 해 달라고 한 것은 잘한 일이었다. 전형적인 중국풍의 주인장은 친절하고 유머도 있었다. 자전거로 산티아고까지 간다고 했더니 자신은 관광을 하며 둘러봤다고 했다. 발리오(Balio) 등 여행을 다녀온 스페인 다른 도시들을 꼭 가 보라고 추천했는데 아쉽게도 그 도시들은 내가 갈 '산티아고 프랑스 경로'와는 멀리 떨어져 있었다. 맥주 한 병과 함께 먹은 튀김우동 가격은 31CHF이었다. 해외여행을 가면 제일 만만한 게 중국식당인데 스위스 물가는 역시 남달라서 중국식당마저도 비쌌다.

숙소로 돌아오는 길에 클로텐에서 사지 못한 캠핑용 가스를 사기 위해 주유소 편의점 두 곳을 들렀는데 모두 팔지 않았다. 아이슬란드 주유소에는 있고, 스위스 주유소에는 없는 것이 바로 캠핑용 가스다.

이렇게 역사적인 첫 라이딩이 있었던 오늘이 지나갔다. 자전거 길은 대부분 온순했다. 13% 이상의 오르막도 세 곳 정도 있었는

철인의 자전거 그리고 산티아고

데 짧아서 힘들지는 않았다. 아내도 충분히 소화할 수 있는 길이
었다. 몽블랑 트레킹과 더불어 아내와 함께하고 싶은 것이 또 하
나 생겼다.

사랑하오. 굿나잇!

## 4월 6일(토):
## 반전의 연속(올텐 - 빌)


새벽 4시에 잠이 깨이는 바람에 그때부터 짐을 챙기기 시작했다. 계속하다 보면 요령이 붙어 그만큼 시간도 줄어들 것이다. 아내와 야야랑 그룹콜을 했다. 계속해서 아들이 빠진다. 고얀 놈. 어제 산 식빵에 누텔라(Nutella)를 발라 먹었다. 에너지 보충을 위해 누텔라를 선택했는데 효과가 있을지 모르겠다(빵만 먹으니 고기가 절로 생각난다). 전날 저녁에 아파트 지하 창고에 다시 가져다 둔 자전거는 그 자리에 얌전히 있었다. 옮겨다 놓은 이후로 누군가 다녀가지 않은 모양이었다. 출발 전, 자전거를 점검할 때 해바라기의 <모두가 사랑이에요>가 흥얼거려졌는데 그 이유를 딱히 찾을 수 없었다.

아침에 안개가 자욱이 끼어 있었다. 가시거리가 짧아 앞뒤로 오가는 차량을 살피며 조심히 나아갔다. 올텐을 벗어나자 숲길이 나왔다. 아침이고 나 혼자라서 으쓱하기도 했지만, 옆으로 흐르는 계곡물 소리는 들을 만했다. 이어폰을 낀 왼쪽 귀로는 애창곡을, 오른쪽 귀로는 물소리를 들으며 갔다.

철인의 자전거 그리고 산티아고

구루맵스가 안내하는 길을 따라 7~8㎞를 가니 차단기가 내려져 있었다. 그냥 무시하고 계속 갔는데 길이 끊어져 있었다. 그 너머는 자전거를 끌고는 도저히 내려갈 수 없는 10여 미터의 가파른 절벽이었다. 새 도로를 닦고 있는 것으로 보였는데, 이른 시간이라 아무도 없고 짙은 안개로 주변을 살필 수도 없어 겁이 났다. 어쩔 수 없이 차단기가 있는 곳으로 되돌아와서 경로 검색을 하니 구글 내비게이션이 다른 길을 안내해 주었다.

길을 되찾은 후 첫 마을인 월프윌(Wolfwil)의 슈퍼에서 커피를 마셨다. 우리나라 편의점에서 마시는 그런 커피였다. 커피 머신을 다룰 줄 몰라 점원에게 부탁하니 취향을 물어본 뒤 친절하게 커피 한 잔을 건넸다. 한기가 느껴졌던 몸이 따뜻한 커피 한 모금에 녹는 듯했다.

오전 11시 무렵 갑자기 컨디션이 나빠졌다. 딱히 힘든 오르막이 있었던 것도 아닌데 머리가 어지럽고 힘이 빠지는 걸 봐선 봉크(bonk, 자전거를 타고 장거리를 가는 도중 체력이 소진되어 몸 상태가 갑자기 나빠지는 현상)가 올 것 같았다. 계속 진행하면 안 되겠다 싶어 공터에서 짐을 풀어놓고 이른 점심을 먹었다. 6시에 아침을 먹었으니 그렇게 이른 것도 아니었다. 메뉴는 누텔라 샌드위치였고 음료는 월프윌 슈퍼에서 산 우유였다. 에너지 보충제 한 봉지도 입에 털어 넣었다. 아무래도 아침에 먹은 빵이 체한 것 같아 소화제를 먹고, 소화를 돕는 혈 자리를 찾아 손가락에 '압침봉'을 붙였다. 식사하며 쉴 때 비니를 쓰고 있으니 덜 추웠다. 비니

를 챙겨 온 것은 잘한 일이었다. 힘들 때면 늘 그랬듯 가족 생각
이 났다.

　오늘 여정의 중간 지점인 졸로투른(Solothurn)을 그냥 지나치려
다 문득 캠핑용 가스와 체인 오일을 사야겠다는 생각이 들었다.
시내에 접어들어 두리번거리고 있으니 노신사 한 분이 말을 걸어
왔다. 어디서 왔느냐, 어디로 가느냐 등 여행자에게 던지는 기본
적인 질문이었다. 물음에 응하면서 캠핑용 가스를 살 수 있는 곳
을 물었더니 노신사는 친절하게도 캠핑용품점까지 데려다주었
다. 스위스에서 때 이른 산타 할아버지를 만난 기분이었다. 친절
은 거기에 그치지 않았고, 캠핑용품점 점원에게 체인 오일을 판
매하는 곳의 위치를 나에게 알려주라고 당부하며 자리를 떠났
다. 노신사와 기념사진을 찍지 못한 것이 후회된다. 한 번도 들
어보지 못한 곳이지만 이후로는 스위스 졸로투른이 내 마음속에
들어왔다.

　시내를 벗어나 한적한 곳이 나오길래 가족 그룹콜을 걸었다.
아침에 이어 두 번째였다. 졸로투른에서 경험한, 기분 좋은 일로
마음이 한껏 들떠 있었다. 그런데 이야기를 조금 하다 보니 당연
히 화제의 중심에 있어야 할 내 이야기는 사라지고 자기들 이야
기만 했다. 때론 가족들에게 관심을 받고 싶은 것은 다른 아빠
들도 마찬가지일 것이다.

　졸로투른에서 빌(Biel)까지는 거의 평지였고 지루하지 않게 아
스팔트와 흙길이 반복되었다. 여태껏 스위스 대부분은 산악 지

형이라고 알고 있었는데 그에 못지않게 평지도 많다는 것을 이번에 알게 되었다.

오후 3시를 조금 넘겨 숙소('Lago Lodge')에 도착하니 많은 사람들이 따사로운 햇볕을 즐기며 맥주를 마시거나 공놀이를 하고 있었다. 사람들 틈에서 저녁을 보낼 생각을 하니 의기소침해졌다. 체크인하면서 USB 충전기를 판매하는 곳이 숙소 근처에 있는 것을 알게 되었는데 5시에 문을 닫는다고 하여 샤워를 늦추고 충전기를 사러 갔다. 가방에서 해방된 자전거는 거의 날아가는 수준으로 달렸다. 샤워하고 숙소 식당에서 생맥주를 한잔했다. 하루 일정을 마친 여행자에겐 제격이었다.

빌에는 빌 호수가 있다[스위스령 쥐라(Jura) 산맥에 있는 호수로는 세 번째로 큰 호수라고 한다]. 숙소에서 조금 걸어 나가 호수 구경을 했다. 일인용 카약을 즐기고 있는 두 사람을 카메라에 담자, 그중 한 명은 나에게 손을 들어 보이기도 했다. 이런 호수와 함께 일상을 보내는 이들은 축복받은 사람들이다.

식당의 저녁 메뉴가 맛이 있을지 가늠하기 어려웠고, 캠핑용 가스 구매도 기념할 겸 해서 내일 아침에 먹으려 했던 누룽지와 라면을 저녁 식사 메뉴로 정했다. 그런데 식당 바깥 탁자에서 누룽지를 끓이다 실수로 코펠을 쏟아 버려, 식당 여종업원에게 청소 도구를 부탁했다. 청소하는 모습을 지켜보던 여종업원이 숙소 2층에 있는 게스트용 부엌으로 안내해 주었다. 주방 기구가 갖춰져 있었고, 주방을 이용한 사람들이 두고 간 식자재도 제법 있었다. 그걸 보니 작년 아이슬란드 여행 때 야영장에서 봤던 'Take or Leave' 코너가 생각났다. 캠핑을 마친 여행자들이 쓸만한 물품들을 테이블이나 선반 위에 두고 가면, 캠핑을 시작하는 이들이 가져간다.

예쁘고 친절한 여종업원 덕분에 식당을 독차지하며 며칠 만에 맛난 저녁 식사를 했다. 요리하면서 아내와 통화도 했다. 물론 요리 컨설팅도 받았다. 설거지를 마치고 식당을 나가면서 종업원에게 '엄지척'을 보냈다. 졸로투른의 노신사만큼이나 고마웠다.

식사를 마치니 졸음이 밀려왔다. 식당의 구석진 테이블에서 오늘 있었던 일을 글로 남기기 위해 애써야 했다. 이틀이 아니라 마치 수십 일이 지난 것 같았다. 조금 지나다 보면 그 작고 낯선 것들이 일상처럼 느껴지겠지.

오늘도 보고 싶소. 사랑하오.
오늘도 보고 싶다. 사랑한다.
굿나잇!

## 4월 7일(일):
## 사랑하는 아내에게(빌 - 이베르동)

이제 막 숙소 근처 식당에서 저녁 식사를 하고 들어오는 길이
오. 밤늦게까지 신랑이 숙소에 도착하기를 기다리다 이제 막 잠
자리에 들었겠구려. 우리나라 시간으로 새벽 2시가 다 되어 가
는구려. 쉽지 않았던 오늘 이야기를 케니 지(Kenny G)의 〈Lov-
ing You〉를 들으며 당신에게 전해 주려 하오. 꿈속에서 내 애길
들어 주구려.

이야기에 앞서 고백할 것이 있소. 잃어버렸다고 생각한 멀티툴
을 찾았소. 랙팩이 아닌 패니어 가방에 들어 있었소. 어제 자전
거를 타면서 곰곰이 생각해 봤는데, 내 추측이 맞았던 거요. 용
서해 주구려. 대신에 클로텐 숙소의 주인장에게서 산 맥가이버
칼은 민승이에게 선물로 줄 거요(어제 캠핑용품점 점원에게 그 칼을
보이니 100CHF 이상은 할 거라고 합니다. 50CHF에 샀으니 득이잖소).

어제 자기 전에 제네바 숙소도 에어비앤비를 통해 예약했소.
이로써 스위스에서 묵을 숙소 예약은 모두 마쳤소. 여행 출발 전
에 캠핑 장비를 포기한 것은 잘한 일이나 숙소 비용이 만만찮구
려. 그동안 정하지 못했던 이번 여행의 제목을 '산티아고 가는

길'이라 정했소. 스위스에서 시작해 프랑스를 거쳐 스페인 산티아고에 이르는 전체 여정을 고려할 때 목적지인 산티아고를 제목으로 하는 게 어울릴 것 같았기 때문이오. 오기 전부터 고민했고, 자전거를 타면서도 고민한 것치고는 단순해 보이지만 그렇게 하고자 하오. 그럼 이제부터 이야기를 시작하겠소.

4시에 잠에서 깨어 화장실에서 큰일을 성공적으로 본 뒤, 같이 자는 사람이 깰까 봐 누워서 시간만 보내다 6시쯤에 일어났소. 6명이 함께 잘 수 있는 숙소에 나이 어린 스위스 군인이랑 단둘이서 잤는데 민승이보다 나이가 더 적었소. 어제저녁에 맥주라도 한잔할까 싶었는데 그 친구가 이른 저녁부터 자는 바람에 기회가 없었소. 자매결연을 한 학교를 방문하면서 서울을 구경한 적이 있다고 했소. 오늘 아침에 "안녕하세요"라고 인사를 하길래 기특하기도 했소.

아침 하늘 대부분을 구름이 장식하고 있었소. 어제 오후는 햇볕이 제법 강했는데 말이오. 누룽지를 끓여서 아침 식사를 하려다 숙소 식당에서 10CHF짜리 식사를 했소. 첫 손님(오픈 시간이 7시였는데, 여종업원의 승낙으로 일찍 들어갈 수 있었소)으로 들어가서 빵, 주스, 요구르트 등을 푸짐하게 잘 먹었소. 커피를 한잔하고, 간식용으로 바나나와 잼 몇 개를 주머니에 넣고 식당을 나오면서 여종업원에게 한 가지 물어보았소. 클로텐이나 올텐에서는 독어를 사용하던데 여기서는 불어도 사용하는 것 같다고 하니, 두 언어를 함께 사용한다고 했소. 내가 보기에는 불어를 더 많이 사용하는 것 같았소. 당케(Danke)보다 메르시(Merci) 소리를 더 많이 들었기 때문이오. 프랑스에 점점 가까워질수록 불어를 더 많이 듣게 될 것 같구려. 오늘 마주친 사람들 대부분이 '봉주르(Bonjour)'로 인사를 했소. 나중에 확인해 보니 빌은 스위스의 독일어권과 프랑스어권 지역 간의 경계 지점에 있었소.

출발 준비를 하면서 자전거 체인을 닦고, 어제 산 체인 오일도 쳤소. 계속해서 나와 짐을 날라줄 자전거인데 관리를 잘해주어야 하오. 참! 자전거의 이름을 '나그네'로 할까 하오. 어울리지 않소?

그리고 잠시 초등학교 동창회 임원진 단톡방에 들러 몇 장의 사진과 함께 근황을 알려 주기도 했소. 친구들에게 사랑한다고 할 때는 눈물이 핑 돌았소. 이곳에 와서 사랑한다고 말할 때마다 눈물이 나는, 회소병에 걸려 버린 듯하오.

같은 방에서 하룻밤을 보낸 청년과 숙소 여직원에게 작별 인사를 고하고 3일 차 라이딩을 시작했소. 어제와 마찬가지로 첫 10㎞가 조금 힘겹게 다가왔소. 그래서 어느 동네를 지나다 가게에 들러 우리 야야가 좋아하는 초콜릿 비스킷을 사 먹었소. 적적해서 7080 노래를 들으며 가기도 했구려.

흐렸던 하늘에서 비가 내리기 시작했소. 당신도 경험해서 알겠지만, 유럽의 비는 오락가락해서 대수롭지 않게 여기며 페달을 계속 밟았소. 비가 내리니 괜찮은 풍경 앞에서도 멈추기 어려워 사진은 찍지 못하고 눈에만 담았소. 그러면서 이런 생각을 한번

해 봤소.

'만약 여행에서 본 것들을 모두 담을 수 있어서 여행 뒤에도 볼 수 있다면 어떨까?'

하지만 그것이 어리석은 질문임을 곧 깨달았소. 같은 풍경이라도 상황이나 시간에 따라 다르게 느껴지니 말이오. 그저 이 순간을 즐기면 될 뿐이오.

어느 순간부터 역풍이 더해졌소. 사진으로 보낸 것처럼 바람을 거슬러 가야만 했소. 역풍은 웬만한 오르막보다 자전거 여행자를 더 힘들게 한다는 것을 당신도 알지 않소. 3㎞가 넘게 쭉 뻗은 길을 그렇게 가야만 했소. 인스(Ins)라는 도시를 목전에 두고 점심을 먹었소. 어제저녁처럼 누룽지를 먼저 끓인 뒤 라면을 넣어 맛나게 먹었소. 남편이 요리에 소질이 있다고 생각하시오? 하기야 요리하는 걸 본 적이 없어 알 수가 없을 거요. 식사를 하며 자문도 해 봤소. '이 요리의 가격은 얼마나 될까? 아침 식사비는 100CHF이었는데…'

인스역 앞에서 처음으로 인증사진을 찍었소. 자전거 길 대부분은 역을 거쳐 가게 되어있는데 그동안은 곧장 다음 도시로 이동했었소. 인스에서 오늘 목적지인 이베르동(Yverdon)까지는 대략 56㎞ 정도였는데 인스를 막 벗어나자마자 잠시 멈췄던 비가 그 양을 더해 내리기 시작했소. 그리고 여태껏 만나지 못했던 가파른 오르막과 내리막이 이어졌소. 힘들여 오른 만큼 내리막에서 내달리는 보상을 받지 못해 짜증이 나기도 했었소. 내리막에

철인의 자전거 그리고 산티아고

서 좀 달리려 하면 동네 입구가 나오거나 차가 끼어드는 바람에 브레이크를 계속 잡아야 했던 것이오.

우중 라이딩이 계속되다 보니 비가 자꾸 시야를 가렸고, 재킷도 방수 검증이 덜 된 터라 걱정이 되었소(결론적으로 재킷 잘 산 것 같소). 그래서 이번 여행을 위해 준비한 히든카드를 바로 꺼내 들었소. 당신도 알고 있는 그것 말이오. 먼저 우중 라이딩에 필수인 챙모자는 용 형이 선물로 준 것으로 썼고, 상의용 우의는 마라톤대회 때 지급하는 보온용 비닐을 이용했소(우비를 꺼낼 만큼의 비는 아니었소). 마지막으로 신발을 보호하기 위해 슈즈 레인 커버를 신발 위에 덧씌웠소. 그렇게 무장하니 두려울 게 없었소. 보온용 비닐이 비바람을 막아 주어 몸이 따뜻했소. 몇 번의 진 흙탕을 건너면서 자전거 차체와 슈즈 커버가 많이 더렵혀졌소. 만약 슈즈 커버를 하지 않았다면 신발이 비에 젖고 흙으로 더럽혀졌을 거요. 그리고 목장갑도 비와 땀을 닦을 수 있어 좋았소.

라이딩 대부분이 그렇듯 하루 일정의 마무리 무렵이 심적으로 제일 피곤했소. 이베르동의 한 광장을 지나다가 페스탈로치의 동상을 보았소. 비가 계속 내리는 상황이라서 페스탈로치의 동상이 그곳에 있는 연유까지는 알고 싶지 않았소. 그냥 사진만 찍고 자리를 벗어났는데 다음에 시간이 나면 한번 알아보아야겠소.

90여 ㎞를 달린 끝에 이베르동에서 약 5㎞ 떨어져 있는 숙소('Gite du Vieux Bucher')에 도착했소. 이곳은 스위스 자전거 사이트를 통해 알게 되었는데 평점이 무려 5.0이었소. 바깥주인이 친절하게 맞이해 주었소. 나그네를 숙소 건너편 창고에 두고 숙소 이곳저곳을 둘러보았소. 침실에는 침대가 8개 놓여 있었는데 오늘 손님은 나 혼자라고 했소. 외롭게 달려왔는데 또 이 큰 집에서 혼자 자야 하오. 숙소비 35CHF을 현금으로 내야 해서 이젠 스위스프랑도 얼마 남지 않았소.

샤워를 마치고 주인장이 소개해 준 식당에 갔소. 일요일이라 걱정을 했는데, 다행히 식당 문을 열어 놓고 있었소. 주인은 스리랑카 출신으로 스위스에 온 지 35년이 되었다고 했소. 오늘 소모한 체력을 보충하기 위해 비프스테이크를 주문했는데 스위스에 도착한 지 4일 만에 접한 고기였소. 오늘 무척 힘들었다고 하니 샐러드도 듬뿍 주고 파스타까지 덤으로 주었소(고기도 많이 달라고 부탁했는데 그건 외면했소). 와인도 2잔이나 마셨소. 고기를 먹으면서 물을 마실 수는 없지 않겠소. 모두 32.8CHF가 청구되었소. 돌아가면 열심히 일하리다.

여기까지가 오늘 있었던 일이오. 약간의 엄살이 섞였기 때문에 너무 걱정할 필요는 없소. 3일 동안의 라이딩을 돌이켜봤을 때 남은 일정이 호락호락하진 않겠지만, 나 역시 그만큼 강해지지 않겠소? 마지막으로 여행 시작 후 첫 면도를 끝낸 신랑의 얼굴을 첨부하오. 그새 조금 핼쑥해진 것 같소?

잘 자시오. 새 주를 힘차게 열어 봅시다. 사랑하오.

p.s.

내일은 로잔(Lausanne)까지 45㎞만 타면 되오. 그래서 이 적적한 밤을,
다운로드해 간 영화나 보면서 보낼까 하오. 보고 싶소.

## 4월 8일(월):

## 복병(이베르동 - 로잔)

어제 1층은 거실과 주방이, 2층에는 8개의 침대가 있는 거대한 숙소(별장에 더 가까운)에서 혼자 자려고 하니 조금 무서웠다. 잠이 쉬이 올 것 같지 않고 오늘 일정도 다소 짧아 다운로드해 간 영화 중에서 〈이보다 더 좋을 순 없다(As good as it gets)〉를 침대에 누워 30여 분을 보다가 그래도 체력을 회복하려면 잠을 조금이라도 더 자는 게 좋겠다, 싶어 노트북을 닫고 잠을 청했다.

다행히 중간에 깨지 않고 5시쯤에 일어났다. 따뜻하고 포근한 잠자리였다. 혼자 하룻밤을 보내기에 아까운 곳이었다(성수기가 되면 당연히 빈방이 없을 것으로 생각된다). 아내와 보이스톡을 했다. 이야기 도중에 날씨가 어떤지도 물었는데 날이 밝지 않아 답해 주지 못했다. 일기예보는 '흐리고 약간의 비'였다.

하나 남은 라면을 비상용으로 가지고 다니려다 오늘 로잔에서 장을 보면 될 것 같아 누룽지와 함께 끓였다. 물 조절에 실패해서 조금 싱거웠는데 건강을 생각하면 차라리 그편이 낫다고 생각하며 맛나게 먹었다. 설거지를 마치고 짐 정리를 한 후, 제네바

철인의 자전거 그리고 산티아고

숙소와 미텔랜드 자전거 길을 연결하는 GPS 경로를 바이크맵 (www.bikemap.net)에서 만든 뒤 구글 지도에 올렸다. 오늘 라이딩 거리가 어제의 절반 수준인 45㎞밖에 되지 않아 미리 준비할 수 있었다.

어제 진흙탕에서 뒹군 나그네를 목장갑으로 닦아 주고, 가방 3개를 자전거에 실었다. 일기예보와는 달리 햇살이 내리쬐는 맑은 날이어서 스위스에 온 이후 처음으로 선글라스를 꼈다. 순박하고 친절한 주인과 작별 인사를 나누고 9시 조금 넘어 출발했다. 마을을 벗어난 지 채 500m도 못 가서 자전거를 멈추었다. 환하게 들어오는 뻥 뚫린 광경을 그대로 지나칠 수가 없었다. 시간도 넉넉해서(대략 정오쯤에는 로잔에 도착할 것이라는 예상에서) 셀카 놀이도 했다. 어제 같았으면 엄두도 내지 못할 일이었다. 길은 여태껏 달려온 것과 같이 거의 평지였다. 한적한 것 빼고는 무엇 하나 나무랄 데가 없는 라이딩이어서 혼자 즐기기에 너무 아까웠다.

순탄했던 자전거 길은 20㎞ 이후 긴 오르막이 연속해서 이어진, 고된 길로 바뀌어 30kg에 육박하는 가방 3개를 실은 자전거로 오르기는 쉽지 않았다. 하지만 오르막 뒤는 내리막이 있기 마련이고, 내리막을 내달릴 때의 상쾌함은 오를 때의 힘겨움을 충분히 보상해 주기에 묵묵히 올랐다. 다들 이 맛에 자전거를 타는 것인지도 모른다. 하지만 정상에서 바라본 내리막은 몇 개의 헤어핀('U'자형으로 급하게 굽은 길)으로 된 급경사였고, 적지 않은 차들이 제 속도를 내고 있어 곧장 내려가기가 두려웠다. 마음을 가라앉히기 위해 정상에서 잠시 쉬며 가족 단톡방에서 이야기도 나누었다.

내리막을 조심히 내려온 후 기어 최저 단으로 다시 오르막을 꾸역꾸역 오르기 시작했다. 내리막에서 마음껏 달리지 못한 아쉬움에 어제보다 더 힘든 오르막의 고단함이 더해지니 제대로 힘을 쓸 수가 없었다. 다행히 두 번째 내리막은 한산해서 시원하게 내려갈 수 있을 것 같았다. 곧장 내달리려다 혹시나 하는 마음에 내비게이션에서 경로를 확인해 보니 로잔으로 가는 길이 아니었고, 오르막 초입에서 오른쪽 길로 갔어야 했다. 정상까지 힘들게 오른 터라 허탈했지만, 내리막을 한참 달린 후에야 이 사실을 알았더라면 내려간 만큼 고되게 올라와야 했기에 한편으론 다행스러웠다. 이후 '골리앗'과 이름이 비슷한 골리옹(Gollion)까지도 지긋한 오르막이 계속되었다. 며칠째 평지에만 적응되었던 다리가 긴 오르막을 연속해서 만나니 무척 당황하는 것 같았다.

로잔 도착 예정 시간인 정오가 지났는데도 달려야 할 거리가 10여 ㎞나 되었다. 갈 길이 바빠 어제 빌 숙소에서 아침 식사하며 챙긴 바나나로 간단히 요기를 했다. 골리옹을 벗어나면 로잔까지 비단길일 거라는 판단은 착오였다. 거친 오솔길을 한동안 지나야 했는데 관리를 하지 않았는지 꺾어진 나뭇가지가 도로를 막아선 곳도 몇 군데나 있었다. 그나마 어제와 달리 비를 맞지 않고 달릴 수 있어 다행이었다. 로잔에 가까워질수록 자전거 길

철인의 자전거 그리고 산티아고

이정표의 친절도가 떨어져 갔고 GPS 경로와 다른 구간도 있었다. 일행이 있었다면 서로 의논해 가며 길을 찾았을 텐데, 혼자 몸이라 한쪽으로 갔다가 '이 길이 아니다.' 싶으면 되돌아와 다른 길로 가곤 했다. 그때마다 팍팍 늙는 것 같았다.

로잔 목전부터 포도밭 전경이 눈에 들어왔는데 가까이서 보니 앙상한 나뭇가지만 줄지어 서 있었다. 로잔(올림픽 수도, 세계 1차 대전 때 IOC, 즉 국제올림픽위원회를 파리에서 로잔으로 옮겼다고 한다)에 진입한 것은 오후 2시가 훌쩍 넘어서였다. 숙소를 로잔에 잡지 않고 주행거리를 더 늘렸다면 엄청나게 고생했을 것이다. IOC 건물 맞은편에 있는 숙소까지 내리막을 달리면서 내일 반대 방향으로 올라올 일마저 걱정스러웠다. 코앞에 숙소를 두고서도 입구를 찾느라 한동안 헤매기도 했다. 막판에 이런 일이 벌어지면 정말 기운이 쭉 빠져 버린다.

칠레 출신의 프런트 아저씨가 내 여권을 보더니 "안녕하세요"라며 인사를 건넸다. 우리나라 친구를 둔 덕분에 몇 마디 할 수 있다고 했고 그 옆의 아저씨는 10년 전에 평양을 다녀왔다고 했다. 그는 "평양 is beautiful"이라고 했다. 다른 나라 사람들은 갈 수 있는 지척의 땅을, 남쪽의 같은 민족은 왜 아직도 못 가는지 안타까운 노릇이다. 지난번 JTBC의 프로그램, 이규연의 스포트라이트 181회 〈북한 백두대간, 지금 개마에서 금강까지!〉에서 최초로 남과 북의 백두대간을 모두 등정한 뉴질랜드 출신의 로저 셰퍼드가 했던 말이 기억났다. "북쪽의 백두대간은 남쪽과 그

분위기가 사뭇 다르다. 능선이 훨씬 유하다." 실제로 그런지 내 눈으로 직접 확인할 수 있는 날이 빨리 왔으면 좋겠다.

어제부터 숙소 복은 있었다. 방 배정이 끝났을 때 프런트 아저씨에게 오늘 머물 방을 몇 사람이 사용하느냐고 물으니 윙크를 보내며 혼자 쓸 수 있는 방으로 바꿔 주겠다고 했다. 거기에다 변경한 방을 직접 찾아가 청소 여부까지 확인해 주었다. 친절한 아저씨 덕분에 고된 라이딩의 피로가 한순간에 풀리는 듯했다.

침대가 5개 놓인 방에 여장을 풀고 첫 빨래를 했다. 10CHF를 결제한 뒤 빨래방용 카드를 받아 며칠 동안 묵힌 빨랫감을 빨래방에 가져갔다. 세탁기로 보이는 기계가 두 대 있었는데 어떻게 사용하는지 몰라 방 청소를 하고 있는 아주머니에게 도움을 청했다. 왼쪽이 세탁기, 오른쪽이 건조기였다. 세탁기를 돌리고 나니 4시가 넘었다. 로잔에 도착해서 느긋하게 점심을 먹겠다고 계획한 터라 그 시간까지 먹은 거라곤 바나나 한 개와 약간의 비스킷뿐이었다. 구글 지도에서 한식당은 찾을 수 없었고, 평점 높은 중국식당이 시내에 있었다.

숙소에서 받은 1일 무료 교통권을 사용해서 메트로를 타고 시내로 갔다. 식당('Wawa's Asian Kitchen')은 오후 6시에 오픈이라 근처에 있는 미그로스를 먼저 들렀다. 아이슬란드에 보너스 (Bonus)가 있다면 스위스엔 미그로스가 있었다. 매장에 들어서자마자 직원에게 누들(noodle)이 어디 있느냐고 물었는데 알아듣지 못하여 구글 번역기 찬스를 썼다. 불어로는 'nouille'이었다.

누들 진열대에서 우리 라면을 보니 너무 반가워, 가격(한 개에 1.9CHF)은 눈에 들어오지 않았다. 라면 세 개를 장바구니용으로 가져간 간이 배낭에 담았다. 해산물 판매대를 지나치다 우리 야야가 좋아하는 것 중의 하나인 연어를 만났다. 연어를 보자마자 생선회가 떠올랐지만, 여기서는 먹을 수 없는 노릇이니 그거라도 먹고 싶다는 마음에 연어 한 팩을 장바구니에 담았다.

'야야! 아빠가 스위스에서 연어 맛 좀 볼게'

식당의 첫 손님으로 입장해서 구글 지도에서 소개된 메뉴 중 두 가지를 주문했다. 혼자 먹기에는 너무 많을 것 같아 종업원에게 물으니 충분히 먹을 수 있는 양이라고 했다. 양해를 구하고 미그로스에서 산 연어(200g)를 게 눈 감추듯 해치워 버렸다. 맵싸한 맛이 너무 그리워 테이블 위에 놓인 고추기름을 듬뿍 발라 먹었는데 레시피를 야야에게 추천해주고 싶을 만큼 맛있었다.

이윽고 첫 번째 메뉴가 나왔다. 딱 보는 순간 '이 한 그릇으로 족하겠다'라는 생각이 들었다. 어디서 많이 본 듯해서 생각해 보니 지난번 다낭 여행 때 즐겨 먹었던 쌀국수였다. 뜨끈한 국물이 좋았고 국수 면발도 맛있었다. 아랫배에 온기가 느껴져 더 좋았다. 국물에 고추 양념을 모두 넣어 마셨고, 그것도 모자라 면발은 고추 소스에 찍어 먹었다. 맵싸한 것이 정말 그리웠다. 쌀국수를 해치우고 조금 기다리니 두 번째 메뉴가 나왔다. 딱 보니 우육면이었다. 배가 부른 탓도 있었지만, 한 젓가락 먹어 보니 쌀국수보다 못해 고기만 골라 먹었다. 한 메뉴에 18CFH씩, 모두 36CHF이었다. 돌아가서 열심히 일해야 할 이유가 점점 늘어 갔다.

　메트로를 타고 숙소로 돌아오는 길에 잠시 IOC 건물과 바로 앞의 레만(Leman, 영문명은 제네바)호숫가를 둘러보고 싶었지만, 내일 아침으로 미루었다. 레만 호수는 빌 호수보다 더 컸다(중앙 유럽에서 두 번째로 넓은 호수라고 하니 스위스에선 제일 큰 호수인 것 같다). 구글 지도에서 확인해 보니 레만 호수의 반대편은 프랑스 땅 이었다. 심지어 호수도 반으로 나누어져 있다. 호수에도 국경이 있다니….

　세탁기를 돌릴 때는 한 기계에서 건조까지 다 되는 줄 알았는 데 돌아와서 확인해 보니 건조는 따로 해야 했다. 빨래를 건조기 로 옮겨 한 시간가량 돌렸는데, 결과는 대만족이었다. 흙탕물이 잔뜩 묻었던 바지가 깨끗해졌을 뿐만 아니라 완벽하게 말랐다. 다른 속옷이나 양말도 마찬가지였다.


　현지 시간 저녁 9시 50분이다. 포스팅하면서 목이 말라 콜라 를 홀짝거리다 보니 한 병을 모두 마셔 버렸다. 에너지가 바닥났 을 때 마시려고 산 것인데 또 사야겠다. 철인3종경기대회 때 다 들 많이 마시는 게 콜라다. 과학적, 의학적으로 증명된 것인지는 모르겠으나, 단시간에 에너지 보충 효과를 볼 수 있다고 알려져 있기 때문이다. 물도 많이 마셨다. 내 몸이 매운 것, 뜨끈한 것뿐 만 아니라 물도 엄청나게 요구하고 있다. 마셔도 마셔도 갈증이

철인의 자전거 그리고 산티아고

계속 난다.

　내일은 스위스의 마지막 여정인, 제네바로의 라이딩이다. 오늘 같은 길이면 녹록지 않으리라고 예상되어, 할 수만 있다면 자전거 가방은 따로 보내고 싶은 게 솔직한 심정이다. 하지만 에너지를 충분히 섭취했으니 잘 이겨 내겠지.

　　　여보! 좀 있으면 일어날 시간이구려. 나는 이제 눈 좀
　　　붙이겠소.
　　　아들, 딸! 자고 있겠네. 조금 있다 톡 하자.
　　　사랑하오.
　　　사랑한다.
　　　굿나잇!

# 4월 9일(화):
## 풀 내음 그리고 눈물 나는 인정(로잔 - 제네바)

　내일 목적지인 프랑스 벨레(Belley) 숙소 예약을 에어비앤비를 통해 신청해 놓고 부른 배를 두드리며 이 글을 적고 있다. 같은 방을 쓰는 이는 홍콩 출신의 여대생이다. 여행하면서 참 다양한 숙소 경험을 하고 있다. 자! 오늘 있었던 일을 되짚어 보자.

　동서고금을 통해 변치 않는 진리 중의 하나가 세계 어디를 가나 아기들은 예쁘고, 학생들은 장난치고 떠들기를 좋아한다는 것일 것이다. 어제 묵었던 숙소는 국제 유스호스텔도 겸했는데, 수학여행을 온 이탈리아 학생들이 엄청나게 떠들어댔다. 그래도 이틀 전 이베르동처럼 큰 숙소에서 혼자 적적하게 보내는 것보다는 훨씬 나았다.

　6시 무렵에 잠에서 깼다. 시차 적응을 해 나가는 것인지 점점 기상 시간이 늦어지고 있다. 아침 식사를 하면서 아내와 보이스톡을 했다. 이것도 일상생활이 되어 간다. 나만큼이나 날씨가 궁금한지, 카톡을 할 때마다 물어본다. 이 또한 애정 어린 관심이 아닐 수 없다.

철인의 자전거 그리고 산티아고

아침 식사 때 꿀이 있길래 빵에 찍어 먹었다. 나는 잼이나 버터보다 꿀이 더 좋다. 짐을 다 꾸리고 체크아웃을 하면서 평양에 다녀왔다는 직원에게 작별 인사를 했다. 그리고 어제 독방을 사용하게 해준 칠레 출신의 직원에게도 고마웠다는 말을 전해 달라고 했다. 직원들의 가식 없는 친절과 더불어 하룻밤 묵기에는 손색이 없는 숙소였다.

날씨는 쾌청했다. 기대하지 않은 정말 좋은 날씨였다. 숙소를 출발해 근처에 있는 IOC 건물 옆을 지나면서 사진을 찍었다. 공사 중이었는데, IOC 정도 되면 뭔가 대단한 건물일 줄 알았는데 규모는 의외로 크지 않았다. 곧이어 레만 호수를 접했다. 페달을 계속 밟을 수 없을 정도로 호수 풍경이 마음을 사로잡았다. 삼각대를 꺼내어 노란 수양버들이 늘어진 호숫가를 배경으로 셀카 놀이를 했다. 화각을 달리하며 여러 장을 찍은 후 사진을 가족 단톡방에 올리니 예상대로 반응이 좋았다.

신선한 아침 공기와 함께하는 라이딩은 늘 최고다. 어제 내려온 지긋한 내리막이 오늘은 오르막으로 변했지만, 전혀 힘들지 않았다. 모르주(Morges) 시내는 이른 시간이라 조용했는데 얼핏 보아도 깔끔한 곳임을 알 수 있었다. 카페에서 잠시 커피 한 잔의 여유도 갖고 싶었지만, 어제처럼 자전거 길이 언제 복병으로 돌변할지 몰라 계속 페달을 밟았다. 스위스 자전거 사이트에서 언뜻 이야기하길 오늘 자전거 길은 와인으로 유명한 콩테(Le Conte) 지방을 지난다고 했다. 그래서인지 넓게 펼쳐진 포도밭을 한동안 볼 수 있었는데 수확 철에 이곳을 지나면 장관이겠다는 생각이 자연스럽게 들었다. 도시를 벗어나면 목가적인 풍경이 펼쳐지고 그 모습이 눈에 익으려 하면 또 다른 마을이 나타났고, 푸른 하늘과 솜사탕 구름이 어우러진 한 폭의 그림도 이어졌다. 제네바에 조금 늦게 도착하더라도 눈에 들어온 풍경은 놓치기 싫어 계속 휴대폰에 담았다.

정오 무렵부터 점심 식사를 위해 그늘진 벤치가 있는 곳을 찾으며 갔는데, 마땅한 곳이 없어 니옹(Nyon) 초입에 있는 다리 앞에서 샛길로 빠졌다. 탁 트인 초지에 그라운드시트(텐트 밑에 까는 천)를 깔고 밥상을 차렸다. 혹여나 평평하지 못한 지면으로 인해 끓고 있는 김치 라면이 쏟아질까 봐 노심초사했으나 다행히 라면은 제자리에서 잘 익었다. 그라운드시트에 퍼질러 앉아 김치 맛을 음미하며 먹었고 당연히 국물 한 방울 남기지 않았다. 어제 하나에 1.9CHF(우리나라 돈으로 2천 원이 넘는다)씩 주고 살 때는 비싸다고 생각한 게 사실이지만, 막상 라면 한 개가 적어도 10CHF 이상의 점심 식사는 될 것 같아, 남는 장사라 생각됐다. 식사를 마친 후에 잠시 자리에 누우니 꼭 소풍 나온 기분이었다. 혼자서만 이런 기분을 느껴도 되나 싶었다.

오후가 되자 날이 더워졌다. 처음으로 재킷을 벗고 자전거를 탔다. 정말 감사한 날씨였다. 식사 전과 마찬가지로 식사 후에도 풍경은 정말 아름다웠다. 넓디넓은 초원 지역을 지날 땐, 아주 오래전에 잊어버렸던 풀 내음이 바람에 실려 왔다. 수식어가 전

철인의 자전거 그리고 산티아고

혀 필요 없는, 어린 시절의 바로 그것이었다. 스위스의 비싼 물가가 늘 불만이었지만 이것만으로도 충분히 보상받는다는 생각이 절로 들었다.

대도시에 접어드니 GPS 경로상으로는 분간하기 힘들 정도로 서너 개의 길이 나란히 있어 헤매기도 하면서 제네바역 앞에 섰다. 대도시에 진입하는 것과 빠져나가는 것은 매번 쉬운 일이 아니다. 간단히 기념사진만 찍고 숙소로 이동했다. 1.5㎞의 짧은 거리였지만 트램과 자동차가 혼재해서 자전거 차선을 따라가기가 만만치 않아 앞선 이들을 눈치껏 따라갔다.

숙소에는 방이 두 개 있었는데 모두 짐이 있었다. 빈방이 없는 것이 의아해서 주인에게 연락하니 내 방은 오른쪽 방이며, 중국 여성과 함께 사용하게 된다고 했다. 혼숙이라는 말에 난감했지만 일단 그 문제는 나중에 다시 생각하기로 하고 저녁 식사를 위해 구글 검색을 했다. 제네바로 달려오면서 이곳 숙소도 다른 숙소처럼 주방이 있을 것이라고 예상했기 때문에 고기를 사서 스테이크를 해 먹을 생각에 마음이 한껏 부풀어 올랐었다. 하지만 숙소에서는 컵 몇 개만 사용할 수 있어 원대한 꿈을 접어야 했다. 100m 정도 떨어진 곳에 중국식당이 있고, 1㎞ 거리에 한식당이 있었다. 피곤하기도 해서 근처 중국식당으로 향했다.

식당이 저녁 영업 시작 전이라 근처 미그로스에 들러 물과 비스킷 등을 사고 나오다 약국에 잠시 들렀다. 선크림을 발랐는데도 얼굴에 열이 많이 나서 피부를 진정시킬 필요가 있었다. 프랑스어를 하는 약국 점원에게 영어로 이야기하니 처음에는 선크림을 보여 주었다가 그다음에는 클렌징 크림을 가리키기도 했다. 결국, 구글 번역기까지 동원한 끝에 '햇빛 화상용 연고'를 손에 쥘 수 있었다.

중국식당에 들어서려니 점원이 뭐라고 하면서 문을 닫아 버렸다. 하는 수 없이 좀 멀더라도 한식당에 가야 했는데 그동안 안내를 잘해 왔던 구글 지도가 엉뚱한 짓을 해서 더 피곤했다. 구글 지도에서 위치만 대충 확인하곤 어림짐작으로 식당을 찾아가니 중국인 여종업원이 친절하게 맞아 주었다. 별다른 기대 없이 공깃밥이 딸린 30CHF짜리 육개장 한 그릇을 주문했다. 구글에는 중국인이 경영한다고 되어있어서 주인도 중국인인 줄 알았었는데 잠시 뒤, 다른 여자분이 "한국 분이세요?"라면서 말을 건네왔다. 알고 보니 이 식당의 주인이었다. 며칠째 자전거를 타고 있다고 하니 사서 고생을 한다고 하며 시장할 테니 공깃밥도 한 그릇 더 주겠다고 하셨다. 음료는 필요 없다고 했는데도 맥주와 물을 한 잔씩 가져다주셨다. 맥주는 단번에 마셔 버렸다.

주인은 육개장이 준비될 동안 밥부터 먹으라면서 공깃밥과 반찬을 가져오셨다. 김! 치!, 어묵볶음, 그리고 나물 두 가지였다. 순간 눈이 확 돌아가 버리는 줄 알았다. 맛도 100% 우리 맛이었다. 이어 나온 육개장도 일품이었다. 육개장이 나오기 전에 공깃밥을 한 그릇 뚝딱 비우고 육개장과 함께 또 한 그릇 뚝딱 해치웠다. 모든 반찬 그릇과 육개장 그릇을 깨끗이 비웠다.

고맙게도 계산은 애초의 육개장 값만 받으셨고 게다가 내일 먹으라면서 밥과 김치도 싸 주셨다. 마음속으로 눈물이 나왔다. 광주가 고향이며, 스위스 오신 지 30년 되었다는 주인장께 늘 건강하시고 사업이 번창하길 기원한다는 작별 인사를 하고 식당에서 나왔다. 전혀 기대하지 않은 인정이었다. 내일은 오늘보다 더 먼 거리를 타야 하고 국경도 넘어야 하는 날이기도 하지만, 밥심으로 잘 갈 수 있을 것 같다. 나에게 눈물 나는 인정을 베푼, 한 식당 이름은 '밥(Bap)'이다.

숙소에 돌아오니 룸메이트가 와 있었다. 중국이 아니라 홍콩 아가씨였다. 교환학생으로 네덜란드에 와 있는데 이번에 스위스를 여행한다고 했다. 아가씨의 나이가 딸보다 한 살 많다고 하니, 나이보다 젊어 보인다고 했다. 좋은 여행도 과분한데 젊어지기까지 하니 이보다 더 좋을 수는 없는 것 같다. 독방이 아니어서 자기 전에 내일 라이딩 준비를 미리 해 두고 잠자리에 들었다.

여보! 오늘은 감사한 날이었소. 좀 있으면
일어나겠구려.
새로운 하루도 애쓰시오.
아들, 딸! 오늘도 응원해 줘서 고마워!
사랑하오.
사랑한다.

# Ⅲ 프랑스 자전거 여행

## 4월 10일(수):
### 국경을 넘다(제네바 - 벨레)

벨레 도착 후, 스마트폰의 인터넷 신호가 LTE로 잡히길래 가족 보이스콜을 걸었다. 울 아드님이 아빠 귀국하면 한잔하자고 했다. 전화하고 있던 그 순간에도 아드님은 친구들과 잔을 기울이는 중이었다. 삼겹살에 소주 생각을 간절하게 만든 '울 아들' 최고다. 자! 이제 적지 않은 일들을 만난 오늘을 되돌아보자.

어제는 룸메이트가 코를 골아 준비해 간 귀마개(회사에서 몇 개 챙겨 왔다)로 틀어막고 잤다. 20여 년을 들어 온 그 소리와는 질적으로 달라 잠을 이룰 수가 없었다. 귀마개 성능은 괜찮았지만 몇 번 잠에서 깼다.

6시경에 일어나서 도둑고양이처럼 살금살금 가방들을 챙겼다. 어제까지는 독방을 사용했기 때문에 온 방에 물품들을 펼쳐 놓고 출발 준비를 해 왔으나 이번에는 그럴 수가 없어 불편했다. 해가 뜨기 전이라 방 안이 어두웠는데, 야간 라이딩을 위해 준비해 간 플래시가 큰 도움이 되었다.

숙소가 건물 5층에 있어 엘리베이터로 자전거와 가방들을 옮겼는데, 공간이 좁아 자전거를 세로로 세워야 했다. 어제 숙소로 짐을 옮길 때도 마찬가지였다. 바나나 두 개를 아침 식사로 먹고, 7시 반경에 숙소 건물 앞에서 출발했다. 구글 지도에서 자전거 길에 합류하는 곳을 확인한 후 구루맵스 도움 없이도 시내를 통과하여 목적지에 도착할 수 있었다. 길눈이 어두운 편인데 며칠 동안 지도를 보며 다니다 보니 요령이 좀 붙은 것 같다.

시내를 벗어나기 위해서는 오솔길을 지나야 했는데, 부실했던 아침 식사로는 감당하기 벅찬 경사 길도 있었다. 한 시간가량 달린 끝에 도착한 콘피그농(Confignon)까지도 간간이 오르막이 있었던 터라 체력을 보충하기 위해 잠시 쉬며 비스킷을 먹었다.

도시를 벗어나자 뻥 뚫린 광경이 눈앞에 펼쳐졌다. 오르막을 오를 때는 평소에 하던 대로 기어를 최대한 낮추어 다리에 무리가 가지 않도록 했다. 몇 분을 단축하기 위해 페달을 힘들여 밟는 것보다는 체력을 아끼는 편이 현명하다. 그리고 원래 오르막은 약하기도 하고.

오늘은 라이딩 구간을 3개로 나누었는데, 첫 번째 구간이 제네바에서 불벵스(Vulbens)까지였다. 제네바는 스위스의 도시고, 불벵스는 프랑스 도시다. 따라서 이 구간을 통과할 때 국경을 넘게 된다. 지도에서 확인해 보니 국경까지는 계속 오르막이어서 초입에서 잠시 쉬었다. 오르막이 얼마나 센지 가늠할 수 없었기 때문에 마음을 다잡는 의미이기도 했다. 국경을 모르고 지나치면 아쉬움이 클 것 같아 구루맵스의 지도를 계속 눈여겨보며 갔는데 오르막은 다행히 험하지 않았고, 분위기와 경사면에서 내가 좋아하는 마진터널 오르막과 엇비슷했다. 오전 10시가 조금 넘은 시간에 스위스에서 프랑스로 넘어갔다. 예상한 대로 국경 검문소 같은 건 없었다. 대단한 일을 해낸 것은 아니지만, 자전거로 국경을 넘은 순간(한 번 더 남았다. 프랑스에서 스페인으로 갈 때)은 잊을 수 없을 것 같다.

국경을 넘은 이후 불벵스까지는 내리막과 평지로 이어졌다. 불벵스 초입에서 철길을 건너야 했는데 공사 중이라고 아예 건너지 못하게 했다. 때마침 나보다 먼저 그곳에 도착한 프랑스 아저씨(나이가 나보다 많아 보였고, 영화배우 누굴 닮았다고 생각될 만큼 멋졌다. 라이딩 차림도 고급이었다)가 우회도로로 안내할 테니 따라오라고 했다. 로드를 타는 아저씨에게 고맙다는 말과 함께 천천히 가자고 부탁했다. 로드가 속력을 내지 않는데도 뒤따라가려니 아주 힘들었다. 마지막 오르막에서는, 떨어지지 않으려고 침까지 흘려가며 후미에서 뒤따라가던 예전 그룹 라이딩이 생각나기도 했다. 첫 구간 종점에 도착한 후 아저씨는 내가 가야 할 방향까지 알려주고는 유유히 사라졌다. 오랜만에 여행이 아닌, 훈련을 했다. 메르시 보쿠!

두 번째 구간은 불벵스에서 세씰(Seyssel)까지였다. 불벵스를 벗어나니 큼지막한 바위산이 눈앞에 떡하니 버티고 서 있었다. 지도를 보니 바위산 왼편의 산을 우회해야 했다. 바위산에 점점 가까워질수록 길은 오르막으로 변했고 오른편은 낭떠러지였다.

철인의 자전거 그리고 산티아고

오르면서 내려다보이는 광경을 한번 찍어 볼까도 싶었지만 안전하게 오르는 게 급선무였는데, 보호용 난간이 없어 의아했다. 대신에 정상에서 바라본 광경은 휴대폰 화폭으로는 담을 수 없을 만큼 웅장해서 오를 때의 수고에 대한 보상으로 충분했다.

세씰까지는 아직 17㎞ 정도 남았고 시간도 11시가 넘은 터라, 그즈음에서 점심 식사를 하기로 했다. 마땅한 장소가 없어 도로 옆 공터에서 퍼질러 앉아(어제처럼 그라운드시트를 깔고 제대로 차린 식사는 하지 못하고) 어제 제네바 한식당 '밥'의 주인장께서 하사하신 밥과 신 김치를 맛나게 먹었다. 땡고추를 된장에 푹 찍어 한 입 했으면 소원이 없겠다는 생각과 함께. 어제저녁 에어비앤비에서 신청한 예약의 확답을 받지 못해 식사 중에 부킹닷컴(Booking.com)에서 오늘 묵을 숙소를 예약했다. 마냥 확답을 기다리고 있다가는 저녁에 무슨 낭패를 볼지 모를 일이었다.

식사를 마치고 다시 떠날 채비를 하면서 후식으로 비스킷을 맛나게 먹고 있는데 세씰 쪽에서 자전거 여행자가 달려오고 있었다. 내 앞에 서더니 자전거에 무슨 문제라도 있느냐고 물었다. 막 점심 식사를 마친 상태라고 했고, 이후 서로에 대해 몇 마디씩 물었다. 이번 여행을 마치고 몽골로 갈 것이라고 하길래 몇 가지 일러 주었다. 몽골은 대부분 광활한 초원지대이니 아스팔트 길보다는 흙길을 많이 타게 될 것이고 마을 사이의 거리가 아주 멀기 때문에, 물은 충분히 준비해 두는 것이 좋다고 했다. 몽골을 두 번 다녀온 경험에서 나온 조언이었는데 그새 몽골도 많이 발전했을 것이라 내 충고가 옳은 것인지는 모르겠다. 아무튼, 준비는 많이 할수록 좋은 것이니 그에게 손해가 될 일을 한 것은 아니라고 생각된다.

사실 점심 식사 장소로 그곳을 선택한 이유는 눈앞에서 오르막이 시작되었기 때문이었다. 바나나 두 개와 비스킷 몇 조각으로 3시간 이상을 버텨 온 상태에서 오르막의 난이도를 알 수 없었기에 무턱대고 계속 페달을 밟을 수는 없었다. 그런데 막상 가보니 우려했던 것과는 완전 딴판이었다. '정말 이래도 되나!' 싶을 정도로 계속 내리막이 이어졌고, 시야가 확보된 곧은 길이었기에 브레이크를 잡지 않고 신나게 내달릴 수 있었다. 아까 그 자전거 여행자는 대체 여길 어떻게 올라왔을까, 궁금하기도 했다. 길 양쪽으로 펼쳐진 초원에 흐드러지게 피어 있는 노란 꽃을 계속 보면서 왔는데 오늘에서야 그 꽃의 이름에 확신을 가질 수 있었다. 온통 민들레 천지였다.

세씰에 접어들면서 자전거 길 주변에서 계속 머문 론(Rhone)강과 지척에서 조우하였다. 세씰 역시 조용한 도시였고, 아름다웠다. 오후로 접어들면서 기온이 오르기 시작하여 재킷을 벗고 시원하게 달렸다. 세씰에서 벨레까지의 마지막 33㎞ 구간은 내리막이 계속 이어져 시합 때처럼 평속 25㎞ 이상으로 질주할 수 있었다. 게다가 주변 풍경은 수시로 그 모습이 바뀌어 달리는 것이 즐거웠다. '오늘 이렇게 내리막만 달리다 내일은 오르막만 도사리고 있는 건 아닐까?'라는 근심이 들 정도였다.

철인의 자전거 그리고 산티아고

프랑스 첫날이라 단언하기는 어렵지만, 스위스와 달리 자전거 길 대부분이 아스팔트 길이라 달리기 좋았다. 어떤 구간은 도로와 자전거 길을 방어벽으로 완전히 분리해 놓기도 했었다. 자전거 길 주변의 캠핑장 구경도 잠시 했다. 짐 무게와 날씨 때문에 캠핑을 포기한 건 잘한 일이었지만 막상 캠핑장을 보니 마음이 혹해지는 건 어쩔 수 없었다.

마지막에 오르막이 조금 있긴 했지만, 정말 거침없이 달렸다. 벨레 자전거 길 종점에서 가족 보이스톡을 걸었다. 라이딩은 무사히 마쳤고, 이제 숙소로 이동할 것이라고 했다. 숙소 도착 소식을 기다리느라 가족이 거의 매일 밤늦도록 잠을 자지 못한다. 아니네! 어떤 놈은 친구들이랑 술 마시느라 바쁘더라.

숙소는 약 2㎞ 거리에 있었는데 체감상 오늘 최고의 오르막이었다. 도착해서 보니 은퇴한 노부부의 집이었고, 내 방은 2층 독실이었다. 며칠 되진 않지만 정말 다양한 주거 환경을 접하고 있다. 아주머니는 나와 인사를 나눈 후 외출하였고, 영어를 거의 못 하는 아저씨와 구글 번역기를 대동해서 이야기를 나누었다.

벨레 종점에서 가족 보이스톡을 할 때 아내가 시킨 대로 라면은 넣지 않고 누룽지만 끓였다. 주방에서 저녁 준비를 하는 동안 주인집 키위 3개도 맛나게 먹었다. 누룽지가 완전히 불어서 부드러워질 때까지 끓인 후에 점심때 조금 남긴 김치와 함께 먹었다. 김치 생각을 하니 지금도 군침이 돈다. 아무리 생각해도 제네바에 있는 '밥' 식당 주인장이 고맙다. 덕분에 밥심으로 잘 달릴 수 있었다. 그렇게까지 호의를 베풀어 주시다니…. 누룽지로 따뜻한 식사를 한 덕분인지 며칠 동안 보지 못한 큰일을 성공적으로 해낼 수 있었다. 역시 남자는 아내의 말을 잘 들어야 한다.

식사를 마치고 내일 묵을 숙소를 예약했다. 92㎞ 떨어진 라발므레그호트(La Balme-les-Grottes, 이하 라발므)에서 숙소를 구하려 했는데, 마땅한 곳이 없어 이전 마을인 셍떼쥴리(Sainte Julie)에 숙소를 잡았다. 하지만 GPS 경로를 별도로 만들어야 할 만큼 자전거 길에서 멀리 떨어져 있었다.

문득 오늘이 수요일이라는 게 생각났다.

'취리히로 올 때 내 옆자리에 앉았던 두 자매분은 오늘 귀국하시겠네. 좋은 여행 되셨기를…. 모레면 리옹(Lyon)에서 나도 용형과 마갈리 형수를 만날 수 있겠네.'

> 여보! 여행을 시작한 지 벌써 일주일이 되었구려.
> 매시간이 긴장의 연속이나 그것 또한 즐기려고 하오. 잘 자시오. 사랑하오.
> 아들, 딸! 잘 자. 아들은 술 좀 줄이고. 안 그러면 엄마한테
> 용돈 줄이라고 한다. 딸은 계속 잘하고 있어요!
> 잘 자라. 사랑한다.

철인의 자전거 그리고 산티아고

## 4월 11일(목):
## 바람, 바람, 바람…(벨레 – 셍트쥘리)

　점심 식사를 하고 한동안 자전거를 탈 때만 하더라도 오늘 제목은 '론강과 민들레와 함께한 날'이었다. 하지만 마지막 30㎞ 구간에서 경험한 개고생을 기념하기 위해 제목을 바꿨다. 론강과 민들레에겐 미안한 일이지만.

　어제 눈이 침침할 때까지 여행기를 적었음에도 5시에 잠이 깼다. 매일 좋은 공기 마시고 아름다운 풍경을 보며 자전거를 타서 그런지 아직 피로감은 별로 느껴지지 않는다(계속 컨디션을 유지해 나가야 할 텐데…). 아내와 보이스톡(어제는 하지 못했다. 제네바 숙소 탓이다)을 마치고 어제 여주인께 부탁한 대로 6시 30분경에 아침식사를 주인 부부가 사용하는 우아한 식탁에서 했다. 식기와 잼, 버터 등 밑반찬이 놓여 있었고, 아주머니가 따뜻한 커피, 주스, 크루아상과 다른 빵을 가져다주었다. 따뜻하고 부드러운 크루아상을 생각하니 지금도 입안에 침이 고인다. (사실 지금 배가 엄청 고프다. 오늘 숙소 주인이 나를 위해 차를 몰고 피자를 사러 나갔다) '아, 크루아상 맛이 본래 이런 것이었구나'라는 생각이 절로 들었다. 양껏 먹고 일어나면서 점심 식사나 간식용으로 식탁 위의 바나나, 사과, 그리고 오렌지를 챙겼다.

출발 준비를 위해 나그네의 타이어에 공기를 주입하고, 체인 오일도 발랐다. 여주인의 친근한 배웅에 주인아저씨께도 인사를 전해 달라고 화답하며 숙소를 떠났다. 숙소가 고지대에 있어 어제 오를 때는 힘들었지만, 그 대신 아침에는 자전거 길에 합류할 때까지 페달을 거의 밟을 필요가 없었고, 도로가 한산한 시간이어서 중심지를 금방 빠져나올 수 있었다.

이른 아침부터 독차지한 유로벨로(EuroVelo) 17번 자전거 길(유로벨로는 유럽 자전거 길을 통칭하는 것으로, 현재 16개의 거대한 자전거 길이 유럽에 있다)과 주변 경치는 여태 그랬던 것처럼 다양한 모습으로 변모해 나갔다. 어제도 느낀 것이지만, 스위스 길보다 프랑스 길이 확실히 더 좋다. 연식에 따라 노면의 차이는 있지만, 99.99%가 아스팔트 길이고, 고맙게도 최근에 새로 닦은 길도 있었다.

안내판을 무시하고 갔더니 길이 막혀 있었다. 곰곰이 생각해보니 안내판은 '진입 금지'를 뜻하는 듯했고, 그 옆에 우회도로를 알리는 화살표가 있었던 것 같았다. 우회도로를 뜻하는 노란 화살표가 갈림길마다 설치되어 있어 자전거 길 합류점을 찾는 것은 전혀 문제 되지 않았다. 이런 서비스는 우리도 배워야겠다. 우리는 길 막아 놓고 "우회하시오!"라고 하면 그뿐이지 않은가.

한적한 길을 달릴 때는 무엇이 친구가 될 수 있을까? 만만한

철인의 자전거 그리고 산티아고

한 게 음악일 것이다. 특히 오늘같이 흐린 날에는 더 그렇다. 안치환의 〈사랑하게 되면〉과 조성모의 〈Someday〉를 연이어 따라 불렀다. 엄마가 유일하게 기억하시는 〈해운대 엘레지〉는 오늘따라 더 구슬펐다. 엄마! 잘 계시죠? 모차르트의 〈클라리넷 협주곡 작품번호 622번 A장조 2악장 아다지오〉도 흘러나왔다. 영화 〈아웃 오브 아프리카〉에 삽입된 곡이다. 이 곡을 무난하게 연주할 때까지는 클라리넷을 놓지 않을 것이다. 대중가요, 팝송 그리고 클래식 등 다양한 장르의 음악을 틀어 놓고 다녀도 흐린 날씨 탓인지 여전히 적적했다. 그래서 론강을 벗 삼아 나아갔다. 우리네 낙동강처럼, 자전거 길 옆에서 론강도 그렇게 흐르고 있었다.

그로슬레에 도착하여 나무 테이블 위에서 식사 준비를 했다. 그동안 벤치나 땅바닥에 밥상을 차린 것에 비하면 우아한 편이었다. 메뉴는 신라면 한 개와 바나나 한 개가 전부였다. 바나나는 물이 끓는 동안 날름 먹어 버렸고, 라면을 먹으면서 셀카 놀이도 했다. 사진을 가족 단톡방에 올렸는데 아내는 맨날 라면이냐면서 걱정했다. 그럴 수밖에 없는 여건이라고 답해 줬다.

식사를 마치고 출발 준비를 하고 있는데 두 대의 승용차가 도착했다. 아주머니 두 분이 각각 내렸고, 조금 뒤에 아저씨 4명이 자전거를 타고 주차장에 도착했다. 그런데 이들이 아주머니들에게 뭐라 뭐라 하면서 되돌아가는 것이었다. 알고 보니 아주머니들이 주차장에 들어오는 아저씨들을 제때 찍지 못해, 주차장에 다시 등장하기 위해서였다. 이들도 나처럼 설정 샷을 즐기는 것 같았다.

이들은 내가 떠날 즈음에 옆 테이블에서 식사 준비를 했다. 탁자 위에는 와인병도 보였다. 그들이 나에게 관심을 보였기에 식사 시간이 겹쳤다면 와인 한 잔 정도는 얻어 마실 수 있는 분위기였지만 별로 아쉽지는 않았다. 다시 출발해서 관광 안내문에서 읽은 '그로슬레 다리'의 여러 풍경을 휴대폰에 담기도 했다. 혼자라 적적하긴 했지만, 내키는 대로 할 수 있어 좋았다. 가고 싶으면 가고, 멈추고 싶으면 멈추고, 사진 찍고 싶으면 사진 찍고. 세상에는 좋은 점과 나쁜 점이 서로 공존하기 마련이다.

어느 순간부터 론강과 잠시 이별하게 되었다. 대신에 길가의 민들레들이 친구가 되어 주었다. 스위스에서는 노랗게 피어 있었는데 이곳에서는 홀씨들을 보이는 녀석들이 꽤 많았다. 덕분에 〈민들레 홀씨 되어〉를 수없이 부르며 갔다. 언제 불러도 좋은 노래다. 목적지를 30㎞쯤 남겼을 때는 사방이 확 뚫린 길을 달렸다. 안장통이 생기길래 잠시 쉬면서 가족 그룹콜을 했다. 오늘은 늦게 들어갈 것 같으니, 기다리지 말라고 했다. 체력이 서서히 떨어지는 데다가 맞바람까지 불어와 시간이 지체될 것 같았기 때문이다.

점점 맞바람의 위세가 더해 갔다. 나중에는 바람을 조금이라도 덜 맞기 위해 핸들 위에 팔꿈치를 올렸다. 흡사 철인3종경기용 자전거의 '에어로바(일명 U바)'에서 취하는 자세(이하 에어로 자

철인의 자전거 그리고 산티아고

세) 같았다. 그 자세를 한 것과 하지 않은 것과의 속도 차이는 시속 3㎞나 되었다.

잠시 떨어졌던 론강과 재회의 기쁨도 잠시, 흐렸던 하늘에서 결국 비가 쏟아지기 시작했다. 체온 보호용 비닐로는 감당하기 어려운 비가 내려 상의 우의도 꺼내 입었다. 가방 3개에 나누어져 있던 장비들을 찾아내느라 힘들었지만, 허투루 준비할 일은 아니었다. 조금이라도 비를 덜 맞기 위해 지도에서 지름길을 찾았다. 그런데 막상 합류해서 보니 차들이 쌩쌩 달리는 국도였다. 이대론 안 되겠다 싶어 다시 지도를 살핀 후 자전거 길과 합류할 수 있는 곳까지 되돌아갔다.

비는 그리 오래 내리지 않았다. 일종의 민방위 훈련을 치른 셈이었다. 짐을 찾고, 다시 꾸리는 데 힘이 들긴 했지만, 우중 라이딩을 대비해서 준비한 용품들을 점검하는 의미 있는 시간이었다. 비가 그나마 빨리 그친 게 다행이라 생각하며 다시 페달을 밟았다.

숙소로 가기 위해 자전거 길에서 벗어났다. 오늘 여정의 마무리 시점이어서인지 두 대의 휴대폰 배터리도 간당간당했고, 내 체력도 마찬가지였다. 한동안 차와 함께 달렸는데 갓길이 없어서 조심해야 했다. 하지만 이곳 운전자 대부분은 거리를 많이 띄운 채 나를 추월했다. "차는 자전거를 추월할 때 1.5m 이상의 간격을 유지해야 한다"라고 도로판에 명시되어 있었다.

마지막 3㎞가 오늘의 하이라이트였다. 탁 트인 곳에서 강력한 역풍이 몰아쳤다. 온몸으로 바람을 거슬러 가야 했다. 게다가 도로는 지금까지 경험하지 못한 풀밭 길이었다. 안간힘을 써봐도 시속 6km가 채 나오지 않았다. 자전거를 타기 시작한 지 10여 년이 되었지만 이런 바람은 처음이었다. 조급한 마음에 서둘다가는 체력이 금방 바닥나서 오도 가도 못하는 신세가 될 수도 있기에 여유를 가지려 애썼다.

천신만고 끝에 숙소에 도착했으나 문이 닫혀있었다. 하는 수 없이 주인이 올 때까지 허기진 배를 채우기 위해 식당을 찾았는데, 셍트쥘리에는 식당이 없다는 사실을 확인하곤 그만 맥이 풀려버렸다. 다행히 주인이 막 도착했다고 에어비앤비 앱으로 알려왔다. 그때까지도 바람은 잦아들지 않았다. 여주인은 운동하러 나가서 8시에 돌아온다고 했다. 체온 보호를 위해 잽싸게 옷을 갈아입고 허기진 배를 사과 한 알과 육포로 달랬다. 배가 몹시 고팠다.

그 와중에 마갈리 형수에게 전화해서 약속 시간을 정했다. 퇴근 시간보다 일찍 도착하는 나를 마중 나오지는 못한다고 했다. 오후 6시에 만나기로 하고 약속 장소는 이메일로 보내 주기로 했다. 전화를 건네받은 용 형이 뭐라고 말했는데 고유명사라서 무슨 말인지 알아듣기 어려웠다. 아무튼, 내일 두 사람을 만나게 된다. 따뜻한 물에 샤워하고 조금 쉬니 심신이 어느 정도 제자리로 돌아오는 듯했다. 정말 힘센 바람이었다.

운동을 마치고 돌아온 주인에게 부탁해서 근처 피자가게에서

철인의 자전거 그리고 산티아고

피자를 사 달라고 부탁했다. 1㎞ 정도 떨어진 곳에 있었는데 자전거를 타고 갈 상황이 되지 못했다. 피곤했고 바람도 여전히 강력했다. 주인은 친절하게 응해 줬고, 나중에 피자 한 조각을 감사의 뜻으로 전했다. 실은 함께 먹자고 했는데 다이어트 때문에 한 조각만 먹겠다고 했다. 맥주를 한 병 건네주면서 여동생이 우리나라 말을 조금 할 줄 안다고 했다. 재미 삼아 전화 통화를 해 봤는데 기본 인사말 정도 하는 수준이었다. 남은 피자는 내일 먹기로 하고 냉장고에 넣어 두었다. 손님을 스스럼없이 대해 주는 친절한 주인은 유치원 선생님이었다. 내일 체크아웃도 늦게 해도 된다며 나에게 열쇠를 주었고, 열쇠 둘 곳도 가르쳐 주었다. 고마울 따름이다.

여보! 이만하면 잘하고 있는 것 아니오?
아들, 딸! 그룹콜 다 같이 하니 좋더라.
사랑하오.
사랑한다.

## 4월 12일(금):

### 인연(셍트쥘리 – 리옹)

프랑스 현지 시간 자정이 다 되어 간다. 오늘 맞이한 일들을 글로 남기려면 날밤을 새워야 할 만큼 인생에서 중요한 날이 되어 버렸다. 바로 오늘이.

오늘은 리옹까지 약 60㎞만 달리면 되기 때문에 아침부터 느긋했다. 6시에 기상해서 가족 그룹콜을 거니 야야만 받았다. 요새 우리 야야의 응원이 빛난다. 이후에 마나님께 보이스톡으로 문안 인사를 드리며 숙소의 분위기를 대충 말씀드렸다. 하룻밤 묵은 집은 가정집이고, 내가 묵은 방은 이 집 꼬맹이 방이라는 것을 포함해서.

바깥 날씨를 보니 맑을 것 같았다. 하지만 꽤 쌀쌀했다. 7시 반쯤에 여주인이 먼저 출근을 했다. 객이 주인을 배웅하며 친절에 감사를 표했다.

어제 먹다 남은 피자를 데워서 냉장고에 있는 주스, 요구르트와 함께 아침 식사를 느긋하게 했다. 여주인이 나가면서 냉장고 음식을 먹어도 된다고 했다. 설거지를 하고 짐을 챙겼는데 여행

철인의 자전거 그리고 산티아고

이 일주일이 넘었는데도 물품의 위치를 아직 정하지 못하고 있다. 용도별로 넣자니 좌우 패니어 가방의 무게가 맞지 않아 균형 맞추기가 힘들고, 반대로 하자니 매번 3개의 가방을 다 열어야 하는 수고가 뒤따랐다. 출발 준비를 마치고, 여주인이 시킨 대로 뒷문으로 나와 대문을 잠그고 열쇠를 우편함 위에 올려놓았다.

어제 힘들었던 잡초 길을 피하려고 구글 지도에서 다른 길을 찾아보았으나 온 길을 되돌아가는 수밖에 없었다. 나그네와 함께 걸으며 잠시 생각에 잠겼다.

'회사라는 울타리 안에서 감당해야 하는 스트레스나 살아오면서 겪었던 고된 시간에 비하면 어제는 그저 바람이 많은 날일 뿐이었다. 자전거 길과 떨어진 숙소를 잡을 수밖에 없어 생각지도 못한 고생을 하긴 했지만, 프랑스의 또 다른 가정집을 체험해 봤다는 것은 나름대로 의미가 있었다.'

그사이에 자전거 길에 합류하여 본래 어제 목표 지점이었던 라발므를 향해 한 시간 정도를 달려갔다.

라발므에서 종스(Jons)까지는 36㎞ 정도 되었다. 이채로운 풍경을 만날 때마다 자전거를 멈춰서 사진을 찍었다. 어제까지 내비게이션용으로 사용하던 갤럭시 노트3이 충전되지 않아, 노트8이 내비게이션과 카메라 역할을 동시에 해야 했다. 엄청 넓은 유채밭도 지났다. 그야말로 온 천지가 노란색으로 빛나게 물들어 있었다. (미안한 이야기지만) 제주도의 유채밭은 이에 비하면 작은 이랑 정도밖에 되지 않았다. 소풍을 나온 꼬맹이들이 내가 가야 할 길을 앞서 걷고 있어 나그네를 끌었다. 일종의 매너였다.

정오 무렵, 길옆에 있는 슈퍼마켓('Vival')에 들어가 점심거리로 크루아상, 콜라, 바닐라 요구르트, 그리고 복숭아 캔을 샀다. 근처에 자전거를 두고 먼저 복숭아 캔을 거의 한입에 다 마셔 버리고 입가심으로 크루아상을 먹었다. 앞으로 빵은 식빵보다는 부드러운 크루아상을 계속 사게 될 것 같다.

이후 종스까지는 지루했다. 어제까지는 프랑스 자전거 길이 대부분 아스팔트 길이었는데, 오늘은 거친 자갈길도 제법 있었다. 그리고 바람도 불어와 심적으로 지치게 했다. 어느 순간부터 자전거 길의 이정표가 보이질 않았고 내비게이션은 갈지자로 길을 안내했다. 지도를 살펴보니 종스까지 곧장 이어진 국도가 있었다. 잠시 망설이다 국도보다는 안전할 것 같아 내비게이션이 안내하는 길을 계속 따라갔다. 지루한 라이딩이 계속되자, 앞에 내리막이 보이면 마치 범이 먹잇감을 노려보듯 내리막 경로를 살펴봤다. 그래야 브레이크를 덜 잡으며 조금이라도 더 빨리 내려갈 수 있기 때문이었다. 종스에 도착한 후 다시 만난 론강을 바라보며 남은 요구르트를 간식으로 먹었다.

물은 높은 곳에서 낮은 곳으로 흐른다. 종스에서 리옹(Lyon)으로 가는 자전거 길은 론강을 줄곧 따라간다. 그러므로 종스부터는 자전거 길이 대부분 내리막길임을 뜻한다. 시간도 넉넉한 데다가 그늘진 숲속 길이 마음에 들기도 하여 셀카 놀이를 했다. 오늘의 포즈는 어제 해 봤던 '에어로 자세'였다. 그런 모습이 안

철인의 자전거 그리고 산티아고

쓰러웠는지 노부부가 지나가면서 사진 촬영을 제안해서 처음으로 타인에게 휴대폰을 맡겼다. 그 기념으로 노부부와도 사진을 찍었다.

리옹 전방 17㎞ 지점을 통과할 때 마갈리 형수에게서 문자가 왔다. 어제 연락할 때는 6시가 되어야 만날 수 있다고 했는데 용 형이 벌써 집에 와 있다고 했다. 나를 위해 직장에서 일찍 퇴근한 것 같았다. 그때부터 페달을 더 열심히 밟았다. 내일부터 이틀 동안 휴식을 취할 예정이라 체력적으로 별 부담이 없을뿐더러 나를 앞질러 간 MTB를 뒤쫓아 가고 싶다는 승부욕도 생겼기 때문이었다. 그렇게 10㎞ 정도를 시합하듯 열심히 달렸는데 론강을 가로지르는 다리 진입로를 찾지 못하는 바람에 질주를 멈춰야 했다. 이리저리 헤매다가 한 청년의 도움으로 무사히 다리를 건넜다. 이후 계속 GPS 경로를 따라가다 이번에는 갈림길에서 길을 잘못 들어서는 바람에 어느 공장 안을 달리기도 했다. 철망 펜스 옆에 자전거 길이 있어 곧 합류할 수 있을 것이라 믿고 갔는데 길이 막혀 있었다. 높은 담장을 뛰어넘을 수 없는 노릇이라 하는 수 없이 길을 되돌려야 했다.

리옹에 가까워질수록 자전거 타는 사람도 많아졌고, 조깅하는 이들도 늘어나기 시작했다. 옆에는 강이 흐르고, 길은 넓게 잘 닦여 있으니 자전거 길이 정말 좋은 운동장 역할을 하고 있었다. 드디어 GPS 경로 종점에 도착했다. 주변 광경은 볼만했다. 삼삼오오 무리를 지어 서로 대화를 하는 사람들, 잔디밭에 누워 햇볕을 즐기는 사람들, 유유히 흐르는 론강, 강을 가로지르는 다리들, 그리고 리옹 시내 모습. 무사히 리옹에 도착한 것을 자축하는 의미에서 사진을 몇 장 찍고는 헬멧을 벗고, 2년 전 몽블랑 트레킹 때 용 형이 나에게 준 빨간 챙모자를 썼다. 그것은 '기념으로 받은 모자와 함께 형을 늘 기억하고 있었음'을 의미하는 것이었다. 구글 지도의 안내를 받으며 2㎞ 정도를 이동한 끝에 드디어 용 형의 아파트 건물 앞에 서게 되었다.

지금껏 마갈리 형수와 연락을 해왔기 때문에 집 앞에 도착했다는 소식도 형수에게 전화로 알리니 잠시 후 용 형이 나왔다. 거의 2년 만의 조우였는데 변한 게 없어 보였다. 용 형은 반갑게 나를 맞아 주었다. 자전거를 창고에 넣고 짐을 들고 3층까지 걸어 올라갔다. 집은 아담하게 꾸며져 있었다. 용 형과 이야기를 좀 나누다 샤워를 했다. 용 형은 피곤하지 않으냐면서 음료수와 함께 간식거리를 내왔다. 용 형에게 8일간 보낸 자전거 여행과 앞으로의 여정에 관해 설명해 줬다. 그리고 용 형의 근황도 물어보았다. 그중에서 올 6월에 스톡홀름에서 열리는 마라톤 대회에 마갈리 형수랑 같이 참가한다는 게 인상적이었다. 용 형 부부는 계속 마라톤을 즐기고 있었다.

마갈리 형수는 아직 근무 중이었고, 퇴근 후에 필라테스까지 마치고 우리와 합류하기로 했다. 용 형과 나는 약속 장소인 론강변 노상 카페에 먼저 가서 맥주를 한잔했다. 그곳까지는 각자의 자전거를 타고 갔다. 자전거는 일상생활에서만 타는 것 같았는

철인의 자전거 그리고 산티아고

데 양손을 놓고 탈 만큼 자전거를 잘 탔다. 강변 카페와 함께 많은 이들이 탁자를 가득 메우고 있는 모습도 참 이채로웠다. 볼수록 리옹이라는 도시가 매력적으로 다가왔다. 각자의 언어로 '건배'라는 말을 서로 가르쳐 주기도 했다.

한참 이야기를 나누고 있으니 반가운 얼굴이 나타났다. 난생처음으로 마갈리 형수와 양쪽 뺨을 번갈아 맞닿는 서양식 인사를 나누었다. 쑥스럽기도 했지만 반가운 마음이 더 컸다. 저녁 식사를 위해 자리를 옮겼다. 형수도 자전거를 타고 왔기에 세 명이 식당까지 줄지어 갔다. 지나가는 곳곳을 용 형의 설명을 들으며 가자니 마치 자전거 투어를 하는 것 같았다.

식당은 들은 대로 엄청 넓은 곳이었다. 수백 명이 앉아 식사하는 와중에 대기열도 길었다. 우리도 40분을 기다려야 했다. 자리가 날 때까지 이야기는 계속되었다. 최근에 다녀온 베트남 다낭 이야기도 사진과 함께 이야기해 주고 여행 일정도 형수에게 이야기해 주었다. 식사는 와인과 함께 돼지고기 요리를 먹었다. 맛있었다. 많은 사람이 있음에도 번잡하고 시끄럽다는 생각이 들지 않았다. 겨자 소스도 함께 나왔는데 용 형은 '와사비'라는 말도 알고 있었다. 이야기 끝에 작년에 다녀온 아이슬란드 캠핑 여행 이야기까지 나왔고, 민승이와 함께 뛴 마라톤이며 울 야야는 대학에서 디자인 공부를 하고 있다고 말해 주었다. 마나님 직업도 함께. 이번에 알게 되었는데 형수는 변호사였고, 용 형은 사업 제안 컨설턴트였다. 궁금했지만 이곳에서는 변호사도 자전거로 출퇴근을 하느냐고 물어보지는 않았다.

식당에서 이벤트로 생일 파티도 열어 주었다. 요란할 정도는 아니었고, 축하 노래와 함께 스페셜 케이크를 제공해 주었다. 많은 사람이 있다 보니 생일자도 많았다. 그때마다 나도 축하 박수를 보냈는데 나중에는 종업원이 우리 테이블로 케이크를 가져다주었고, 동시에 생일 축하 노래가 들려왔다. 용 형이 내가 이곳에 온 것을 기념하려고 일부러 오늘이 내 생일이라고 한 것이었다. 기분이 들떠서 자리에서 일어나 많은 손님에게 화답했다. 내 생일이 하나 늘어났다. 4월 12일이 내 프랑스 생일날이 된 것이다. 나중에는 이웃 테이블의 가족들과도 대화를 나누었다. 옆에서 지켜보며 느낀 것인데, 이곳 사람들은 참 친근한 표정으로 서로에게 이야기하고 있었다. 자기 남편이나 아내에게는 물론이고, 처음 만난 사람들에게도 그랬다. 그 모습이 보기 좋았다. 9시 넘어 시작한 식사는 10시 반이 지나 끝이 났다. 세 명에서 다시 줄지어 아파트로 돌아왔다. 식당에서 출발 전에 내가 말했다.

"I can't forget tonight forever."

아파트에 도착해서 인천공항에서 사 간 전통 혼례복 차림의 부부 자석 인형을 형수에게 건넸다. 형수는 예상보다 더 기뻐하며 바로 냉장고에 붙였다. 아마 그걸 볼 때마다 나를 생각할 것이다. 외출하기 전에 돌려놓은 세탁기에서 빨래를 꺼내어 건조대

철인의 자전거 그리고 산티아고

에 넣었다. 탈수를 한 번 더 했는데도 물기가 많이 남아 있어 손으로 다시 짰다. 그러곤 먼저 내 방에 올라왔다.

아직 여정이 많이 남아 있지만, 오늘이 이번 여행에서 손꼽는 날이 될 것이며, 아마 평생 잊지 못할 날이 될 것이다. 2년 전 몽블랑 트레킹에서 자신의 성 '용'과 내 이름 '영' 자가 비슷하다고 하며 용 형이 내게 먼저 다가와 기념 촬영을 한 것이 계기가 되어, 남은 몽블랑 트레킹 동안 친하게 지냈고 이후 한동안 안부를 묻는 이메일도 주고받았었다. 그 후 별 소식이 없다가 이번 여행을 계기로 다시 연락하게 되었고, 리옹에 오면 집에 재워 주겠다고 해서 들르게 된 것이다. 생각지도 못한 환대와 이채로운 시내 자전거 투어, 그리고 훌륭한 저녁 식사 대접을 받았다. 아마도 이들과 나는 전생에 필시 무슨 인연이 있었을 것이다. 진짜 형과 형수 사이였는지도 모르겠다.

여보! 현지 시간 새벽 2시가 넘었구려. 내일, 아니네!
오늘이구려.
오늘 9시에 아침 식사를 하기로 했소.
오늘은 자전거를 타지 않아도 되오. 이제 자야겠소.
사랑하오.
아들, 딸! 주말 즐겁게 보내라. 과제가 많아도.
사랑한다.

## 4월 13일(토):
## 리옹에서 보낸 하루

"누구라도 그대가 되어 받아 주세요."


저녁 12시가 넘은 시간입니다. 조금 전에 아내랑 보이스톡을 했습니다. 저는 아내에게 아침 맛있게 먹으라고 했고, 아내는 저에게 잘 자라고 했습니다. 조금 졸리기도 하지만, 누군가에게 속삭이듯 이야기하고 싶은 밤이군요.

아침에 일어나서 아내랑 오랜만에 페이스톡을 했습니다. 아내는 저의 얼굴이 야위었다고 했지만, 생각보다 체중이 줄지 않습니다. 여행 체질일까요? 9시에 용 형이 차린 아침 식사를 세 명이 함께 맛있게 먹었습니다. 크루아상도 먹었습니다. 어떤 음식이든 여럿이 먹는 음식이 맛있습니다. 의외로 용 형 부부가 김치를 모르길래 잠시 설명해 주고, 맛이라도 보라며 마지막 남은 김치 라면을 선물했습니다.

식사 전에 용 형이 MDS에 관해 이야기해 주었습니다. MDS는 'Marathon Des Sables'의 약자입니다. Sables은 불어로 사막을 뜻합니다. 따라서 MDS는 사막 마라톤을 지칭하는데, 일주일 정도 진행된다고 합니다. 용 형은 작년에 참가했는데 재미있었다고 했습니다. 충분히 할 수 있다면서 저에게도 추천하더군요. 그러나 참가비만 수백만 원이 들어 힘들 것 같습니다. 마라톤 경기 중에 뭘 먹느냐고 물어보니 저도 먹어 본 적이 있는 에너지겔을 보여 주더군요. 가져간 것 중에 먹어 본 적이 없다고 한 에너지 보충제를 마갈리 형수에게 한 봉지 주었습니다. 형수는 6월에 참가할 스톡홀름 마라톤에서 먹겠다고 했습니다.

10시쯤에 용 형과 함께 데카트론(Decathlon)에 쇼핑하러 갔습니다. 데카트론은 대형 스포츠 매장입니다. 어제처럼 자전거로 갈 줄 알았는데 차로 가야 한다고 했습니다. 용 형의 차는 르노의 소형 모델이었는데 의외로 후졌습니다. 여행 등 취미활동에 돈을 쓰고 차는 그저 이동 수단으로 여기는 것 같았습니다. 10㎞ 정도를 달려 입구에 들어서자 용형이 "이곳이 세계에서 제일 큰 데카트론 매장이다"라고 했는데, 한번 쭉 둘러보니 승마와 카약용품까지도 있을 정도로 규모가 컸습니다. 자전거용품 코너에서 시간 대부분을 보냈는데 우리 돈으로 30~40만 원에 자전거와 리어백을 살 수도 있었습니다. 그걸 보자 '원더풀'이란 단어가 떠오르더군요.

8일 정도 스위스와 프랑스를 달려 보니 아쉬운 게 있어 몇 가지 샀습니다. 따뜻한 데다가 열기를 뺄 수 있도록 겨드랑이 밑에 지퍼도 있는 재킷을 25€에 사서 온종일 입고 다녔는데 정말 좋았습니다. 그리고 장갑을 낀 채로 휴대폰 화면을 조작할 수 있는 겨울용 장갑도 하나 샀습니다. 그동안 벼르고 있었던 조끼도 저렴하게 샀습니다. 내일부터는 북쪽으로 올라가기 때문에 따뜻한 물을 담을 수 있는 보온 물병도 하나 샀습니다. 그리고 라이딩 팬츠를 사려다가 아예 쿠션 좋은 이탈리아제 안장을 30€에 샀습니다. 조금 두꺼운 양말은 고맙게도 용 형이 자기 양말 사면서 같이 계산했습니다.

계산대를 보고서는 조금 놀랐습니다. 우리나라에서도 있는지 모르겠지만 계산대 앞의 바구니에 구매한 용품을 넣으니 한꺼번에 계산이 되었습니다. 우리는 주로 일일이 바코드를 찍는데 말이죠. 조금 지치기도 해서 용 형과 콜라 한 병씩 마셨습니다. 여기까지 데리고 와서 쇼핑을 도와준 형이 고마워 제가 계산했습니다. 서점 앞 진열대에 놓인 지도를 보며 2년 전 우리가 만났던 몽블랑 트레킹에 대해 이야기도 나누었습니다. 용 형의 사무실 컴퓨터 배경 화면은 그때 찍은 락블랑(Lac Blanc, 하얀 호수) 사진이라고 합니다. 산속 호숫가에서 보낸 낭만적인 시간을 저도 잊을 수 없습니다.

데카트론에서 쇼핑을 마치고 곧장 집으로 가도 되는데 용 형이 스몰 투어를 하자면서 시내 외곽을 돌았습니다. 프랑스 프로 축구팀 중에 '올림피크 리옹'이라는 팀이 있습니다. 팀 이름에서 알 수 있듯이 연고지가 바로 리옹입니다. 그 팀의 주 경기장이 '파르크 올림피트 리오네'인데 6만 명을 수용할 수 있다고 합니

철인의 자전거 그리고 산티아고

다. 들어가 보지는 못하고 그 앞에서 사진만 찍었습니다. 그래도 그게 어딥니까.

집 근처에 있는 식당에서 푸짐한 프랑스식 점심 식사를 했습니다. 무얼 먹어야 할지 모르겠다고 하니 용 형은 아예 메뉴판을 식탁 위에 올려놓고 브리핑을 했습니다. 저는 오리 요리를 시켰습니다. 그러면서 용 형에게 이렇게 얘기했습니다. 한국에는 "나이 들면서 소고기는 자제하고, 돼지고기는 공짜면 먹고, 오리고기는 기회 있을 때마다 먹어라"라는 말이 있다고요. 용 형은 무슨 뜻인지 알겠다고 했습니다. 식사 후에는 쟁반 위에 가져온 여섯 가지 종류의 치즈를 원하는 만큼 잘라서 먹었습니다. 맛은 조금씩 달랐는데 먹을 만했습니다. 한 번쯤은 음식 대접을 하는 게 도리라 싶어 점심값을 계산했습니다. 식사를 마치고 창고에 모셔 놓은 나그네를 밖으로 꺼내어 안장을 바꿔 줬습니다. 안장 교체는 이번이 처음이라 귀찮고 시간도 좀 걸릴 거로 예상했는데 괜한 걱정을 했었습니다.

용 형을 따라 본격적인 자전거 시내 투어에 나섰습니다. 이번에 리옹에서 '자전거 투어'에 재미를 들여 여건이 허락된다면 다른 도시에서도 그렇게 하고 싶습니다. 제일 먼저 들른 곳은 'Les deux Fleuves'였습니다. 리옹에는 두 개의 강이 흐릅니다. 하나는 손(Saône)강이고 하나는 저와 함께 리옹까지 함께 달려온 론 강입니다. 두 강이 이곳 Les deux Fleuves에서 만납니다. 세계 대부분의 유명 도시에는 강이 있지만 두 개의 강이 있는 곳은 리옹이 처음입니다. 볼수록 마음에 드는 곳이 '리옹'입니다.

바로 근처에는 'Confluence' 박물관이 있었습니다. Confluence라는 말은 '합류'란 뜻입니다. 박물관 건물이 예뻐서 '울 아들'이 한 번쯤 보면 학업에 도움이 되겠다는 생각도 해보았습니다. 시내로 가면서 멋진 건물들을 많이 보았습니다. 그중 하나가 'Euronews' 건물이었습니다. 이때도 아들 생각이 나더군요. 'NAVLY'라는 무인 전기자동차도 보았습니다. 용 형 말로는 차선을 따라 자동으로 간다고 하는데 그때는 안에서 사람이 원격조정을 하더군요. 볼 만한 아이템이었습니다. 조금 가다 Euronews 건물 설계자가 설계한 다른 건물도 보았습니다. 아무튼, 건축은 건물을 의미하는 것이 아니라 예술임을 새삼 실감하게 되었습니다.

다리를 지나면서 강과 주변의 풍경도 잠시 구경했습니다. 참 아름답더군요. 다리 난간에는 웬만한 곳에서는 다 볼 수 있는 '사랑의 열쇠'가 이곳에도 있었습니다. 자전거로 이동하니 금방금방 다음 목적지에 도착할 수 있었는데, 다음은 루이 14세의 동상이 있는 벨꾸르(Bellecour) 광장을 둘러보았습니다. 사실 이 광장은 어제저녁에도 보았습니다. 리옹의 대표적인 광장입니다.

세계 유명 명품점이 있는 거리로 가면서 한식당도 보았는데 리옹에 와서 잘 먹고 있어서 우리 음식이 그다지 그립지 않았습니다. 친척과 함께 쇼핑하는 마갈리 형수를 여기서 만났습니다. 미리 약속했던 것입니다. 친척들은 형수의 언니와 조카 그리고 형

철인의 자전거 그리고 산티아고

의 조카였습니다. 형수를 포함한 5명의 프랑스 여성과 이곳 스타일로 인사를 했습니다. 서로 양쪽 볼을 갖다 대는 것 말입니다. 처음에는 엄청 쑥스러웠는데 계속하다 보니 익숙해지더군요.

용 형에게 부탁해서 잠시 약국에 들렀습니다. 이대로는 안 되겠다 싶어 변비가 있다고 이실직고하고 같이 약을 사러 가자고 했습니다. 리옹에서 제일 큰 약국이었는데 줄을 서서 기다려야 했고, 비행기 티켓팅할 때처럼 여러 부스가 있어 빈 부스를 찾아가면 되는 시스템이었습니다. 프랑스 변비약은 뭔가 특별할 줄 알았는데 저도 익히 알고 있는 둘코락스더군요. 그건 가급적 먹지 말라는 말을 익히 들었기에 가지고만 있고 먹지는 않을 겁니다.

리옹 박물관에는 못 들어갈 뻔했습니다. 문 닫을 시간이라 입장을 시켜 주지 않았는데 용 형이 먼 곳에서 온 친구가 있어 잠시 들어가서 사진만 몇 장 찍게 해 달라고 부탁하니 들여보내 주었습니다. 실제로 박물관 안에는 많은 그림도 있다고 했는데 로댕의 다른 조각상만 보고 나왔습니다.

용 형이 나그네의 자물쇠를 볼 때마다 약해서 아무래도 바꾸는 게 좋겠다고 했습니다. 그래서 시내에 있는 데카트론에 가서 거금 30€를 들여 튼튼한 것으로 하나 샀습니다. 자물쇠마다 번호가 적혀 있었는데 1번의 경우 펜치로도 자를 수 있는 것이었습니다. 나그네의 자물쇠가 1번이나 2번 정도 되는 것 같습니다. 새로 구매한 것은 8번이었습니다. 웬만한 대형 커터기로도 자를 수 없는 것이었습니다. 그런데 열쇠가 부담스러울 정도로 무겁습니다.

용 형 부부와 형의 조카와 함께 이젠 걸어서 구시가지로 갔습니다. 형의 말로는 르네상스 시대 때 만들어진 것이라고 했습니다. 형은 '르네상스'를 프랑스식으로 '흐네상스'로 발음해서 한동안 그게 뭔가 싶었습니다. 프랑스에서는 'R' 발음이 우리의 'ㅎ' 발음에 가깝게 들립니다. 구시가지에서 유명하다는 아이스크림 가게에 들렀는데 형수 말로는 형이 아이스크림을 무척 좋아한다고 했습니다. 그래도 저렇게 날씬한 게 이해가 되지 않는다고 하니 자기도 그게 미스터리라고 했습니다.

구시가지 골목을 구경하고 푸비에르 노트르담(La Basilique Notre Dame de Fourvière) 성당이 있는 언덕을 올랐습니다. 구시가지에서 처음엔 빡센 계단을 올라야 하더군요. 막판에 뛰어오른 장면을 형수가 동영상으로 촬영하여 보여 주었습니다. 형수는 계단을 처음부터 뛰어 올라갔습니다. 브라보!

언덕에 오르니 리옹 시내가 한눈에 들어왔습니다. 카메라 한 컷에 담을 수 없는 스케일이었습니다. 흡사 프라하성에서 시가지를 내려다보는 기분이었습니다. 이곳 리옹, 정말 마음에 드는 곳입니다. 용 형이 옆에서 여러 가지 이야기를 해 줬는데 배경지식이 없어서 별로 기억에 남는 게 없습니다. 그중에서 인상적이었던 것은 용 형이 가끔 이곳에서 다른 언덕으로 조깅을 즐긴다는 것이었습니다. 이 역시 '브라보!'입니다.

저녁 식사는 고풍스러운 식당에서 했습니다. 저는 닭 요리를

철인의 자전거 그리고 산티아고

먹었습니다. 밥도 같이 나오더군요. 점심때는 오리고기, 저녁때는 닭고기. 리옹에서 정말 잘 먹고 있습니다. 그 사이에 형수 친구들도 식사하러 왔습니다. 저를 소개해 주더군요. 이후로 자기들끼리 이야기를 했는데 눈치를 보니 저의 여행에 관해 이야기하는 것 같았습니다. 리옹에서 은근 유명 인사가 되어 가는 분위기입니다. 괜스레 기분이 좋아졌습니다.

배가 불러 도저히 디저트까지는 먹지 못하고 먼저 나와서 식당 앞에서 주변 야경을 구경했습니다. 바로 코앞에 용 형이 말했던 로마네스크 양식의 성당이 있더군요. 밤은 꽤 깊었고 날씨는 쌀쌀했습니다. 가로등 아래 혼자서 불 켜진 성당을 보고 있노라면 어떤 생각이 들겠습니까?

형의 조카를 자신의 차가 있는 곳까지 데려다주었습니다. 조카와는 식사하면서 인스타그램 친구가 되었습니다. 이벤트 디자이너라더군요. 작별 인사를 하고 우리 셋이서 자전거를 타고 집으로 돌아왔습니다. 11시가 넘은 시간이었습니다. 양치질과 세수를 대충하고 나오니, 어제처럼 용 형 부부는 그 시간에 차를 마셨습니다. 저녁 먹은 지 얼마 되지도 않았는데 말입니다. 어제는 사양했지만 쌀쌀한 날씨 속에 자전거를 타고 왔더니 따뜻한 것을 마시고 싶었습니다. 차를 마시기는 그렇고 해서 그냥 물을 달라고 하니 형이 꿀차를 가져다주었습니다. 이런 게 배려라고 생각합니다.

꿀차를 마시면서 잠시 내일 일정에 대해 이야기했습니다. 기차

역까지 형이 같이 가기로 했습니다. 그전에 집 주변 슈퍼에서 일용할 양식을 사기로 했고요. 그러곤 내일 미처 말하지 못할까 싶어 고맙다는 말을 미리 했습니다. 그저 몽블랑 트레킹을 하면서 우연히 만난 외국인일 뿐인데, 이번 여행을 위해 뜬금없이 연락했음에도 이렇게 환대해 줘서 고마웠다고 말입니다. 그리고 우리 집에 초대하고 싶다고도 했습니다. 우리 집에도 게스트용 방이 있습니다. '울 아들' 방. 용 형은 자기들을 잊지 않고 연락해 줘서 오히려 고맙다고 했습니다. 꿀차를 다 마시고 먼저 방으로 왔습니다. 내일은 다시 짐을 싸야 합니다.

인연이란 게 신기하기도 하고 참 고맙기도 합니다. 덕분에 머나먼 이국땅에서 이런 멋지고 행복한 시간을 보낼 수 있었으니까요. 너무 좋은 시간을 보냈기에 다시 솔로 여행으로 돌아갈 일이 심히 걱정됩니다. 당분간 또 혼자서 시간을 보내야 하는군요. 산티아고 순례길을 시작하게 되면 우리나라 분들을 만날 수 있을까요? 이곳에서 중국인은 몇 명 봤지만, 우리나라 분은 만나질 못했습니다. 유럽, 특히 프랑스 여행을 계획하시는 분들께 이곳 '리옹'을 강력하게 추천해 드립니다.

3시가 다 되어 갑니다. 이제 눈을 좀 붙여야겠습니다. '그대가 되어' 저의 글을 읽어 주셔서 감사합니다.

# 4월 14일(일):
## 다시 만날 날을 기약하며(리옹 - 느베르 - 쿠피)

어제 누군가에게 이야기하듯 일상을 적어 보았습니다. 그렇게 하니 마음이 차분해지는 것 같아 계속 그렇게 하려 합니다. 노트북을 막 펼친 지금 시간, 저녁 7시 반이 다 되어 갑니다. 어제는 저녁 12시가 넘어서 글을 적기 시작했는데 훤한 대낮(여기는 저녁 8시 이후에 해가 지기 시작합니다)에 쓰려고 하니 기분이 조금은 야릇하기도 합니다. 오늘이 여행 11일 차인데 매일 글을 적다 보니 이 시간이 편안하게 느껴져서 좋습니다. 분위기를 띄우기 위해 케니 지(Kenny G)의 〈Loving You〉를 들으면서 오늘 이야기를 시작합니다. 지금 쿠피(Cuffy)라는 마을의 카라반에서 글을 적고 있습니다. 제가 생각해도 참 다양한 숙소를 경험하고 있습니다.

어제, 아니 오늘 새벽 3시가 넘어서 잤습니다. 그날 일은 그날 적고자 하는 마음이 현재까지 유지되고 있어 다행이군요. 자면서 화장실을 다녀왔는데 아침까지 두 번이나 더 다녀왔습니다. 제 방은 복층에 있고, 화장실은 아래층에 있어 들락거릴 때마다 혹시 형이나 형수가 깰까 봐 조심히 다녔습니다. 그런데 화장실을 두 번째 다녀올 때 복층 제 옆방이 화장실인 것을 뒤늦게 알게 되었습니다(용 형이 말해 주지 않았었습니다). 중간중간 화장실 간다고 잠을 설쳐서인지 눈을 뜨니 8시가 다 되어 가고 있었습니다. 8시에 아침 식사를 하기로 했는데 말이죠.

조금 늦었지만 이를 닦고 따뜻한 물로 샤워도 했습니다. 여행 후 처음으로 헤어드라이어도 사용했습니다. 어제는 화장실이 하나인 줄 알고 샤워하는 동안 부부가 화장실을 사용하려고 하면 어쩌나 싶어 고양이 세수만 했었습니다. 체중계에도 올라가 봤습니다. 금요일에 도착해서 샤워하고 체중을 재어 봤을 때 실망적이었는데 오늘은 몸무게 두 자릿수 중 첫 번째 자릿수가 바뀌었습니다. 하지만 한참 철인3종경기에 빠져 있었던 시절에 비하면 아직 갈 길이 멉니다. 산티아고 순례길을 시작할 프랑스 생장피에드포르(Saint Jean Pied de Port, 이하 생장)쯤에서 다시 체중계에 올라가 봐야겠습니다.

이 집의 아침 식사 당번은 용 형인 것 같습니다. 이틀 모두 용 형이 준비했습니다. 이 글을 아내가 분명 보게 될 것인데 괜한 말을 한 것 같네요. 그 사이에 케니 지의 〈Going Home〉으로 연주가 바뀌었습니다. 지금 당장이라도 집에 가고 싶은 제 심정을 케니 지도 알았나 봅니다. 하지만 남은 여정을 알차게 보내야 하겠죠.

형수는 고양이 때문에 잠을 설친 탓에 침대에 머물고 있고, 형이랑 저만 아침 식사를 했습니다. 떠날 준비를 하기 전에 형이랑 둘이서 근처 슈퍼마켓('Kuchan')에 가서 일용할 양식과 물을 샀습니다. 입구에서 파는 통닭구이를 보면서 2년 전 몽블랑 트레킹 때 일화를 형에게 잠시 이야기했습니다. 스위스 샹페(Champex)에 도착했을 때 우리 팀(저, 여동생 혜란이, 그리고 오 서방)은 배가 몹시 고팠습니다. 슈퍼에 들렀는데 놀랍게도 전기구이 통닭을 팔고 있어서 그 녀석을 와인 한 병과 함께 냅다 사 와서 근처 호숫가에 퍼질러 앉아 맛나게 먹었다고 했죠. (혹시 저의 몽블랑 트레킹이 궁금하신 분은 블로그 '2017 TMB'편을 보시면 됩니다. 제 딴에는 최선을 다해 적은 글입니다) 어떤 빵이 괜찮은지 물으니 형이 골라 주더군요. 저보다 일곱 살이 많은 형인데, 정말 친형이면 좋겠습니다.

짐을 정리하고 2박 3일 동안 묵었던 방과 작별 인사를 했습니다. 다음에도 리옹에 오면 이 방에서 머물고 싶고, 그렇게 된다면 화장실은 복층에 있는 화장실을 알차게 사용할 겁니다. 집을 떠나며 형수에게, 이별의 의미가 느껴지는 'Good bye' 대신에 우리의 만남이 '영원히' 이어지길 바라는 마음에서 'See you again'이라고 했습니다. 혜란아! 네 안부도 오빠가 전해 주었단다. 이걸로 선물을 대신한다.

리옹을 출발하는 날은 푸르고 꽤 쌀쌀했습니다. 형 뒤를 자전거로 졸졸 따라가며 오디토리움 옆도 지나갔습니다. 그 건물이 오디토리움인지 어찌 알겠습니까? 친절한 형이 어제처럼 저를 세우고서 이야기해 준 거죠. 리옹에 가시면 이곳도 한번 둘러보시는 게 좋겠습니다. 사실 형이 어제부터 이야기한 곳이거든요. 형은 거기에 거치지 않고 전통시장도 잠시 들렀습니다. 어제 저에게 리옹을 출발하기 전에 이곳도 한번 들러 보자고 했었거든요. 이 말을 쓰는데 코끝이 갑자기 찡해집니다. 이곳에 와서 나잇값을 못 하고 있습니다. 한마디로 주책이죠. 남자가 나이 들면 여성 호르몬이 많이 분비된다는데 그 탓일까요?

시장은 여느 전통시장과 다름없는 분위기였습니다. 형 말로는 이곳에서 파는 채소와 과일이 좋고 가격도 저렴하다고 하더군요. 생닭이 아니라 산 닭도 팔고 있었습니다. 그리고 쇼핑몰인 'Halles de Lyon Paul Bocuse'도 구경했습니다. 구경하고 나오면서 형에게 "very exciting!"이라고 말했습니다. 어떤 곳인지 궁금하시죠? 리옹에 가시면 아실 겁니다. 여기서도 형의 배려를 느낄 수 있었습니다. 짐을 완전히 꾸린 상태여서 자물쇠로 나그네를 보호하기에는 시간이 다소 걸릴 것 같았습니다. 그래서 형에게 그냥 가자고 했더니 나그네는 자기가 지키고 있을 테니 잠시 둘러보고 오라고 했습니다. 생긴 것보다 마음이 몇 배로 멋진 형입니다.

리옹 역에 도착했습니다. 리옹에는 3개의 역이 있는데 제가 기차를 탄 역은 'Lyon Part Dieu'입니다. 도착해서 형과 기념 촬영을 하고, 건너편에 보이는 래디슨 블루 호텔도 잠시 지켜보았습니다. 푸비에르 노트르담 성당 언덕에서 이 건물을 봤었습니다. 리옹 시내에서 유달리 우뚝 서 있는 건물입니다.

역 앞에서 재미 삼아 그리고 기념 삼아 아내에게 보이스톡을 걸어 용 형을 바꿔 줬습니다. 순간 아내가 많이 놀랐습니다. 무슨 말을 해야 할지 모르더군요(한번은 형수가 저에게 아내 영어 실력은 어떠냐고 물었습니다. 저보다 더 잘한다고는 말할 수 없었습니다). 형의 리옹 초청에 아내는 그렇겠다고 흔쾌히 응했습니다. 그럼 저는 리옹에 다시 오게 되는 겁니까! 아내는 형과 대화를 끝내고 저에게 말했습니다. 다음에 리옹에서도 한 달 살아 보자고요. 저도 꼭 그랬으면 합니다. 우리 아들과 딸도 리옹에 꼭 며칠 묵게 할 겁니다. 저의 바람이며, 혼자서만 예쁜 것 봐서 미안한 아빠의 마음이기도 합니다.

기차 시간이 좀 남아서 스타벅스에서 초콜릿 음료를 한 잔씩 했습니다. 형은 커피를 좀체 마시지 않았습니다. 그러다 형이 잠시 어딜 다녀오겠다고 하더니 돌아왔을 때는 손에 봉지 하나를 들고 있었습니다. 아내에게 주는 선물이니 임무를 반드시 완수하라고 했습니다. 무엇인지 궁금하시죠? 사실 저도 궁금합니다. 뭐라 뭐라 했는데 정확한 정체는 저도 모릅니다. 나중에 임무를 완수한 후에 알려 드리도록 하겠습니다.

기차를 타고 자전거를 거치하기까지 용 형이 없었다면 엄청난 혼란과 공포의 시간을 보냈을 겁니다. 용 형은 거의 닫혀 가는 출입문을 손으로 막으며 기차에서 내렸습니다. 그러곤 기차 유리문을 사이에 두고 기차가 떠날 때까지 서로를 향해 손을 흔들었습니다. 기차 탑승의 혼란스러움에 잠시 비켜 있었던 이별의

감정이 몇 정거장이 지난 후에 되살아났습니다. '고마웠어요, 형.
또 만나요…'

느베르(Nevere)행 기차 안에서 인스타그램에 한 장의 사진과
함께 글을 올렸습니다. 내용은 이렇습니다.

> "I leave Lyon with so many beautiful memories that
> I can't forget forever. Thank you, Magali and
> Francois. See you again."

Francois(프랑수와)는 용 형의 이름입니다. 나중에 확인했는데
마갈리 형수가 인스타그램에 댓글을 다음과 같이 남겼더군요.

> "We were so proud of meeting you again!! See you
> soon! Take care of you. ^^"

그리고 어제 만났던 형의 조카, 아나벨도 저의 글에 '좋아요'를
눌렀더군요. 이제 저의 인스타그램은 글로벌이 되었습니다. 저를
팔로우하는 프랑스 여인이 두 명이나 되니까요.

제가 탄 기차는 등급이 제일 낮은 'TER' 이었습니다. 잘 아시
는 테제베(TGV)가 1등급이죠. 그런데 TER도 부드럽게 잘 달렸습
니다. 흠이라고 한다면 내리는 방향을 미리 이야기해 주질 않았
습니다. 안내방송을 하긴 했는데 불어라서 알아듣지 못한 것인

철인의 자전거 그리고 산티아고

줄도 모르겠습니다. 3시간 정도를 타고 가면서 화장실에도 다녀오고, 인스타그램도 잠시 하고, 다운로드해 간 책 몇 페이지를 보다가, 내일 숙소도 부킹닷컴으로 예약했습니다.

내일은 조금 비싼 곳에서 자게 되었습니다. 라이딩을 마치게 될, 볼리유쉬르루아르(Beaulieu sur Loire)의 숙소는 그곳밖에 없었습니다. 직접 보고 다시 말씀드리겠습니다. 아내가 이 글을 보다 '숙박비도 펑펑 쓰고 있구먼!'이라고 할까 봐 미리 선수를 칩니다. 지금 카라반 탁자에서 맨발로 글을 적고 있는데 발이 시립니다. 카라반에 도착했을 때 관리하는 아저씨와 이야기를 조금 나누었는데 내일도 영상 4도 이하랍니다. 고로 현재 이곳에서 난방이 제대로 되지 않는 곳이나 텐트로 야영을 하다가는 입이 돌아갈지도 모릅니다. 돈이 더 들더라도 따뜻하게 지내길 아내도 바랄 겁니다.

예정된 오후 3시 14분에 정확히 느베르역에 도착했습니다. 여태껏 스위스 미텔란드 자전거 길과 유로벨로(EuroVelo) 17번 자전거 길을 타다가, 느베르부터 전통의 유로벨로 6번 자전거 길을 타는 순간을 맞이하게 되니 마음이 한층 부풀어 올랐습니다. 하차 준비를 할 때 나그네를 거치대에서 빼내기가 쉽지 않았는데 한 청년이 도와주었습니다. 내릴 때 고맙다는 인사를 다른 때보다 더 친근하게 했습니다. 아무래도 들뜬 마음이 한몫한 것 같습니다. 플랫폼에서 기념 촬영을 한 후, 무사히 기차에서 내렸다고 가족 단톡방에 알렸습니다. 플랫폼을 빠져나오면서 일종의 신고식을 치렀습니다. 가방들을 제대로 잡아매고 철길을 건너려고 하는 데 지하도를 이용하라며 직원이 제지했습니다. 나그네와 가방을 옮기느라 지하도를 여러 번 오르내렸더니 힘들더군요.

역 앞에서 기념 촬영을 하고 유로벨로 6번 자전거 길에 합류하러 가면서 잠시 식료품 가게에 들러 고기 몇 근을 사서 카라반에서 스테이크를 우아하게 먹으려고 했는데 아쉽게도 오늘은 일요일이라 가게들이 모두 문을 닫았더군요. 다음엔 반드시 스테이크를 해 먹고야 말겠습니다.

느베르 시내를 빠져나오면서 느낀 것인데 이곳은 여태 지나온 도시나 마을과는 분위기가 자못 달랐습니다. 뭔가 후지다는 느낌마저 들었습니다. 합류점에 도착했을 때도 눈앞에서 흐르는 루아르강의 규모도 론강보다 훨씬 적었습니다. 쉽게 말해서 동네 자전거 길 수준이더군요. 그런데 막상 달려 보니 이전과 완전히 다른, 뭔가 정다운 분위기를 느낄 수 있었습니다.

부킹닷컴에서 알려 준 위치에 숙소, 즉 카라반이 없어 당황스러웠습니다. 하지만 이곳 사람들이 대체로 호의적입니다. 잘생긴 동양인이 자전거에 짐을 잔뜩 싣고 와서 도와달라고 하니 당연히 그러지 않겠습니까? 이번에는 한 가족의 도움을 받았는데 그 집의 딸인 듯한 아가씨가 구글 지도에서 위치를 제대로 알려 주더군요. "메르시 보쿠"로 화답했습니다.

더 황당했던 것은 카라반을 찾긴 했는데 근처에 아무도 없었

철인의 자전거 그리고 산티아고

습니다. 긴가민가하다 부킹닷컴에 있는 카라반의 사진과 같길래 짐을 안에 넣어 놓고, 아침에 리옹 슈퍼에서 산 베트남 라면을 끓일 준비를 했습니다. 카라반을 처음 경험하는 처지라서 가지고 다니는 코펠과 버너를 사용했습니다. 그사이에 프랑스 말만 아주 잘하는 관리인 아저씨가 등장하셨고, 둘이서 구글 번역기를 아주 알차게 사용해 가며 이야기를 나누었습니다. 나이스 구글!

전등 스위치 위치, 화장실 물 내리는 법, 가스레인지에 불붙이는 방법, 싱크대 물 나오게 하는 방법 등 내부 사용법을 배웠습니다. 그사이에 여주인도 왔습니다. 고기에 아직 미련이 남은 터라 가지고 있는 고기가 있느냐고 물으니 없다면서 전자레인지에서 데워 먹는 인스턴트 음식을 보여 주었습니다. 그중에서 소시지와 으깬 감자를 작은 바게트 두 개와 함께 현금 5€를 주고 샀습니다.

카라반 안에서 그것들을 맛있게 먹었는데 성에 차지 않아 애초에 먹기로 한 베트남 라면도 익힌 가스레인지 사용법을 잘 따라 해서 끓여 먹었습니다. 양이 적어서 그렇지 맛은 괜찮았습니다. 그리곤 큰 볼일을 봤습니다. 어제 리옹에서 제일 큰 약국에서 산 둘코락스를 먹지 않길 정말 잘한 것 같습니다. 그걸 먹지 않아도 볼일을 볼 수 있었으니까요. 그다음엔 이렇게 음악을 들으며 글을 적고 있습니다. 라디에이터를 발 근처에 두니 아까보다는 발이 덜 시립니다.

내일은 약 100㎞를 달릴 예정인데 오늘과 같은 길이라면 숙소에 무난하게 도착할 것 같습니다. 내일도 제 이야길 들어 주시면 고맙겠습니다. 내일은 우리 부부의 결혼 24주년 기념일입니다. 숙소에 도착했을 때 아내랑 잠시 보이스톡을 했는데 우리나라 시간으로 저녁 12시가 넘은 시간이라 빨리 자라고만 하고 끊었습니다. 내일이 결혼기념일이라는 말은 서로 하지 않았습니다. 아내는 제가 기념일을 잊어버렸다고 생각할지도 모릅니다. 23주년까지는 기념일을 늘 함께했는데 아쉽게도 올해는 떨어져서 맞이하게 되었습니다. 더군다나 아내는 내일 장거리 출장을 다녀와야 합니다. 신랑이 없어 많이 쓸쓸할 텐데 장거리 출장까지 갈 아내를 생각하니 마음이 아픕니다.

> 여보! 나, 오늘 용 형 덕분에 이곳 느베르에 잘 도착했고 저녁 식사도 배불리 먹었소. 내일 우리 결혼기념일인데 함께하지 못해 미안하오. 사랑하오.
> 아들, 딸! 내일이 무슨 날인지 알고 있겠지? 이벤트라고 하면 두 번째 가라면 서러워할 사랑하는 우리 아들, 딸. 내일도 기대할게. 사랑한다.

철인의 자전거 그리고 산티아고

# 4월 15일(월):
## 축! 결혼 24주년(쿠피 - 볼리유)

먼저 글을 시작하기 전에 저희 부부의 결혼 24주년 기념일을 자축합니다. 아내와 저는 동갑내기입니다. 좀 더 자세히 말씀드리자면 중학교 동기입니다. 학교 다닐 때는 몰랐는데 대학 동문회에서 처음 만나게 되었습니다. 친구로 지내다 자연스럽게 사귀게 되었고, 저희는 저의 초등학교 은사님의 주례로 24년 전 청명한 토요일 오후에 결혼식을 올렸습니다. 대학원 석사과정 때라 저의 하객은 학교 후배들이 대부분이었습니다. 석사과정을 마치고 창원에서 터전을 잡아 지금껏 아들, 딸 낳고 잘살고 있습니다.

숙소에서 와인과 함께 기념 파티 음식을 차렸습니다. 와인은 슈퍼에서 싼 축에 속하는 녀석을 그냥 들고 온 겁니다. 아내의 잔도 준비했습니다. 물론 제가 다 마실 겁니다. 아내와 함께하지 못해 아쉽습니다. 마음에 드는 숙소에서 이렇게 상을 차려 놓고 둘이서 한잔하면 좋을 텐데 말입니다. 기회는 또 오기 마련이니 지금, 이 순간을 즐기기로 하겠습니다. 아내는 이렇게 거나하게 차려 놓고 먹고 마시는지도 모른 채 지금 꿈나라에 가 있겠죠.

현재 시간 오후 8시, 우리 시간 새벽 3시군요. 오늘의 이야기를 시작해 보도록 하겠습니다.

어제 자기 전에 추위에 대비해서 몇 가지를 준비했었습니다. 우선 리옹 데카트론에서 산 스테인리스 물병에 끓인 물을 담았습니다. 수건에 싸서 품고 있으면 정말 따뜻합니다. 그리고 목에는 버퍼를 두르고 머리에는 비니를 썼습니다. 머리 보온이 중요하니까요. 그렇게 준비하고 담요를 두 장이나 덮고 잤는데도 추웠습니다. 카라반 침실에서 나와 밖을 보니 서리가 내려 있었습니다. 입김도 나왔고요. 다시 카라반에 들어가서 머리까지 이불을 덮은 채로 아내와 보이스톡을 했습니다. 당연히 주제는 결혼 기념일이었죠. 아침 식사 준비를 할 때 노래를 틀었습니다. 이선희의 〈인연〉이 제일 먼저 흘러나왔습니다. 인연, 이번 여행과도 잘 맞고 오늘 우리에게도 너무나 잘 어울리는 노래가 아닐 수 없었습니다.

아침 메뉴는 하나 남은 베트남 쌀국수였습니다. 간밤에 얼었던 몸을 녹이는 데에는 뜨끈한 국물이 최고입니다. 짐을 챙기고 떠날 준비를 했습니다. 다른 날에 비해 짐 정리 시간이 짧아 좋았습니다. 카라반에 욕실이 없어 세면도구는 아예 꺼내지도 못했습니다. 덕분에 어제저녁부터 아침까지 전혀 씻지를 못했습니다. 심지어 잘 때도 어제 신은 양말을 그대로 신고 잤습니다. 저는 카라반보다는 야영이 훨씬 더 운치가 있는 것 같습니다. 관리

철인의 자전거 그리고 산티아고

인 아저씨와 작별 인사를 하며 기념 촬영도 했습니다. 인심 좋게 생기신 분이었습니다. 저보고 뭐라고 했는데 무슨 말인지 궁금해서 구글 번역기를 갖다 댔습니다. 구글 번역기는 아저씨의 말을 이렇게 번역해 주었습니다. '기억'.

숙소에서 금방 자전거 길에 합류했습니다. 어제 느베르로 넘어와서 타고 있는 길은 유로벨로(EuroVelo) 6번 자전거 길이며, 프랑스에서는 'La Loire a Velo(루아르강 자전거 길)'라고 합니다. 저도 이 자전거 길을 참고해서 여행 경로를 계획했습니다. 유로벨로 6번 자전거 길은 대서양과 흑해를 연결하는 4,400㎞의 길로서, 프랑스 낭트(Nantes)에서 불가리아 콘스탄타(Constanta)까지 연결됩니다. 저는 느베르에서 낭트 구간, 642㎞를 탈 계획인데 전체 길이에 비하면 조족지혈이라 할 수 있죠. 하지만 그 일부라도 경험해 보는 것도 나름대로 의미가 있다고 봅니다.

자전거 길에 합류하여 기념사진을 찍고서는 오늘의 여정을 시작했습니다. 리옹까지 달린 유로벨로 17번 자전거 길과는 완전히 다른 분위기였습니다. 17번 자전거 길보다는 상대적으로 위쪽 길이라 더 추울 것 같아 망설이기도 했지만, 직접 달려 보니 오길 잘했다는 생각이 절로 들었습니다. 참고로 6번 자전거 길은 다른 길에 비해 역사가 오래된 길입니다. 그래서인지 오늘 자전거 여행자를 간혹 볼 수 있었습니다. 17번 길을 달릴 때는 거의 전세를 내다시피 했습니다. 정말 아득하게 쭉 뻗어 있는, 이런 길을 걸으며 사색에 잠긴다면 자연스럽게 철학으로 이어질 거라는 생각마저 들더군요. 대부분 운동장 트랙을 도는 저로서는 이 길에서 조깅하는 아저씨가 참 부러웠습니다.

강에는 배들이 정박해 있었습니다. 우리나라 이전 정부에서 4대강 사업을 할 때 운하를 언급하기도 했는데 아마 이런 모습을 상상했는지도 모르겠습니다. 달리는 노면과 거의 같은 높이에서 나란히 강이 흐르고 거기에 배까지 있으니 그 광경이 참 이채로웠습니다.

'지루한 듯 지루하지 않은 듯 지루한 것 같은' 길을 계속 달렸습니다. 달리기에 정말 편한 길이었습니다. 그냥 힘들이지 않고 밟는데도 시속 15㎞ 이상 나왔습니다. 속도를 조금 올리면 25㎞도 나왔습니다. 오늘 100㎞를 이동할 예정이었는데 이 정도 속력이면 오후 2~3시경에 숙소에 도착할 것 같았습니다. 정말 이래도 되나 싶을 정도로 평이한 도로였습니다. 사이트에서 구간별 난이도를 나타낼 때 'family'라는 말도 쓰고, 'intermediate'라는 말도 썼습니다. 말 그대로 family는 가족들이 함께 자전거를 타도 무방한 길이며, intermediate는 family보다 조금 더 어려운 길입니다. 오늘 경험한 바로는 힘껏 밟으면 두 종류의 자전거 길 모두 20㎞ 이상은 나오는 길이었습니다. 참고로 내일 여정의 종착지인 오를레앙(Orléans)까지는 6개의 소구간으로 나뉘어 있는데, family 반 intermediate 반입니다. 내일도 그냥 달리면 될 것 같습니다. 숙소에 도착해서 아내에게 이렇게 말했습니다. "자전거 길 끝나고 숙소로 이동할 때가 오늘 제일 힘든 코스였다오."

철인의 자전거 그리고 산티아고

유로벨로 6번 자전거 길 주변에는 상당히 오래된 건물이 많았고 지붕이 다들 뾰족했습니다. 눈이 많이 내리는 지역에서는 눈이 쌓이는 걸 방지하기 위해 지붕을 뾰족하게 한다고 얼핏 들은 듯한데, 그 말이 사실이라면 이쪽도 눈이 많이 내리는가 봅니다. 푸이쉬르루아르(Pouilly-Sur-Loire)라는 마을에는 눈에 띄는 성당이 있었습니다. 문외한인 제가 봐도 독특한 형태를 갖추고 있었는데 호기심에 걸맞은 프랑스어 실력을 갖추지 못해서 그냥 눈요기만 하고 발걸음을 옮겼습니다.

정오가 되자 기온이 많이 올랐고 바람마저 잦아드니 더웠습니다. 그즈음에 허기가 져서 길가에서 쉬며 점심 식사를 했습니다. 메뉴는 오렌지 하나에 리옹 떠날 때 용 형이랑 함께 가서 산 빵이었습니다. 예상보다 일찍 숙소에 도착하리라 판단되어서 노천에서 수고스럽게 판을 벌일 필요가 없었습니다.

오후 2~3시가 되자 입고 있던 재킷이 부담스러워질 만큼 더웠습니다. 재킷을 벗는 김에 헬멧도 같이 벗어 버렸습니다. 자전거 길이 안전해서 굳이 헬멧을 쓸 이유가 없어 보였습니다(여러분은 항상 안전에 유의하시기 바랍니다). 저는 안전을 포기하고 시원함을 택했습니다.

오늘 숙소가 외진 곳에 있고 또 내일 자전거를 오랫동안 타야 하므로 숙소 가는 길에 슈퍼에 들러 일용할 양식을 샀습니다. 과일을 집었다가 깎기가 귀찮을 것 같아 과일 통조림으로 바꾸고 물과 콜라도 샀습니다. 그러다 어제 카라반 주인에게서 산 것과 비슷한 인스턴트 제품을 발견했습니다. 어제 주인은 저에게서 5€를 받아 갔는데, 이곳에서 보니 비싼 게 2€였습니다. 오늘 거의 100㎞를 이동했으니 동네마다 물가도 다른 것이겠죠.

숙소로 가는 길은 지긋한 오르막이라서 힘들기는 했지만 멀리 지평선이 보이는 한 폭의 풍경화를 연출하고 있었습니다. 외견상으로는 허접해 보였던 숙소도 마음에 들어서 저 같은 여행자가 하룻밤 묵고 가기에는 정말 아까운 곳이었습니다. 야외 벤치에서 쉬며 아내와 야야랑 보이스톡을 했습니다. 우리 아들, 딸이 요새 공부를 열심히 하긴 하는가 봅니다. 얼마나 바쁘길래 엄마, 아빠 결혼기념일도 안 챙겨줬을까요? 정말 이벤트에 능한 녀석들이었는데 말이죠. 아내가 한마디 거들었습니다. "그건 우리 둘의 기념일이니 얘들이 안 챙겨 줘도 되는 거예요."

앞서 말씀드린 바와 같이 결혼기념일 자축을 와인과 함께했습니다. 글을 쓰면서 홀짝거렸더니 0.75ℓ 와인 병을 거의 다 비워 갑니다. 여행 와서 술을 제일 많이 마시는 날이네요. 여태껏 맥주 한 잔이나 와인 한 잔 정도 마셨으니까요. 오늘은 저희 부부의 결혼기념일 이야기를 많이 한 것 같군요. 다들 좋은 밤 보내십시오.

> 여보! 이제 우리 결혼 생활 25년째로 접어든 거요? 오늘 출장 다녀오느라 고생했소. 푹 쉬시오. 사랑하오.
> 열심히 공부하고 과제 하느라 힘들었을 우리 아들, 딸! 사랑한다. 힘들수록 '즐거~'

철인의 자전거 그리고 산티아고

## 4월 16일(화):
## 비 그리고 루아르강의 똥바람(볼리유 - 오를레앙)

6시 알람이 울릴 때까지 한 번도 깨지 않고 자기는 처음이었습니다. 숙소의 아담한 분위기가 한몫을 한 것 같습니다. 어제는 화창했는데, 아침에 비가 내리고 있었습니다. 일기예보가 정확했습니다. 라이딩 도중에 비가 내렸다면 우의로 갈아입는다고 야단법석이었을 텐데 출발 전에 미리 대비할 수 있어 다행이었습니다. 어제 주인아주머니께 7시에 아침 식사를 가져다 달라고 했는데, 시간에 맞춰 아저씨가 아침상을 가지고 왔습니다. 럭셔리 룸서비스를 받는 기분이라 좋았는데 빵이 좀 적더군요. 크루아상이 하나밖에 없어 아주 아쉬웠습니다.

식사 후에 본격적으로 우중 라이딩 준비를 했습니다. 리옹의 데카트론에서 산 우의는 신발까지 감쌀 수 있어서 슈즈 레인 커버를 착용할 필요가 없었습니다. 출발 전에 주인집에 들러 잘 쉬어 간다고 인사를 했습니다. 주인아저씨는 영어를, 저는 프랑스어를 하지 못하지만 그건 아무런 문제가 되질 않았습니다. 그 느낌만으로도 충분히 알아들을 수 있었습니다.

"잘 쉬었다 갑니다. 안녕히 계세요."

"비가 와서 어떡합니까? 조심히 가세요."

작별 인사를 마치고 하룻밤만 보내기에는 시설이나 주변 분위기가 너무나 마음에 들었던 숙소를 뒤로한 채 본격적인 라이딩에 돌입했습니다.

가랑비, 이슬비…. 아무튼 이와 비슷한 비가 내렸습니다. 그냥 가자니 옷이 젖을 것 같고, 우의를 입자니 좀 과한 것 같은 그런 비 말입니다. 하지만 날씨가 꽤 쌀쌀했기 때문에 방풍을 위해서라도 우의를 입은 게 잘한 일이라 생각되었습니다. 날씨가 사람 마음을 좌지우지하는 게 맞는가 봅니다. 똑같은 경치인데도 맑은 날에 보는 것이랑 오늘같이 비 내리는 날에 보는 것은 느낌이 완전히 다르니까요. 드라이브하면서 데이트하기에 딱 좋은 날씨에 장거리 라이딩을 혼자서 하려니 마음이 착잡해지는 건 어쩔 수 없었습니다. 그래도 꿋꿋이 가야죠. 비는 내리지만 많은 비가 아니어서 눈에 띄는 곳을 지날 때면 사진을 찍었습니다. 그러다 개와 함께 산책하는 할아버지께 사진 한 장 부탁했습니다. 이런 날씨에 셀카 놀이는 힘들죠.

페달을 밟는데 공구 통이 자꾸 걸리적거렸습니다. 단단히 묶지 않아서 그런가 보다 하고 생각하며 다음 쉴 때 한번 들여다봐야겠다 싶었는데 그사이에 결국 일이 벌어지고 말았습니다. 공구 통 케이지의 나사가 풀려 그것에 의지해 있던 케이지도 땅에 떨어지고 만 것입니다. 거의 1,000㎞ 정도를 달려온 시점에서

철인의 자전거 그리고 산티아고

나그네에게 부착된 여러 나사의 조임 상태가 느슨해진 것 같습니다. 물통 케이지 나사도 조금 풀렸더군요. 전반적으로 한번 들여다봐야겠습니다.

요새 달리고 있는 유로벨로 6번 자전거 길에서 꽤 유명한 운하를 만났습니다. 'Pont Canal de Briare'라고 하는데 관련 자전거 사이트에서도 소개되는 곳입니다. 사진으로만 보다가 실물을 보니 감개무량하더군요. 날씨만 좋았다면 셀카 놀이도 했을 텐데 그러지 못해 아쉬웠습니다.

기웅(Gien)이란 곳에서 잠시 머물러 식사를 했습니다. 메뉴는 복숭아 통조림과 약간의 과자였습니다. 오늘 100㎞ 정도를 타야 하는데 비 때문에 속력을 내지 못해 식사를 여유 있게 할 수가 없었습니다. 맞은편에 보이는 기웅성은 볼 만하더군요. 시간만 되면 들러 보고 싶은 곳이었습니다. 탁 트인 초원을 가로지르기도 하고 숲속 오솔길도 달렸습니다. 사진 찍을 곳이 천지인데 비와 먹구름이 자꾸 발걸음을 재촉하더군요.

쉴리쉬르루아르(Sully sur Loire)라는 곳에도 성이 있었는데 그 모양새 역시 독특했습니다. 건축양식이란 게 참 재미있습니다. 기본적인 의문이 들거든요. '왜 저리 지었을까?' 이번에도 지나가는 아저씨한테 부탁해서 사진 한 장 찍었습니다. 내비게이션이 시키는 대로 가지 않고 샛길로 갔다가 너덜길이 나오는 바람에 낭패를 보기도 했습니다. 그 이후론 지름길이라고 생각되는 곳이 나와도 '내비 양'이 안내하는 곳으로만 다녔습니다.

유로벨로 6번 자전거 길의 프랑스 구간은 루아르강을 따라갑니다. 지척에서 달리기도 하고 좀 떨어져 달리기도 하는데, 쉴리 쉬르루아르부터는 강둑을 달렸습니다. 비는 주춤했지만, 서풍이 어찌나 저의 앞길을 막던지 '완전 돌아 버리는 줄' 알았습니다(저는 동쪽에서 서쪽으로 이동 중입니다). 정말 입에서 욕이 나올 정도였습니다. 어디 한 곳 바람 피할 곳 없는 탁 트인 공간에서 바람을 고스란히 맞으며 가기란 쉽지 않습니다. 나중에는 안장통까지 합세하더군요. 그래도 간간이 사진을 찍을 때는 웃었습니다.

오전 8시 30분경에 출발하여 오후 6시를 조금 넘겨 숙소에 도착했습니다. 집 근처에서 출입문을 찾지 못해 서성이다 주인아주머니랑 통화한 후 들어갈 수 있었습니다.

하루 라이딩을 마치고 따뜻한 물로 샤워할 때가 제일 좋습니다. 충분히 샤워를 즐긴 후, 주변 식당을 검색해야 했습니다. 아쉽게도 이번 숙소는 주방이 개방되지 않아 간절히 바라고 있는 비프스테이크를 손수 해 먹을 환경이 되지 못했기 때문입니다. 처음엔 근처에 있는 중국식당에 가려다, 혹시나 해서 한식당을 검색하니 두 곳이나 있지 뭡니까! 스위스 로잔에서도 없었던 한식당이 말입니다. 두 곳 중 구글 평가가 높은 곳에 전화해서 주인이 한국 사람이냐고 물으니 주방장이 우리나라 사람이라고 하더군요. 저 혼자라고 하니 예약 없이 그냥 와도 된다고 했습니다 (프랑스 주인이 전화를 받았는데 우리말을 잘하더군요).

'Kimme'이라는 곳이었는데 영어로는 'Kim'이고 우리말로는

철인의 자전거 그리고 산티아고

'김'입니다. 의외로 손님들이 많았습니다. 잡채와 김치찌개를 주문했습니다. 소주는 잔술로도 팔았는데 메뉴판을 잘못 보는 바람에 병째로 시켜 버렸습니다. 가격은 말할 수가 없군요(아내한테 혼날 게 뻔합니다). 반찬으로 김치를 내왔는데 맛이 삼삼했습니다. 제네바 '밥' 식당에서 먹었던 신 김치가 그리워지더군요. 소주는 내일 라이딩을 생각해서 딱 두 잔만 마셨습니다. 지금 방에 있는데, 저걸 내일 가방에 넣어 가야 할지 고민스럽습니다. 아무튼, 그곳에서 배불리 먹고 나왔습니다. 늘 그런 건 아닐지라도 주변 초밥집이나 인도식당보다 손님이 많아 뿌듯하기도 했습니다.

소화도 시킬 겸 식당 근처에 있는 오를레앙 대성당에 가 봤습니다. 야! 이거 장난이 아니더군요. 바로 네이버 검색을 해보니 얼마 전에 대형 화재가 발생한 파리 노트르담 성당에 못지않다고 했습니다. 조금 들여다보니 규모나 여러 장식이 예사롭지 않았습니다. 대성당 앞으로 뻗은 '잔 다르크' 거리에서 대성당 쪽을 바로 보는 뷰가 유명하다고 해서 휴대폰에 한 번 담아 보았습니다. 여행 계획을 짤 때 프랑스의 다른 도시에 비해 왠지 낯이 익다고 생각된 곳이 오를레앙이었는데 아직 그 이유는 찾지 못하고 있습니다. 잔 다르크 때문일까요?

내일은 마땅한 숙소를 잡지 못해 어쩔 수 없이 130㎞ 이상을 달려 투르(Tours)까지 가야 합니다. 12시간 정도 걸릴 것 같아 될 수 있는 대로 빨리 나서려고 하고 있습니다. 느껴지시나요? 오늘 이야기도 왠지 서둘고 있다는 것을.

아, 참! 어제가 저희 부부 결혼기념일이었는데, 아내가 장거리 출장을 가야 해서 꽃 배달을 하루 늦추었습니다. 오늘 아내가 꽃을 받았습니다. 먼 나라에서 자전거 타고 돌아다닌다고 돈 펑펑 쓰고 다니는 남편이 보낸 것임에도, 마음에 들어 하는 것 같아 저도 덩달아 기분이 좋았습니다. 내일을 위해 이제 자야겠습니다. 다행히 내일은 비가 내리지 않는다고 합니다.

여보! 내가 자전거만 타고 다니는 것이 아니오. 다음에 당신과 함께할 여행의 사전 답사이기도 하오. 이곳, 오를레앙도 당신과 한번 들르고 싶은 곳이구려. 사랑하오.
아들! 네가 장담한 대로 오늘 수학 시험 만점 받아라. 아빠는 열심히 달릴 테니….
딸! 별로 지적할 게 없이 잘하고 있어요!
내일 보자. 아들, 딸 사랑한다.

철인의 자전거 그리고 산티아고

## 4월 17일(수):
## 람보르기니처럼 달려(오를레앙 - 투르)

　오늘 135㎞를 달리고, 숙소에 도착해서 샤워 후 장을 보고 와서 소시지 굽고 베트남 라면 끓여서 어제 마시다 남은 소주 한잔 했습니다. 지금 노트북에선 양희은의 〈부모〉가 흘러나오고 있습니다. 제가 생각해도 참 대단한 하루를 보낸 것 같습니다. 술기운 탓인지는 모르겠으나(소주 두 잔 마셨습니다. 더 마시면 바로 침대에 뻗어 버릴 것 같습니다), 우리 가족이 무척 보고 싶습니다. 오늘 있었던 일을 후딱 말씀드리고 빨리 침대에 눕고 싶습니다. 그 사이 노래가 바뀌어 임병수가 〈약속〉을 열창하고 있습니다. 개인적으로 참 좋아하는 노래입니다. 자, 그럼 시작하겠습니다.

　주변에서 시끄러운 소리가 들려와 잠을 깼습니다. 오전 6시 알람 소리더군요. 이곳 시간에 적응해 가는지, 아니면 피곤해서 그런지 알람 소리를 의식하지 못한 건 이번이 처음이었습니다. 7시에 아침 식사를 했는데 주인아주머니께서 식탁에서 신문을 보고 계셨습니다. 은퇴하셨다는데 적지 않은 내공이 느껴지는 분이었습니다.

식사하면서 남북 관계에 관해 이야기하다가 6·25 전쟁까지 진도가 나가게 되었습니다. 독일처럼 남북통일을 원하느냐고 주인 아주머니가 물었습니다. "당연히 그렇다"라고 했습니다. 북한 사람들을 싫어하지 않느냐고 묻길래 그렇다고 했습니다. 하루빨리 북한에 가 보고 싶다고 했습니다. 그리고 우리나라 자전거 길에 대해서도 물었습니다. 여기에 루아르 자전거 길이 있듯이, 우리나라에도 한강, 낙동강, 영산강, 금강 등의 자전거 길이 있다고 했습니다. 이번에는 오를레앙과 잔 다르크와는 무슨 관계인지 물어봤습니다. 아주머니의 답변을 이해하기론 아마 잔 다르크가 전쟁 승리를 선포한 곳이 이곳 오를레앙인 것 같습니다. 돌아가서 다시 확인해 보면 될 일입니다. 하지만 저에겐 유관순 누나를 더 잘 아는 게 중요합니다. 여행 전에 관람한 영화 〈항거〉가 생각나네요.

오늘은 구간별로 느낀 점을 말씀드려 보겠습니다.


첫 번째, Orléans / Saint-Hilaire-Saintt-Mesmin

숙소 앞이 자전거 길이라 여느 때처럼 자전거 길에 합류하는 번거로움은 없었고 화창한 날씨여서 마음이 가벼웠습니다. 오를레앙 시내를 벗어나니 안개가 끼긴 했지만, 가시거리가 짧지 않아 속력은 제대로 낼 수 있었습니다.

한창 가고 있는데 저만치에서 꼬맹이가 땅바닥에 드러누워 엄마에게 떼를 쓰고 있었습니다. 엄마랑 같이 자전거를 타고 가다 힘들었나 봅니다. 귀엽더군요. 이곳에서 자주 보는 광경인데 정말 어린 꼬맹이 때부터 자전거를 타는 것 같습니다. 우리네 꼬맹이들은 부모들 손에 이끌려 이 학원, 저 학원 다니는 동안에 이곳 꼬맹이들은 참 좋은 자연환경에서 자전거를 타고 있습니다. 인생사 무엇이 옳고 그름이겠습니까? 그저 자기 판단에 따라 살아가는 거겠죠. 그러나 저는 이곳 꼬맹이들처럼 살고 싶습니다. 날씨 좋겠다, 길 좋겠다, 해서 씽씽 달렸습니다. 첫 구간부터 시속 20㎞ 이상 달리는 것은 식은 죽 먹기였습니다.

두 번째, Saint-Hilaire-Saintt-Mesmin / Beaugency

오늘 라이딩 거리는 130㎞가 넘었습니다. 장거리 여행이라 할 수 있죠. 개인적인 경험으로는 강원도 고성 전망대에서 창원 보조경기장까지 약 600㎞를 1박 2일 동안 타고 내려온 적이 있습니다. 정말 빡센 훈련이었죠. 저는 밀양에서 오른쪽 '오금' 부상으로 차를 탔습니다. 그래도 첫날 300㎞를 포함해서 500㎞ 이상 탄 셈이었죠. 그 외 장거리 라이딩 경험은 몇 가지 더 있는데, 최근에는 '3·15 자전거대축전' 행사에 참여하여 1박 2일 동안 270~280㎞를 탔습니다. 이 행사는 시속 20㎞를 유지한 채 대열을 맞춰서 진행하기 때문에 큰 부담 없이 라이딩을 즐길 수 있었습니다. 문득 그때 동행한 분들이 떠오르더군요. 아마도 오늘 달린 길에 모셔다 놓으면 그분들의 표정과 기분이 어떨지, 보지 않아도 눈에 선합니다.

"세상에! 이런 데도 있구나!"

장거리 라이딩 이야기를 꺼낸 건 다름이 아니라 장거리 때의 시간 조절 이야기를 좀 하고 싶기 때문입니다. 장거리 라이딩 때는 여유롭게 쉴 시간이 없습니다. 지금까지는 한 구간 안에서도 사진 찍느라 쉬고, 힘들다고 쉬었지만, 장거리 때는 웬만해선 구간이 끝나기 전에 쉬지 않습니다. 자주 쉬게 되면 시간 관리가 잘되지 않고, 라이딩 리듬도 유지하기 어렵습니다. 저도 오늘 8개 구간을 그렇게 달렸습니다. 그래서 중간에 찍은 사진이 없습니다.

한참을 달리다 보면 문득문득 떠오르는 얼굴이 있습니다. 오늘은 회사 영어 교육 프로그램('Intensive English')에 같이 참여한 인연으로, 지금까지 모임을 이어 오고 있는 멤버들이 생각나더군요. 어제 잠시 단톡으로 근황을 전해 주기도 했죠. 제가 맏이인데 골목대장 노릇이 꽤 재미있습니다. 아내도 저희 만남에 가끔 얼굴을 내비치기도 하는데, 술값을 대신 내주곤 해서 멤버들은 아내를 '회장님'으로 부르고 있습니다.

세 번째, Beaugency / Muides-sur-Loire

세 번째 구간을 시작하기 전에 쉬고 있는데 근처에서 자전거 여행자 한 분이 나타났습니다. 연세가 있으신 분이더군요. 알래스카에서 오셨다는데 제가 갈 예정인 낭트에서 출발했다고 했습니다. 저에게 자전거 타면서 여행자들을 몇 명이나 봤느냐고 묻

철인의 자전거 그리고 산티아고

길래 거의 못 봤다고 하니 그분도 그렇다고 하더군요. 그분은 텐트까지 갖추고 있었습니다.

이때부터 재킷을 벗은 채 라이딩 저지만 입었고, 헬멧 대신에 용 형이 준 빨간 챙모자를 썼습니다. 재킷을 벗으니 땀이 많이 배어 있었습니다. 다음부터는 날씨가 좋은 날에는 조금 쌀쌀하더라도 출발부터 재킷은 입지 않고 형광 라이딩 조끼를 입으면 될 것 같습니다.

이 구간을 달리다 근처에 있는 원자력발전소를 보았습니다. 프랑스에는 몇 기의 원전이 있는지는 모르겠지만 루아르강을 따라가다 보면 심심찮게 볼 수 있습니다. 20㎞ 이상의 속력으로 계속 달리니, 예상했던 저녁 8시 이전에 숙소에 도착할 수 있을 것 같아 다리에 힘이 막 솟더군요. 그 무렵 느닷없이 소주 생각이 났습니다. 어제 오를레앙 한식당에서 멋모르고 병째 산 그 소주 말입니다. 도착 후에 딱 두 잔만 마시고 남은 술은 숙소 화단에 뿌려 버렸습니다. 견물생심의 화근을 제거한 것입니다. 아내나 친구들이 제가 술을 버렸다고 한다면 아마 웃을 겁니다. 그런데 이곳에선 소주 석 잔에 핑 돌 정도로 취기가 느껴져 더 마시지 못하겠습니다.

네 번째, Muides-sur-Loire / Blois

계속해서 구간이 끝날 때만 쉬어 왔습니다. 시간이 지날수록 체력이 서서히 떨어지면 중간에 쉬고 싶다는 마음이 생기기 마련입니다. 이전 스위스 구간이나 유로벨로(EuroVelo) 17번 자전거 길의 프랑스 구간을 달릴 때 우아하게 끓여 먹었던 라면이 생각 나더군요. 그때가 좋았습니다. 오늘 여정이 빡세기 때문에 구간 이 끝날 때까진 열심히 페달만 밟았습니다. 체력이 떨어지길래 바람 저항이 줄이기 위해 에어로 자세로 달렸습니다. 이 자세는 상체를 핸들에 기댈 수 있어 편합니다. 철인3종경기 때 자전거를 타는 모습을 보시면 확인할 수 있는데 일반 자전거에서는 중심 을 잡지 못해 다칠 수 있으니 흉내 내시면 안 됩니다.

자전거 타는 사람들을 제일 많이 본 것 같습니다. 날씨가 한몫 한 거겠죠. 그리고 조깅을 하는 이들도 많았습니다. 매번 느끼 는 것이지만 여기는 운동 애호가들의 천국입니다. 자기가 원하 는 코스를 마음대로 택해서 언제든 달릴 수 있으니까요.

블루아(Blois)에 도착했을 때 '이 도시도 물건인데?'라는 생각이 들었습니다. 프랑스에는 '파리' 말고도 찬찬히 둘러보고 싶은 도 시가 정말 많습니다. 다리 근처에서 잠시 쉬다 이동하는데 한 무 리의 라이딩 그룹이 쏜살같이 지나가더군요. 주변에는 경찰이 교 통을 통제하고 있었고, 지붕 위에 로드 자전거를 잔뜩 실은 차 들이 선수들을 뒤따랐습니다. 순간 유럽 3대 자전거대회 중 하 나인 '투르 더 프랑스' 경기인 줄 알았습니다. 주변 사람들에게 물 어보니 그냥 지역 라이딩 레이스라고 했습니다. 아무튼, 좋은 구 경 했습니다.

나그네를 끌고 블루아 다리를 건넜습니다. 앞으로 도시의 다리

철인의 자전거 그리고 산티아고

를 건널 땐 걸을 생각입니다. 도시 풍경이 눈에 훨씬 잘 들어옵니다. 근처 슈퍼에서 바나나와 콜라를 사서 점심 식사를 했습니다. 날씨가 따뜻해져 식사 후에는 바깥 바지를 벗고, 자전거 패딩 반바지와 다리토시(추울 때 입는 일종의 다리용 토시)만으로 달렸습니다.

다섯 번째, Blois / Chaumont-sur-Loire

날씨가 좋아서 그런지 자전거 타러 나온 사람들도 많았고, 그 중에는 꼬맹이들을 앞세워 함께 자전거를 타는 가족들도 많았습니다. 점심 식사 때라 그늘진 목초지에서 식사하는 가족도 있었는데 보기 좋았습니다. 넓고 경치 좋다고 생각되는 곳에는 여지없이 카라반이 몇 대씩 있었습니다. 카라반 뒤에 자전거가 실린 건 기본이었고요.

오후가 되자 덥기 시작했습니다. 목초지로 둘러싸인 자전거 길을 달리다, 그늘진 곳을 지날 때는 모자를 벗어 땀을 좀 식히기도 했습니다. 구간 마지막 무렵, 나그네의 브레이크가 경사진 곳에서 심하게 밀리는 것이 감지되었습니다. 급제동이 전혀 되지 않았습니다. 림 브레이크는 경험이 없는지라, '아파트 세 부부'의 단톡방에서 목이에게 응급 처방으로 어떤 것이 있는지 물어봤습니다. 동문서답을 하더군요. 이만 됐으니 이제 집으로 오라는 것이었습니다. 경근 형도 똑같은 어조로 거들더군요. 하지만 지금 돌아가기엔 너무 먼 길을 와 버렸습니다. 여기서 '세 부부'는 아파트 같은 라인에 입주한 인연으로 지금까지 10여 년을 사이좋게 지내고 있는 세 쌍의 부부를 말합니다. 이들과 함께한 좋은 추억이 많습니다. 2년 전에는 안나푸르나 베이스캠프 트레킹도 함께 다녀왔습니다. 형제 같은 이웃사촌입니다.

여섯 번째, Chaumont-sur-Loire / Amboise

여섯 번째 구간에서 오늘 처음으로 오르막을 만났습니다. 첫 오르막은 7%, 그다음은 조금 더 센 11%였습니다. 오르막을 오르면서 이런 생각이 들더군요. '내 업힐(up hill) 실력은 이곳에 와서 얼마나 늘었을까?'

이 구간에서 처음으로 중간에 자전거를 멈췄습니다. 아무리 갈 길이 멀다고 해도 이 풍경을 놓치면 정말 후회할 것 같았습니다. 그야말로 노란 유채꽃 세상이었습니다. 어떠한 수식어도 필요 없었습니다. 유채뿐만 아니라 가을을 준비하는 포도밭도 넓은 언덕을 온통 덮고 있었습니다. 여기 와서 차체가 높고 바퀴 사이는 좁은, 이상한 모양의 차를 보곤 했는데 오늘 이 차의 정체를 드디어 알아냈습니다. 고랑으로 다니며 포도나무를 다듬는 차더군요. 어떤 모습인지 이해하시리라 믿습니다.

이 구간을 마치고 쉴 때, 자전거 스트링으로 매어 놓은 바지(블루아에서 벗어 놓았던)가 없어진 걸 알게 되었습니다. 여행 기간이 점차 길어지면서 집중력을 잃고 있는 것은 아닌가 싶어 우울해지더군요. 너무나 신나게 달려온 길이라 바지를 찾기 위해 되돌아갈 엄두가 나지 않았습니다. 허리춤과 핸드폰을 연결하는 고리가 바지에 달려 있었을 뿐 다행히 잃어버린 것은 없었습니다. 앞으로는 정신을 더 바짝 차려야겠습니다.

일곱 번째, Amboise / Montlouis-sur-Loire

여섯 번째 구간을 마치고 조금 가다 보니 발밑으로 큰 도시 하나가 펼쳐져 있었습니다. 그게 앙부와즈(Amboise)였습니다. 약간의 응급조치에도 불구하고 나그네의 브레이크 제동 길이가 길어져 내려가는 데 애를 먹었습니다. 설상가상으로 앙부와즈의 시내 분위기 때문에 애가 더 탔습니다. 바쁜 마음에 길을 재촉했지만, 관광객 사이를 비집고 다녀야 해서 속력을 낼 수가 없었습니다. 생소한 이름이었는데, 예사롭지 않은 분위기로 촌놈을 완전히 졸아들게 만든 도시였습니다.

이 구간의 반 이상이 포도밭이었는데 앞서 본 유채밭에 버금갈 정도로 온 천지를 덮고 있었습니다. 지금은 앙상한 포도나무만 줄지어 있지만 수확 철이 되면 아마 이 또한 장관을 이룰 것입니다.

여덟 번째, Montlouis-sur-Loire / Tours

투르까지의 마지막, 여덟 번째 구간도 잘 달려왔습니다. 포도밭 언덕을 오를 땐 여러 생각이 스쳐 지나가더군요.

'내 바지는 어디에서 떨어진 걸까?'

'내일 날씨는 맑으려나?'

'숙소는 과연 어떤 곳일까?'

오후 6시경, 숙소에 도착했습니다. 오전 8시에 출발해서 135㎞를 10시간 만에 주파했으니 나름 선방한 것입니다. 만약 어제같이 맞바람이 심한 날씨였다면 오후 8시는 되어서야 도착했을 겁니다. 늘 그랬듯이 짐을 풀고, 숙소를 안내받은 후에 하루 일정을 무사히 마무리함에 감사하며 샤워를 즐겼습니다. 오늘은 자전거를 타고 슈퍼에 가서 장도 보고, 요리도 했습니다. 참으로 긴 하루였습니다. 조금 있으면 여러분은 새 아침을 맞이하시겠네요. 저는 이제 눈을 좀 붙여야겠습니다. 그럼 내일 뵙죠.

> 여보! 오늘 제목 마음에 드오? 달리면서 문득 그 생각이
> 들었다오. '울 아들' 휴대폰 컬러링말이오.
> 람보르기니처럼 달려! 오늘 하루도 잘 여시오.
> 사랑하오.
> 아들, 딸! 보고 싶네. 사랑한다.

철인의 자전거 그리고 산티아고

# 4월 18일(목):

## Wonderful Tonight(투르 - 소뮈르)

현지 시간 밤 11시가 다 되어 갑니다. 저는 숙소에 딸린 개인 서재에 있습니다. 오늘은 아주 큰 이벤트가 있었던 날이니 조금 더 차분하고 성숙한 모습으로 글을 써 내려가고자 합니다. 여러분도 '살다 보니 이런 날도 있네'라는 기분을 느끼신 적 있으시죠? 그럼 저의 그런 오늘을 이야기해 보겠습니다.

어제는 연세가 85세이신 할머니(주인 할머니의 어머니)께서 저를 맞이해 주셨습니다. 영어가 통하지 않아 구글 번역기에 의존했고. 몸이 불편하셔서 2층인 저의 방까지 계단을 오르지 못하셨습니다. 그래서 숙소 시설은 제가 알아서 파악한 뒤 여장을 풀었습니다. 하지만 장거리 여행을 마치고 온 터라 씻고 몸 누일 곳이 있는 것만으로도 행복했습니다.

브레이크를 잡아도 나그네가 계속 밀려 나갔기 때문에 아무래도 정비를 하는 게 좋을 것 같아 숙소를 나서서 곧장 자전거 수리점엘 갔습니다. 어제 135㎞에 비하면 훨씬 적은 80㎞ 정도만 타면 되니 여유가 있었습니다. 조금 가다 뭔가 허전하다는 느낌이 들어 살펴보니 재킷을 숙소에 두고 왔더군요. 얼마 가지 않아 알게 되어서 다행이었습니다.

주인 할머니가 소개해 준 곳은 여행객용 자전거를 대여해 주는 곳이었습니다. 9시 반에 문을 열 때까지 기다렸었는데 자칫 허사가 될 뻔했습니다. 다행히 함께 개점을 기다리던 아저씨가 저에게 큰 도움을 주었습니다. 자전거 가게 여주인은 영어를 전혀 할 줄 몰라 난처했는데 그 아저씨의 통역으로 자전거 수리점을 소개받았습니다. 취리히부터 자전거를 타고 왔고, 또 산티아고까지 갈 거라는 말에 그 아저씨는 저에게 적지 않은 호감을 보였던 참이었습니다.

구글 지도를 따라 자전거 수리점('Detours')으로 이동했습니다. 투르 시내의 조금 외곽 지역인지 생각보다 도로가 한산했습니다. 수리점에 도착하여 자전거를 수리하고 있는 점원에게 브레이크에 문제가 있는 것 같으니 좀 봐 달라고 했죠. 잠시 후 점원이 브레이크 패드를 교체할 때가 되었다고 했습니다. 그곳은 수리만 하는 곳이라 바로 옆에 있는 자전거용품점(같은 매장이었습니다)에서 브레이크 패드를 사 오라고 했습니다. 미리 준비해 간 패드가 있어 그걸로 바꿔 달라고 한 뒤, 아무래도 여분의 패드가 있어야 할 것 같아 옆의 매장에서 패드 2쌍을 샀습니다. 여기까진 순조롭게 일이 진행되었죠.

여태 사용한 패드를 보니 정말 많이 닳아 있었습니다. 패드에는 'V'자 홈이 있는데 그 홈이 거의 보이지 않았습니다. 그런데

철인의 자전거 그리고 산티아고

패드를 교체하면서 뒷바퀴를 살펴보던 점원이 휠(자전거 바퀴의 쇠 부분)을 한번 보라고 하더군요. 아뿔싸! 휠이 깨지기 일보 직전이었습니다. 아무래도 새것으로 바꿔야 할 것 같아서 교체해 달라고 하니, 휠을 들고 가서 선임자의 의견도 구하더군요. 선임자가 말하기를 "이 상태면 2~3일 이내 휠 깨질 겁니다." 천만다행이었습니다. 휠에 문제가 있다는 것을 발견하지 못한 채 혼자서 패드만 교체하고 계속 달렸다면 며칠 안에 이번 여행을 접게 되었을는지도 모르는 일이었습니다. 덕분에 나그네는 유럽에서 새 휠을 장착하게 되었죠.

무사히 패드와 휠을 교체하고 수리 비용을 물었습니다. 패드 2쌍이 10€, 휠이 52€였습니다. 그러면 이곳의 노무비를 고려할 때 수리 비용은 얼마나 되겠습니까? 고맙게도 작업별 수리비를 보이며 12€를 청구했습니다. '와, 생각보다 엄청 싸다!'라는 생각이 절로 들더군요. 이것저것 물을 때마다 친절하게 답해 준 점원의 이름은 앙트네(Amterne)였습니다. 나그네를 손보는 김에 체인도 깨끗이 청소해 주었습니다.

앙트네가 나그네는 아주 튼실한 자전거라고 하길래 가격이 얼마나 될 것 같으냐고 물으니, 이 정도면 못 해도 1,000~1,500€는 할 거라고 하더군요. 장거리 여행을 위해 '알톤 투어로드'의 핸들과 리어랙을 다른 것으로 교체하긴 했지만, 그 정도로 생각할지 몰랐습니다. 아마 실제 판매가를 확인하시면 놀라실 겁니다. 앙트네는 날씨도 좋고, 코스도 좋아서 즐거운 라이딩이 될 거라고 했습니다. 앙트네랑 기념사진을 촬영하고 수리점을 나섰습니다. 브레이크를 무심결에 잡았는데 어제와는 확연히 달랐습니다. 자전거 수리점을 찾아 나선 건 정말 잘한 결정이었습니다.

투르 시내를 벗어나니 공원이 하나 있었습니다. 역시나 적지 않은 사람들이 각자의 취미에 따라 조깅, 산책, 그리고 자전거를 즐기고 있었습니다. 그곳에서 잠시 쉬며 간식도 좀 먹고(아침에 복숭아 캔 하나만 먹었더니 배가 고팠습니다) 가족 그룹콜도 했습니다. 그러곤 11시가 다 된 시간이라 서둘러 길을 나섰습니다.

두 번째 구간(Villandry / Rigny-Ussé)은 여태껏 자전거 길 중에서 최고로 빨리 달린 구간이었습니다. 20㎞가 조금 넘는 구간이었는데 전부 아스팔트 왕복 2차선 길이었으며, 평지와 내리막이 대부분이라 나중에 확인해 보니 평속 23㎞가 나왔습니다. 길이 하도 좋아 페달을 좀 밟는다 싶으면 거의 30㎞에 육박했습니다. 감탄사와 환호가 저절로 나오더군요.

"야호!"

"좋구나, 좋아!"

자전거 속력에 대해 잠시 설명해 드리자면, 성인 남성이 MTB를 설렁설렁 타면 평속 15㎞ 정도 나오고, 조금 빨리 밟으면 20㎞ 정도 됩니다. 물론 시합 때는 그보다 빨리 달리며, 상급 선수는 30㎞ 이상으로 달립니다. 로드 자전거는 더 빨라서 선두 그룹은 40㎞ 이상의 속력을 내기도 합니다. 말씀드리는 속력은 순간 최대 속력이 아니라 최소 20㎞ 이상 거리의 평균 속력을 말씀

철인의 자전거 그리고 산티아고

드리는 겁니다. 저는 로드를 타도 30㎞ 수준으로 달리기 쉽지 않은데 여행용 자전거에다 30kg에 육박하는 짐을 싣고 약 20㎞ 거리를 평속 23㎞로 달렸으니 오늘 정말 빨리 달린 겁니다.

자전거 길 주변의 넓은 터에는 여러 대의 카라반이 주차해 있었고, 또 길 위에는 가족 단위의 라이더들이 꽤 보였습니다. 카라반 주인들은 경치 좋은 곳에 테이블을 갖다 놓고 담소를 즐기기도 했고, 싣고 온 자전거를 타고 라이딩을 하는 이들도 있었습니다. 그 모습을 보고 있자니 몹시 부럽더군요. 그들에게선 팍팍한 삶이라곤 전혀 찾아볼 수 없었습니다.

세 번째 구간(Rigny-Ussé / Candes-Saint-Martin)은 그늘진 숲속 길이었습니다. 이전 구간보다 노면이 거칠어 속력을 낼 수가 없었던 곳도 제법 있었지만, 기온이 많이 올라간 터라 숲속 길이 반가웠습니다. 쏜살같이 달릴 때는 아무 생각 없이 페달만 열심히 밟다가도 속력을 늦추니 여러 생각이 스쳐 지나가더군요.

'이젠 외로움에도 어느 정도 적응해 가나 보다.'

여러분은 혼자 여행하는 것을 좋아하시는지요? 아니면 여럿이 함께하는 여행을 좋아하시는지요?

마지막 구간(Candes-Saint-Martin / Saumur)을 달리면서 또 하나 질문을 드려 봅니다. 여러분은 목적지에 가까워질수록 힘이 나는 편인가요? 이 역시 상황에 따라 답이 달라질 수 있을 것 같은데 나그네 수리 시간을 만회하기 위해 열심히 페달을 밟았더니 저는 오늘 몹시 피곤했습니다. 그래도 두세 번 쉬면서 바라본 언덕 위의 넓디넓은 포도밭은 볼만했습니다. 앙상한 형체만 보이는 포도밭이 그 정도였다면 수확 철의 풍경은 정말 기대됩니다.

소뮈르(Saumur)에 도착한 후, 구글 지도에 의존해서 숙소 근처에 도착했습니다. 지금껏 단번에 숙소를 찾은 적은 없었습니다. 에어비앤비나 부킹닷컴에서 제공하는 사진에는 바깥 사진은 없고 전부 내부 사진뿐이라 주소를 다시 확인하고 여기저기 물어 가며 찾는 게 다반사였습니다. 그런데 이번 숙소의 주인, 씨에리(Thierry) 씨는 저를 마중 나와 있더군요. 그때부터 눈물 나게 고마운 순간의 연속이 시작되었습니다. 먼저 나그네가 쉴 수 있도록 넓은 창고로 안내했습니다. 그러고는 힘들 텐데 뭐라도 마시겠느냐고 물었습니다. 처음엔 시원한 물을 달라고 했는데, 재차 저에게 물어보며 물보다는 과일 주스나 아이스티가 낫지 않겠느냐고 하더군요.

시원하게 아이스티를 한잔하고 정원 테이블에서 잠시 이야기를 나누었습니다. 이곳을 예약할 때부터 여행에 대해 많은 관심을 보였는데, 그때는 '별 희한한 주인도 다 있네'라고만 생각했었죠. 2층에 있는 방을 보니 입이 쩍 벌어지더군요. 여태껏 묵었던 숙소와는 차원이 달랐습니다. 샤워를 마치면 자기 차로 근처 슈퍼에 장을 보러 가자고 했습니다. '엄지척'이 나오지 않을 수가 없었습니다.

대형 슈퍼에서 드디어 신선한 프랑스산 쇠고기를 씨에리 씨 덕분에 샀습니다. 영어와 불어가 능통한 프랑스 현지인을 대동하

철인의 자전거 그리고 산티아고

니 무엇이 문제였겠습니까. 스테이크용 고기를 고르고, 먹을 양을 정했습니다. 내가 2인분을 달라고 했습니다. 가격이 참 착하더군요. 그러곤 또 묻지도 않았는데 여행에 도움이 될만한 간식도 추천해 줬습니다. 좀 심하게 생각해서 '도대체 이 사람이 나한테 왜 이러나?' 싶을 정도더군요.

숙소로 돌아와 소고기와 함께 사 온 맥주를 한 병씩 마시며 대략 2시간 동안 이야기를 나누면서, 오늘 여행을 떠난 아내와 보이스톡도 했습니다. 씨에리 씨는 저보다 네 살이 많은, 은퇴 시인이었습니다. 대학에서 시 문학을 가르쳤다고 하더군요. "시인에게 무슨 은퇴가 있느냐"라고 하니 제 말이 맞다고 했습니다. 아무튼, 진지하면서도 무겁지 않은 대화였습니다. 이야기 중에 자연스럽게 책 이야기도 나왔는데 저에게 『돈키호테』를 권했습니다. 종자를 거느린 우스꽝스러운 기사가 말을 타고 풍차로 돌진하는 장면만이 희미하게 남아 있는, 돈키호테의 원작 분량이 훨씬 방대하다는 것을 알게 되었고, 전직 문학 교수가 강력하게 추천하던 터라 그 책에 호감이 갔습니다.

그사이에 며칠 동안 묵혔던 빨래를 세탁기에서 돌렸는데 씨에리 씨가 어느새 세탁물을 건조기에 넣어 놨더군요. 지금까지 숙소 주인에게서 이런 배려를 받아본 적이 없습니다.

할 줄 아는 거라곤 라면 끓이는 게 전부라서, 덕분에 한국 음식을 맛볼 수 있을 거라 기대했던 씨에리 씨에게 실망을 안겨준 것도 미안했는데 스테이크도 씨에리 씨가 직접 요리했습니다. 저는 가만히 있으라고 하더군요. 왜냐하면, 저는 손님이니까요. 웰던으로 해 달라고 하니 고기를 구운 후 입맛에 맞는지 다시 물어보기도 했습니다. 프렌치 감자튀김도 함께 만들어 와인과 함께 둘이서 맛나게 먹었습니다. 김치를 모르길래 장 볼 때 사 온 김치 컵라면도 나눠 먹었습니다. 제 입맛에는 적당했는데 엄청나게 매워하더군요. 젓가락질도 가르쳐 줬는데 잘 따라 하지는 못했습니다.

식사 후엔 와인을 들고 정원으로 나가 달빛 아래서 이야기를 이어 나갔습니다. '나에게도 정말 이런 멋진 순간이 오는구나'라는 생각이 수없이 들었습니다. 그리고 먼 땅에서 이해관계 전혀 없는 이와 점점 깊은 이야기를 나누다 보니, 그동안 남 눈치 보느라 마음속에 쌓아두기만 했던 주변의 불만도 노골적으로 드러낼 수 있어 속이 후련하더군요. 엄마의 고된 삶도 자연스럽게 나왔습니다. 씨에리 씨는 저의 마음속 이야기를 끄집어내는 묘한 재주를 갖고 있더군요. 그리고 여태까진 외국인들이 맥주 한 병든 채 오랫동안 이야기하는 걸 이해하지 못했었는데 이제는 '그럴 수도 있겠구나'라는 생각이 들었습니다.

좋은 밤 보내십시오.

저에게는 '첫 비프스테이크의 날'이기도 한, 멋진 밤이었습니다.

여보! 좋은 시간 보내고 오시오. 여기도 한번 와 봅시다.
사랑하오.
아들, 딸! 씨에리 씨한테 너희들 사진을 보여 줬다.
잘생겼고, 아주 예쁘단다. 사랑한다.

철인의 자전거 그리고 산티아고

## 4월 19일(금):

### 땡큐 씨에리(소뮈르 - 샬롱느)

숙소에 도착해서 샤워한 후 다음 숙소를 예약하고는 베트남 라면 끓여서 먹고 루아르강변에서 바람 쐬고 왔습니다. 오늘도 적지 않은 일들이 있었습니다. 자, 시작하도록 하겠습니다.

씨에리 씨가 8시에 아침 식사를 준비해 놓았더군요. 숙소를 예약할 때는 아침 식사가 포함되어 있지 않았는데 말이죠. 금세 친해져서 그런가 봅니다. 더 감동적인 것은 어제 씨에리 씨가 건조기까지 손수 돌린 것도 미안한데 빨래를 개어서 식탁 위에 떡하니 올려놓았지 뭡니까. 어제와 오늘, 씨에리 씨한테 고맙다는 말을 몇 번이나 했는지 모르겠습니다. 저만 식사를 하는 것 같아서 같이하자고 하니 평소에 조금 늦게 먹는다고 했습니다. 아침상을 보느라 일찍 일어난 것이었습니다(사실 씨에리 씨는 불면증 때문에 어제 한숨도 못 잤다고 하더군요).

우체국 영업 시작 시간인 9시에 맞춰 씨에리 씨 차를 타고 짐을 부치러 갔습니다. 계획상 모레부터는 매일 100㎞ 이상을 타야 해서 짐을 줄이는 게 현명하다고 판단한 거죠. 날씨가 점점 더워지고 있었기에 조금 두꺼운 옷들은 필요 없을 것 같고, 중복되는 비상용품들도 소포로 보내기 위해 정리를 했습니다. 그런데 우체국에서 판매하는 제일 큰 종이 상자에도 부칠 짐이 다 들어가지 않아 망설이니, 여직원이 옆 슈퍼에서 종이 상자를 구해 거기에 짐을 넣어 보내는 것이 좋겠다고 했습니다. 우리나 프랑스나 세상살이 비슷하다는 생각이 들더군요.

씨에리 씨와 함께 옆 슈퍼에 가서 직원에게 빈 상자를 부탁하니 흔쾌히 응해 주었습니다. 고맙게도 저의 짐 크기를 본 후, 거기에 맞는 종이 상자를 찾아 그 안에 있던 내용물까지 비워 주는 수고를 마다하지 않았습니다. 우리네 우체국과는 달리 테이프를 공짜로 제공해 주지 않아 슈퍼에서 테이프를 하나 사서 야무지게 짐을 포장했는데 테이프가 얇아서 몇 번을 칭칭 감아야 했습니다.

다시 우체국에 돌아가 짐을 부쳤는데 무려 6kg에 육박했으며, 요금은 19.5€가 나왔습니다. 소포는 산티아고 순례길의 시작 지점인 생장 우체국으로 보냈습니다. 우리와 달리 프랑스, 스위스, 스페인 등 유럽에서는 우체국으로도 소포를 보낼 수 있습니다. 소포는 다음 주 화요일 도착 예정이며, 2주간 보관된다고 했습니다. 다음 주 금요일 짐을 찾으러 갈 예정입니다. 짐을 부치기까지 거의 한 시간 정도가 소요되었는데, 저 혼자서 했다면 아마 한나절은 족히 걸렸을 겁니다. 종이 상자 수배, 우체국 절차 밟기 등 거쳤던 소소한 일들을 모두 씨에리 씨가 도맡아 처리해

철인의 자전거 그리고 산티아고

주었습니다.

씨에리 씨 집을 떠나기 전에 정원 테이블에서 잠시 이야기를 나눴습니다. 그러곤 각자의 휴대폰으로 사진도 찍었습니다. 이번 만남도 오랫동안 기억될 것입니다. 리옹에서 용 형 부부에게 했던 것처럼, 'Good bye' 대신에 'See you again'이란 말을 남기고 라이딩을 시작했습니다.

본래는 씨에리 씨 집이 있는 소뮈르는 그냥 통과할 생각이었습니다. 그런데 경로를 계획하면서 지금 자전거를 타고 있는 루아르강 자전거 길 외에 'Veloroute-des-Fleuves'라고 하는 다른 자전거 길이 있다는 것을 알게 되었습니다. 유로벨로(Eurovelo) 6번 길인 루아르강 자전거 길을 계속 달리면 서쪽의 대서양 해안선까지 갔다가 다시 유로벨로 1번 자전거 길을 타고 남쪽으로 내려가게 되며, 후자는 내륙으로 가로질러 남서 방향으로 내려가게 되는데 이 경로가 훨씬 짧습니다. 이 두 경로는 나중에 라로셸(La Rochelle)에서 다시 만납니다. 저는 라로셸까지 자전거를 타고 갔다가 기차로 보르도(Bordeaux)를 거쳐 생장에 도착할 계획인데, 여행 상황을 봐 가며 어느 길을 택할 것인지 두 경로의 갈림길이 있는 소뮈르에서 결정하기로 한 것이었습니다.

짧은 구간을 느긋하게 탈 것인지, 아니면 힘들더라도 유로벨로 1번까지 탈 것인지 망설이다 씨에리 씨한테 물으니 경치는 해안선 쪽이 훨씬 좋다고 하더군요. 그래서 힘들더라도 애초 계획대로 하기로 마음먹었습니다. 근데 지금은 조금 후회도 되긴 합니다. 선택한 자전거 길 주변에서 숙소 구하기가 쉽지 않습니다. 어쩌면 노숙을 해야 할지도 모르겠습니다. 하지만 노숙이야 하겠습니까. 돈이 좀 죽어나겠지요. 에어비앤비 숙소가 없으면 다음은 호텔이니까요. 여보, 쏘리!

매일 숙소를 나서서 자전거 길에 합류하면 잠시 쉬면서 마음을 다잡으며 나그네의 상태도 살핍니다. 어제와 비슷하게 첫 구간을 11시경에 시작했습니다. 화창한 날씨 덕분에 조금 타니 더워지기 시작했습니다. 그러다 허기가 졌고, 다리에 힘이 들어가지 않았습니다. 봉크가 올 조짐이 보이더군요. 어제 아침은 자전거 수리한다고, 오늘 아침은 짐 부치느라 신경을 쓴 탓인지 어제 씽씽 달릴 때와는 완전히 180도 다른 컨디션이었습니다. 무리하면 안 될 것 같아 천천히 페달을 밟았습니다.

점심때가 가까워져 '오늘은 뭘 먹을까?' 생각하다, '식당에서 제대로 된 점심 식사 한번 해 보자'라는 생각이 들더군요. 때마침 막 영업 준비를 시작하는 식당을 발견했습니다. 영어를 잘하는 바깥주인에게 메뉴 설명을 듣고 고기와 치즈 밥을 주문했습니다. 어느 나라 사람이냐고 묻길래 '코리아'라고 했더니 우리나라 사람은 처음이라고 하더군요. 그래서인지 냉수는 따로 주문하지 않았는데도 한 병 가져다주었습니다. 저 또한 주인에게 이번 여행 중에서 점심 식사를 식당에서 하는 것은 처음이라고 했습니다.

음식을 가지고 온 안주인에게 부탁해서 루아르강변을 배경 삼

철인의 자전거 그리고 산티아고

아 사진을 찍었습니다. 이제는 셀카 놀이가 점점 재미가 없어져서 그냥 근처에 있는 사람한테 부탁하는 것이 편합니다. 음식은 맛있었는데 시간이 갈수록 몸이 자꾸 처져 식사를 아주 천천히 하며 한 시간 정도를 식당에서 쉬었습니다. 어제 씨에리 씨와 좋은 시간을 보낼 때는 감춰져 있었던, 외로움과 그리움 그리고 오랫동안 깊이 내재해 있던 슬픔이 새삼스럽게 되살아나기도 했습니다. 이 또한 여행의 일부분이라 생각했습니다.

예전 라이딩에서 봉크를 경험해 봤기 때문에 저 나름의 방법도 있습니다. 최대한 무리하지 않고 에너지는 최대한 많이 보충하는 일반적인 방법입니다. 식당에서 일어날 무렵에는 그나마 컨디션이 조금 회복되는 듯했습니다. 그래도 아직 20여 ㎞의 첫 구간도 다 마치지 못한 상태라 마음이 조급했습니다. 컨디션은 안 좋고 갈 길은 많이 남아 있다면 방법은 하나뿐입니다. 바로 지름길을 타고 가는 것이죠. 지도를 확인해 보니 자전거 길은 삥 둘러 가고 있었고, 국도는 직선으로 뻗어 있었습니다. 이번 여행에서 처음으로 자전거 길을 벗어나 국도를 이용했습니다. 그래봤자 단축되는 거리는 얼마 되지 않지만, 노면의 상태나 심리적인 효과 면에서 그편이 훨씬 나았습니다.

첫 구간을 마치고 그늘에서 잠시 쉬었습니다. 컨디션이 서서히 회복되고 있는 것 같아 기분도 좋아졌습니다. 그때까지 컨디션이 얼마나 좋지 않았던지, 식당에서 찍은 멋진 풍경 사진도 가족 단톡방에 보내지도 못했습니다. 그나저나 지금 날씨가 이 정도면

4월 말부터 예정인 산티아고 길은 훨씬 더울 것 같습니다.

컨디션이 차츰 회복되긴 했지만, 어제와 같은 컨디션은 기대하기가 어려웠습니다. 그래서 이번에는 아예 경로 자체를 바꿔 버렸습니다. 앙제(Angers)를 거쳐 가는 우회로가 있고, 루아르강을 계속 따라가는 경로가 있었는데 두 번 생각할 필요 없이 경로가 짧은 루아르강변을 따라 달렸습니다. 지금까지 크고 작은 여러 도시를 봐 왔고, 도시에 한 번 들어가면 빠져나오는데 적지 않은 시간이 소요되기 때문에 굳이 앙제를 들를 필요는 없다고 판단한 것입니다.

달리면서 줄곧 앞만 쳐다보다 가끔 루아르강을 바라보기도 했습니다. 그때마다 강의 모습이 참 다양하다고 느꼈습니다. 어떤 때는 거대한 물줄기를 보여 주기도 하고, 때로는 물줄기가 가늘어지면서 모래톱이 보이기도 하고, 좁아졌다가 넓어지기도 하고…. 우리네 인생도 이와 비슷하지 않을까요.

작은 볼일은 여태껏 노상 방뇨를 했습니다. 숲속 그늘진 곳에서 시원하게 해결했죠. 그런데 오후에 달린 구간에는 마땅한 장소가 잘 보이질 않았습니다. 좀 괜찮다 싶으면 반대편에서 한 무리의 자전거 그룹이 달려오곤 했습니다. 그런데도 나무 그늘 밑에서 대자연을 향해 시원하게 볼일을 보긴 했습니다. 문득 자전거 타다가 화장실 사용은 어떻게 하는지, 궁금해하실 것 같아 드려 본 이야기입니다. 여자분들도 볼일 충분히 보실 수 있는 환경입니다.

오늘따라 유난히 할머니, 할아버지 라이더들이 많이 보이십니다. 라이딩복을 제대로 갖춰 입고 로드를 타시는 분들도 있고, 볼일을 보러 가기 위해 자전거를 이용하는 분들도 꽤 많아 보였습니다. 나이 들어서도 탈 수 있으니 건강에도 좋은 것 같습니다.

저는 자전거 경로를 따라 동쪽에서 서쪽으로 이동하고 있습니다. 따라서 아침에는 제 앞에 그림자가 있다가 시간이 지나면 오른쪽에 와 있습니다. 라이딩이 끝날 무렵에는 해가 보통 머리 꼭대기에 떠 있습니다. 그때쯤이면 다리에 힘이 빠지기 시작하면서 빨리 숙소에 도착하고 싶은 마음밖에 들질 않습니다. 그런데 꼭 그때마다 오르막이 나타납니다. 오늘도 11%짜리 오르막이 막판에 떡하니 버티고 있더군요. 잠시 도로의 경사에 대해서 말씀드리자면, 예를 들어 '11% 경사는 수평으로 100m를 이동했을 때 상승한 높이가 11m'라는 뜻입니다. 창원·진해의 안민고개 경사는 6~8% 정도 됩니다. 웬만한 실력자가 아니면 로드로는 15% 이상의 경사를 오랫동안 버티기 어렵습니다. 그래서 자전거에서 내려 끌고 가는 수밖에 없는 것이죠. 자전거 타는 사람들이 이걸 보통 '끌바'라고 합니다. 6년째 참가하고 있는 '무주 그란폰도'에는 '오도재'라는 고개가 있는데 제일 센 경사가 22~23% 정도 됩니다. 참가자 대부분이 그 구간에서는 끌바를 합니다. 저도 기어비가 좋은 MTB로 출전했을 때는 나름 선방하며(내리지 않으려 안간힘을 쓰며) 오르지만, 로드를 탈 때는 어김없이 끌바를 했습니다.

오르막은 항상 고되지만, 그만큼의 보상도 해 줍니다. 그 재미에 자전거를 타는 것인지도 모르겠습니다. 언덕 정상에 올라서니 포도밭이 눈앞에 쫙 펼쳐져 있더군요. 볼 때마다 드리는 말씀이지만 정말 포도 수확 철에 한번 와 봐야 할 것 같습니다. 그때가 되면 포도가 세상을 어떻게 바꿔놓을지 무척 궁금합니다.

숙소 주인장은 올해 66세의 아저씨였는데, 언뜻 보기에도 반쯤 낮술에 취해 있었는데 강한 햇볕 아래서 자전거 타고 왔다고 콜라 캔을 권했습니다. 같이 앉아 조금 이야기하다 방을 소개해 달라고 했습니다. 솔직히 말씀드려서 길게 이야기하고 싶진 않았습니다. 그런데 숙소 벽에 고흐의 〈정오의 휴식(La Meridienne, 1889~1890)〉이 걸려 있지 뭡니까! 몽블랑 트레킹 때 이탈리아의 엘레나 산장 복도에 걸려 있는 그림에 감동하여, 집에 오자마자 모작을 주문해서 안방에 걸어 놓은 바로 그 그림입니다. 농부 부부가 짚단에 기대어 낮잠을 자는 모습이 그렇게 평온해 보일 수 없습니다. 아무튼, 무척 반가웠습니다.

오늘은 좀 일찍 자려 했는데 또 12시가 가까워져 가고 있습니다. 자전거 타러 온 것인지 글 쓰러 온 것인지 이젠 헷갈립니다. 라로셸까지 남은 거리를 고려하면 내일은 100㎞ 정도는 너끈히 달려야 하는데, 마땅한 숙소가 없어 80㎞ 떨어진 낭트에서 하룻밤 묵기로 했습니다. 바쁠수록 돌아가야겠죠. 안녕히 주무십시오.

> 여보! 여행은 재미있게 보내고 있소? 나처럼 글도 좀
> 쓰면 좋을 텐데 말이오. 오늘도 많이 보고 싶었소.
> 사랑하오.

철인의 자전거 그리고 산티아고

아들! 시험 치른 후에 한잔했나? 잘했다! 그 아버지에 그 아들이다. 사랑하노라.

딸! 아까 그룹콜 할 때 못 받아서 미안. 막 자전거를 타기 시작할 때라 멈추기가 뭐해서 그냥 달려 버렸어용, 사랑해용.

## 4월 20일(토):

## 정오의 휴식(샬롱느 - 낭트)

오후 3시가 채 되기 전에 낭트에 도착했습니다. 어제 말씀드린 것처럼 본래 계획은 낭트를 거쳐 한 구간 더 가려 했는데 숙소를 구할 수가 없었습니다. 오늘 가야 할 거리를 다 못 채웠기 때문에 다음 일정은 아주 힘들 것 같습니다. 상황에 맞게 잘 대처해야 하겠죠.

오랜만에 아침 식사로 누룽지를 끓여 먹었습니다. 다 먹으려다가 비상식량으로 아주 쪼끔 남겨 두었죠. 주인아저씨의 첫인상(숙소에 도착했을 때 낮술에 취해 있었습니다)이 썩 좋은 편이 아니었지만, 어제저녁에 이 집 아들과도 인사를 하고 나니 처음보다는 좋아졌습니다. 숙소는 딱히 흠잡을 데가 없는 곳이었고 방 안에서 식사 준비를 할 수 있다는 게 아주 마음에 들었습니다. 덕분에 방 안에서 누룽지를 푹 끓여 잘 먹었습니다.

떠날 채비를 하고 작별 인사를 주인장께 하였습니다. 연신 기침을 하시던데 괜찮으신지 모르겠습니다. 베트남에서 태어나서 자랐다고 하시더군요. 1945년에 베트남이 프랑스에서 독립한 후

철인의 자전거 그리고 산티아고

에도 주인아저씨의 부모님은 베트남에서 계속 거주하셨던 모양입니다. 지난달에 동생들과 우리 부부가 함께 다낭 여행을 다녀온 이후로 베트남이 저에겐 좋은 인상으로 남아 있습니다.

3일 연이어 날씨가 화창하고 기온은 25도까지 육박하고 있습니다. 햇살이 강해 선글라스 없이 자전거를 탈 수 없을 정도입니다. 자전거 길에 합류하기 위해 이동하다 동네 장터를 잠시 들러 바나나 3개를 샀습니다. 빵도 사고 싶었는데 시장에서는 팔지 않더군요. 짧은 시간이었지만 좋은 구경을 했습니다.

오늘은 낭트까지 4개 구간으로 나누어져 있습니다. 참고하고 있는 프랑스 자전거 사이트(https://en.eurovelo6-france.com/)에서 그렇게 나누어 놓았습니다(지명이 길고 생소하여 괜히 지면만 낭비하는 것 같아 알려진 곳 외에는 지명을 쓰지 않기로 했습니다).

첫 구간은 80% 이상이 아스팔트 길이었습니다. 그것도 포장한 지 얼마 되지 않은 새 길이었죠. 평지인 미끈한 아스팔트 길을 시원한 바람을 맞으며 쭉쭉 달려갔습니다. 내일 오후에 달리게 될 해안 길(Eurovelo 1)이나 산티아고 길도 이처럼 순한 길이었으면 좋겠습니다. 거리는 대략 24㎞ 정도였는데 1시간 남짓 걸렸습니다. 다행히 어제 조금 다운되었던 컨디션도 회복이 된 것 같았고요. 반면에 두 번째 구간은 90%가 숲속 길이었습니다. 숲을 빠져나와 한동안 기찻길 옆의 부드러운 자갈길을 달렸는데, 나그네의 바퀴가 굴러갈 때마다 들리는 사각거리는 소리와 주변의 새소리가 제법 괜찮은 화음을 만들어 냈습니다. 게다가 철길 건너편의 언덕에는 노란 꽃들이 군락을 이루고 있어 인상적인 장면을 연출했습니다.

두 번째 구간을 마치고선 바나나로 점심 식사를 하면서 '울 아들딸'과 보이스톡을 했습니다. 아내는 여행 중이라 참여하지 못했습니다. 요새 중간고사 기간이라 두 녀석 다 바쁜가 봅니다. 달리면서 찍은 사진들을 가족 단톡방에 올리는데 울 야야가 저 보고 얼굴이 야위어진 것 같다고 해서 기분이 좋더군요. 그런데 저는 수시로 봐서인지 그 차이를 느끼지 못하겠습니다. 나중에 카톡을 본 아내는 제 얼굴이 너무 많이 탔다고 했습니다. 그건 제가 봐도 그렇습니다. 아마도 그을린 얼굴이 이번 여행의 훈장이 될 것 같습니다.

세 번째 구간에서는 햇살을 받으며 다양한 노면을 달렸습니다. 정오가 지날 무렵부터는 햇살이 정말 눈에 부시고 따가웠습니다. 구간을 끝내고 잠시 쉬는데 건너편 잔디밭에서는 땡볕에 드러누워 책을 읽고 있는 이가 있더군요. 아내는 일광욕을 즐기고 있었습니다. 책 읽는 모습은 멋져 보였고, 땡볕에 누워 있는 모습은 대단해 보였습니다. 그 땡볕에 누워 있다니요.

루아르 자전거 길을 따라오면서 적지 않은 다리들을 건너거나 밑을 통과하기도 하고 먼발치에서 지나치기도 했습니다. 다리들은 저마다의 아름다움을 지니고 있어서 강을 따라 다리만 찍어도 멋진 작품집이 될 듯합니다.

마지막, 네 번째 구간에 접어들고 보니 숙소까지 늦어도 오후

철인의 자전거 그리고 산티아고

3시 이전에 도착할 수 있을 것 같아 그늘진 숲속 벤치에 잠시 누워 봤습니다. 시원한 바람까지 불어오니 연일 계속되는 라이딩의 고단함이 스르르 밀려왔습니다. 고흐의 〈정오의 휴식〉을 볼 때마다 이런 느낌이 들어 그 그림이 좋습니다.

마땅한 숙소가 없어 거리를 단축하다 보니 이곳 낭트에 숙소 (처음으로 호텔에서 묵게 되었습니다)를 잡게 되었는데 덕분에 일찍 도착하여 샤워하고 쉬니 좋더군요. 장거리 여행에서는 오후 3시 무렵 일정을 마무리하는 게 적당해 보입니다. 아침과 점심을 누룽지와 바나나로 때웠더니 배가 고팠습니다. 구글에게 물으니 다행히 한식당이 1㎞ 이내에 있더군요. 그곳을 찜해 놓고 내일 먹을 음식을 사러 슈퍼로 가던 중에 개인이 운영하는 상점에 들어가 보니 음식을 만들어 놓고, 원하는 만큼 파는 진열대에는 먹음직스러운 볶음국수와 밥과 함께 닭 다리도 있었습니다. 주인이 동양계라 중국인인 줄 알았는데 베트남 사람이었습니다. 물과 콜라, 그리고 앞서 말씀드린 음식을 전자레인지에서 데운 후 빨리 먹고 싶은 마음에 숙소로 발걸음을 재촉했습니다.

숙소에서 한 상 차려 놓고 아내에게 보이스톡으로 자랑을 했습니다. 가게에서 매운맛 소스도 한 병 사 왔습니다. 울 야야가 좋아하는 불닭볶음면 소스가 있었으면 좋았겠지만, 가게에서 사 온 소스만으로도 감지덕지했습니다. 그러곤 허겁지겁 음식을 모두 먹어 치웠습니다. 심지어 닭 다리도 매운 소스를 발라 먹었습니다. 그만큼 매운맛이 그리웠습니다. 한식당에서 먹었으면 훨씬 많은 금액이 나왔을 텐데 덕분에 식사비를 아꼈습니다. 닭 다리까지 합쳐 4종류의 음식값이 10€가 되질 않았습니다.

소화도 시킬 겸 동네 한 바퀴 하면서 다시 그 가게에 들러 내일 아침 식사용 메뉴 두 가지를 사 들고 왔습니다. 식으면 먹기가 거북한 고기류 대신에 볶음밥과 국수를 또 샀습니다. 내일부터 내리 3일간은 120㎞ 이상을 연이어 타야 해서 든든히 먹어 둬야 합니다.

이 글을 쓰면서 라로셀까지 모든 숙소 예약을 마쳤습니다. 라로셀에 도착하면 보르도로 기차를 타고 이동하고, 또 그곳에서 다시 바욘을 거쳐 다음 주 목요일에 산티아고의 시작점인 생장에 입성하게 됩니다. 그곳에서 하루를 쉰 뒤, 드디어 다음 주 토요일 역사적인 '산티아고 순례길'에 들어서게 됩니다. 이제 얼마 남지 않았습니다. 앞으로 3일간의 여정이 생각보다 덜 힘들었으면 좋겠습니다. 오늘 이야기는 여기까지입니다. 일요일 잘 보내시길….

여보! 여행 마무리 잘하시오. 그리고 새 주도 잘 여시오. 사랑하오.
아들, 딸! 지치고 힘들 때면 가끔 하늘을 보기도 하는, 그런 여유를 가지길…. 사랑한다.

# 4월 21일(일):

## 강은 바다가 되고(낭트 - 부왕)

아, 예상했던 대로 하루에 120㎞(가민 시계로는 125㎞) 이상 달리는 것은 무리입니다. 지금 현지 시간 오후 9시인데 침대로 직행하고 싶은 마음 간절합니다. 그래도 여행기는 쓰고 자야겠죠. 한 번 밀리면….

오늘은 라이딩 거리가 100㎞를 훌쩍 넘기기 때문에 어제저녁에 떠날 채비를 미리 해 놓고 잠자리에 들었습니다. 5시 반에 일어나서 따뜻하게 샤워를 한 후, 베트남 음식으로 아침 식사를 했습니다. 평소보다 일찍 서둘렀지만 숙소 앞에서 출발 채비를 마치고 나니 7시 30분이었습니다. 출발 시간을 고작 30분밖에 당기지 못했습니다.

선선한 아침 공기와 함께 하는 라이딩은 언제나 상쾌합니다. 일요일 아침이어서인지 도로에 차가 거의 다니지 않았습니다. 외곽으로 빠져나와 자전거 길을 달리면서 오늘따라 앞에선 저의 그림자가 더 길어 보여, 잠시 멈추고 핸드폰에 담았습니다. 다른 날보다 일찍 출발했음을 의미하는 징표였습니다.

인드레(Indre)라는 마을을 지나다 장이 선 것을 보았습니다. 간식거리가 있나 싶어 잠시 둘러보기로 했죠. 그저께 들렀던 샬롱느쉬르루아르 시장보다 더 컸습니다. 먼저 빵 가게에 들러 크루아상 4개를 샀습니다. 점심 식사용 빵을 추천해 달라고 하니 큼지막한 바게트를 주더군요. 바게트는 딱딱해서 별로 좋아하지 않습니다. 그래서 크루아상을 달라고 하니 4개면 점심 식사용으로 충분하다고 하더군요. 속으로는 '어림도 없는 소리!'라고 외쳤지만, 그냥 4개만 샀습니다.

그러곤 '과일이나 좀 사볼까?' 하며 주변을 어슬렁거리다 베트남 음식가게를 발견했습니다. 주인한테 베트남 출신이냐고 물으니 그렇다고 하더군요. 어제 낭트의 가게 여주인은 영어를 하지 못했는데 이 여주인은 꽤 잘했습니다. 이야기 중에 베트남 말로 "신짜오"라고 하니 좋아하더군요. 우리말로 "안녕하십니까?"라는 말인데 구사할 수 있는 베트남 말 두 마디 중 하나입니다. 밥, 국수, 소고기볶음, 그리고 새우볶음을 주워 담았습니다. 김치가 그립다고 하니 마을 중심지에 가면 먹을 수 있다고 했습니다(그림의 떡이었죠). 시장을 나와 주변 공터에서 음식을 넣기 위해 짐을 다시 꾸렸습니다.

출발하려니 왠지 찜찜한 기분이 들어 설마 했는데 건넛마을로 가려면 배를 타야 했습니다. 조금 떨어진 곳에 정박해 있는 배가 보여 지도에서 확인하니 자전거 길이 강 건너편에서 이어져 있었습니다. 다행히 출발 전에 타긴 했습니다. 요금이 얼마인지 궁금

철인의 자전거 그리고 산티아고

해서 주변 아저씨에게 물으니 공짜라더군요. 얼떨결에 배도 공짜로 타 봤습니다.

오늘은 지난 일요일에 느베르에서 시작한, 유로벨로(EuroVelo) 6번 자전거 길(La Loire A Velo)을 마무리하는 날입니다. 그동안 동행했던 루아르강이 바다와 만나는 광경을 보게 됩니다. 서쪽 끝으로 갈수록, 즉 대서양을 향해 갈수록 강폭은 넓어졌고, 강 위를 다니는 배 역시 규모가 커졌습니다.

대부분 도로와 나란한 자전거 길을 달렸던 첫 번째 구간과는 달리 두 번째 구간은 강둑길이었습니다. 수산대교 근처에서 삼 랑진 방향의 낙동강 종주 코스의 일부 구간과 모양새는 비슷했 는데, 길 양쪽으로 큰 나무들이 줄지어 있어 자연스럽게 그늘을 만들어 주는 것이 큰 차이입니다. 낙동강 자전거 길은 한여름에 는 타기가 좀 어렵습니다. 뜨거운 여름 땡볕을 온몸으로 받아 가 며 타는 것은 여간 곤욕이 아닙니다. 세월이 흐르면 낙동강 자전 거 길에도 나무 그늘이 생기겠죠.

여러 번 말씀드렸지만, 이곳 자전거 길은 참 좋습니다. 경치도 좋고 그늘도 많아 이곳 사람들이 자전거와 조깅을 마음껏 즐기 는 것 같습니다. 특히 오늘은 조깅하는 이들이 많았습니다. 어떤 이는 울트라마라톤(통상 42.195㎞의 마라톤보다 더 긴 마라톤을 이렇 게 부릅니다) 복장으로 뛰고 있었습니다. 이들을 보면서 잠시 달 리기에 대해 생각해 봤습니다.

개인적으로 인간이 가진 최고의 신체 능력은 '달리기'라고 봅니다. 『Born to Run』이란 책이 있습니다. 장거리를 달리는 사람들의 이야기를 다룬 책인데, 서두에 이런 글이 있습니다. "인간에게 있어 달리기는 생존을 위한 필수조건이었다." 수렵을 하던 시기의 달리기는 날쌘 동물을 잡기 위한 인간의 생존 능력이었다는 거죠. 조금 벗어난 이야기이지만, '하프마라톤 100회 완주'를 목표로 하고 있습니다. 지금까지 75회를 완주했습니다. 목표를 이루기 위해 (빨리 뛰지는 못하지만) 계속 달릴 것이며, 200회, 300회도 채우고 싶습니다. '나이 들어서도 뛸 수 있어, 늘 자유롭게 다니고 싶다'라는 저의 소망을 담은 것입니다. 그리고 이번 자전거 여행을 위한 체력 또한 달리기에서 다져진 것임을 잘 알고 있습니다.

드디어 루아르 하구에 도착했습니다. 하구가 있는 도시 이름은 셍브레방레핀(Saint-Brevin-Les-Pins, 이하 셍브레방)입니다. 그곳에서 프랑스에서 제일 큰 강인, 루아르강이 바다가 되는 모습을 지켜보았습니다. 8일간 같이 다니면서 미운 정, 고운 정 다 들었는데 말이죠. 만남이 있으면 헤어짐 또한 있는 것이 자연의 섭리 아니겠습니까. 그곳에서 보는 'Pont de Saint-Nazaire' 다리도 볼만했습니다.

루아르강과 헤어지고 나니 배가 고프더군요. 주변 벤치에서 짐을 풀어 아침에 시장에서 산, 베트남 음식을 꺼내어 점심상을 차렸습니다. 밥은 저녁용으로 남겨 두었습니다. 자전거 길 하나를 끝내고 다시 새로운 자전거 길을 앞둔 시점에서 든든히 먹어 둬야 했습니다. 시장기가 좋은 반찬 역할을 하긴 했지만, 사실 베트남 음식이 모두 맛있었습니다.

그러고 보니 엊저녁부터 오늘 저녁까지 베트남 음식으로 내리 식사를 했군요. 프랑스에 온 것인지 베트남에 온 것인지 잠시 헷갈리기도 했습니다. 음식에 고수(향이 독특한 식물 잎입니다. 경상도에서 추어탕에 넣어 먹는 방아 잎과는 다른 향을 냅니다. 방아는 좋아하지만, 고수는 많이 들어가면 못 먹겠더군요) 향이 조금 거북했지만 맛나게 먹었습니다. 다낭 여행 때 베트남 음식에 익숙해진 게 이번 여행에 도움이 되고 있습니다. 베트남이 한동안 식민지로 있었기 때문에 프랑스에 베트남 사람들이 제법 보이고 곳곳에 음식이 있는 것 같습니다.

식사하면서 태진이에게 소식을 전하고, 철인3종경기를 함께 즐기고 있는 영현이랑도 잠시 통화를 했습니다. 내년에 있을 초등학교 총동창회 행사를 위해 벌써 친구들이 바삐 움직이고 있는데, 저만 이곳에서 자전거 놀이 삼매경에 빠진 것 같아 조금 미안한 마음에 친구한테 연락한 것이었고, 여행 내내 별 관심을 보이지 않던 영현이는 심심했던지 뜬금없이 카톡으로 소식을 물어와서 제 블로그 보라고 했습니다. 아내가 인정하는 착한 동생이니 그동안의 무관심에 대해서는 크게 혼내지 않았습니다.

기대 반 걱정 반으로 유로벨로 1번 자전거 길에 올랐습니다. 프랑스 서쪽 해안을 따라 남쪽으로 쭉 내려가는 코스입니다. 경험상 우리나라 해안도로는 대부분 오르막 내리막으로 되어있기 때문에 라이딩이 편하지 않습니다. 혹시나 여기 해안도로도 그럴까 싶어 한동안 마음을 졸여 가며 자전거를 탔는데 다행히 우려했던 업다운은 없었습니다. 하지만 기대와 달리 재미가 별로였습니다. 얼마간의 해안 경치를 빼고는 출발점인 셍브레방부터 거의 7~8㎞를 주택가만 지나쳤습니다. 우리 해안도로는 바로 옆에 바다를 끼고 있어서 참 좋은데 말이죠.

유로벨로 1번 자전거 길, 첫 구간의 종점인 포르닉(Pornic)까지는 두 개의 경로가 있었습니다. 해안선 주변을 달리는 길과 내륙으로 이어진 길이었는데, 거리는 각각 34㎞와 24㎞였습니다. 전자를 택한다고 해도 바다를 곁에 두고 달린다는 보장이 없었기에 짧은 내륙 코스로 방향을 정했는데, 포르닉에 도착할 때까지 자전거 타는 사람은 단 한 명도 볼 수 없었습니다. 90㎞ 이상 탔을 무렵, 햇살은 강하고 온도도 올라가 많이 지치더군요. 포르닉이 아름다운 항구도시라서 그나마 위안이 되었습니다.

포르닉 이후에도 지도상으로는 해안가인데 막상 달려 보면 가까이에서 바다를 볼 수 없었습니다. 이러다간 바다 구경을 제대로 할 수 없겠구나, 싶어 자전거 길에서 벗어나 해안가 쪽으로 더 가까이 가봤습니다. 지척에서 출렁이는 파도와 수평선이 어우러진 전경을 잔뜩 기대했는데, 길과 바다 사이에 넓은 백사장이 자리를 잡고 있어 '대서양' 앞에 섰다는 느낌을 전혀 느낄 수 없었습니다. 결론적으로 유로벨로 1번 길은 거쳐 온 다른 자전거 길보다 재미가 덜했습니다.

철인의 자전거 그리고 산티아고

나그네를 돌려 곧장 숙소로 향하니, 맞바람이 힘들게 하더군요. 근처에 풍력발전기가 있는 것으로 보아 바람이 많이 부는 곳인가 봅니다. 숙소 전방 6㎞부터는 일반국도를 달렸는데, 적지 않은 차들이 속력을 내고 있어 긴장되었습니다.

숙소는 시골 가정집이었습니다. 여주인께서 직접 맞아 주셨는데, 장성한 아들은 말을 붙일 만큼 사교적이진 못했습니다. 샤워하고, 정원 테이블에서 저녁 식사를 했습니다. 남은 베트남 음식으론 부족할 것 같아 어제 베트남 가게에서 산 일본 라면도 끓여 먹었습니다. 국적에 상관없이 라면은 정말 훌륭한 음식입니다. 내일 아침 식사용으로 밥을 조금 남겨 두기는 했는데, 이 동네에는 큰 슈퍼가 없어 여주인께 집에 있는 과일이나 좀 사서 먹을까 하는 생각도 하고 있습니다.

내일과 모레 일정을 수정했습니다. 오늘 125㎞를 타 보니 도로상태 등을 고려할 때 연이어 이 정도의 거리를 타는 것은 무리이며, 의미도 없다고 판단했습니다. 여행을 '고행'으로 만들 생각은 없으니까요. 그래서 거리를 최대한 단축해 버렸습니다. 새로운 한 주, 잘 여십시오.

> 여보! 여행은 재미있었소? 내가 보기엔 괜찮았던 것 같은데 말이오. 바로 출근하면 피곤할 텐데 짬을 내어 좀 쉬기도 하시오. 사랑하오.
> 아들! 한 번씩 럭셔리하게 먹는 것은 오케이. 그러나 그게 버릇이 되면 네 엄마가 어떤 반응을 보이실지

아빠는 모른다. 사랑한다.
딸! 이번 주에 엄마랑 맛있는 거 사 먹고 잼나게 노셩.
사랑해.

철인의 자전거 그리고 산티아고

## 4월 22일(월):

## 돌고 돌아 바다에(부왕 - 돌론느)

저녁 식사를 하고 깜빡 잠이 들었었군요. 그래도 훤한 대낮입니다. 여기는 저녁 9시가 되어야 해가 집니다. 오늘은 어제 125㎞보다 훨씬 적은 71㎞를 탔는데도, 피로는 비슷한 것 같습니다. 내일 하루만 더 타면 산티아고 순례길을 시작하는 이번 토요일까지는 휴식을 취하면서 체력을 최대한 비축해 둘 생각입니다. 내일은 90㎞ 정도만 달리면 됩니다.

어제 남긴 베트남 음식(볶음밥 종류와 새우볶음)을 먹으려다, 아침 식사를 해줄 수 있느냐고 주인아주머니께 여쭤봤습니다. 아주머니께서 빵과 잼, 그리고 마실 것만 있으면 되겠느냐고 해서 흔쾌히 응했습니다. 아침에 빵을 사 와야 해서 8시 정도는 되어야겠다고 하더군요. "No problem!" 아침 식사비로 5€를 드리기로 했습니다. 밖에서 잠시 아내와 통화를 하고 있는데 빵을 사서 오시더군요.

아침 식사를 주인아주머니께 부탁하길 잘했습니다. 부드러운 바게트를 토스터에서 구운 다음 꿀과 다른 잼에 발라 따뜻한 차와 함께 맛있게 먹었습니다. 얼마 남지 않았던 베트남 음식으로 아침 식사를 했으면 속이 많이 허했을 것입니다. 오렌지 주스도 만들어 주서서 한 잔 마셨고요.

아주머니는 직장 출근 때문에 먼저 나가시고(아들은 자고 있고), 느긋하게 출발 준비를 했습니다. 그러곤 9시에 출발을 했습니다. 여태까지 자전거 길은 프랑스 자전거 사이트에서 내려받은 GPS 경로를 사용했고, 자전거 길에서 벗어나 숙소로 갈 때는 구글 내비게이션을 사용해 왔습니다. 그런데 어제 자전거 길과 숙소와의 거리가 5㎞ 이상 멀리 떨어져 있어서, 구글 내비게이션으로 찾아오는 데 불편했습니다. 구루맵스 지도를 보면 편한데, 구루맵스를 사용하기 위해서는 GPS 파일을 미리 만들어 놓아야 합니다. 그래서 어제저녁에 바이크맵에서 오늘과 내일의 숙소 경로까지 미리 만들어 두었습니다(뒤늦게 알았는데, 구루맵스에도 내비게이션 기능이 있습니다).

요즈음 햇살이 포근하고 바람도 신선하고 잔잔해서 아침 라이딩 재미가 제법 쏠쏠합니다. 대신에 오후로 접어들면 바람이 강해져서 페달 밟기가 힘듭니다. GPS 경로를 확인하니 어제와 달리 처음부터 바다를 볼 수 있었습니다. 숙소에서 5㎞ 정도 가니 바다가 보였습니다. 그런데 그곳에서 인근 섬으로 다리를 이용하는 줄 알았는데 배를 타고 이동해야 하더군요. 이 점은 여행을 계획할 때 놓친 부분입니다. 어제와 같이 왕래하는 배가 자주 있겠지, 싶어 주변을 산책하던 아저씨께 문의하니 오후 1시 30분에 배가 있다고 했습니다. 하는 수 없이 우회 경로를 찾아

철인의 자전거 그리고 산티아고

야 했습니다. 달려왔던 5㎞를 되돌아가서 지도에서 파악한 경로를 따라 열심히 달렸습니다.

중간에 쉬면서 혜란이에게 전화를 했습니다. 여행 온 지 좀 되었는데 동생들한테 연락을 제대로 하질 못했습니다. 혜란이는 블로그를 통해 저의 활약상을 잘 보고 있다고 했습니다. 동생들 이야기가 나온 김에 한 가지 첨언하자면, 올해 '통영 국제트라이애슬론' 릴레이 부문에 저랑 혜란이 그리고 막내 영신이가 팀을 이뤄 참가하기로 했습니다. 혜란이는 수영, 저는 자전거, 그리고 달리기는 막내가 맡기로 했습니다. 의논을 할 때 영신이가 "그럼 달리기는 누가 할 건데?"라고 해서 이렇게 쏘아붙였습니다. "그럼 나이 많은 내가 뛸까?" 둘째 동생 여란이는 응원을 열심히 하기로 했습니다. 덕분에 올가을 형제 모임은 통영에서 하게 되었는데, 생각만 해도 설렙니다.

한동안 잘 달리고 있는데 길이 막혀 버렸습니다. 공사를 하고 있더군요. 난감했지만 길이 막힌 게 처음이 아니라 지도를 보고 다시 우회로를 찾았습니다. 우회로 마지막은 지도상으로 비포장 길로 표시된 길이었는데 막상 가 보니 풀이 무성해서 자전거가 지나갈 수 없는 길이었습니다. 되돌아가는 것도 아득해서 자전거에서 내려 300m 정도 걸었습니다. 덕분에 주변의 소들도 휴대폰 카메라에 담았습니다.

국도에 어렵사리 합류하여 열심히 달렸습니다. 차들도 제법 많이 달리는 왕복 2차선 길이라 집중하면서 가고 있는데 반대편

차선에서 '누워서 타는 자전거'를 몰고 가던 여자분이 저에게 '엄지척'을 날려 주었습니다. 순간적으로 일어난 일이라 제때 화답을 하지 못했지만, 기분은 좋더군요.

바닷길과 공사 때문에 길을 돌고 돌아 'Saint-Gilles-Croix-de-Vie'라는 곳에서 바다를 다시 만나게 되었습니다. 관광객들이 많고 풍기는 이미지가 보통이 아니었습니다. 길가엔 레스토랑들도 줄지어 있었고요. 점심때라 손님들 틈에 끼어 이곳 분위기를 느끼며 식사를 해볼까도 싶었지만, 자전거 여행자가 낄 만한 자리가 아닌 것 같아 이내 발걸음을 돌렸습니다. 점심 식사는 아침에 먹다 남은 빵으로 간단히 했습니다. 시내를 빠져나오는 자전거 길도 잘되어 있었고, 길가에 심어 놓은 꽃들도 참 예뻤습니다.

도시를 벗어난 후 10㎞ 정도를 가니 고대했던 해안 자전거 길이 나왔습니다. '대서양'을 배경으로 사진을 찍었습니다. 그 사진을 본 야야가 제주도 분위기랑 비슷하다고 했습니다.

해안 길 경치는 좋았는데 바람이 정말 장난이 아니었습니다. 댄싱(안장에 앉지 않고 서서 페달을 밟는 자세)을 쳐도 나지막한 언덕을 겨우 올라갈 정도로 바람이 심했습니다. 숙소를 19㎞쯤 남겨두었을 무렵 심신의 피로가 막 몰려오더군요. 이 소식을 전하자 아내는 숙소 도착할 때까지 걱정을 또 했나 봅니다. 숙소 도착 사실을 알린 후 얼마 되지 않아 바로 전화가 오더군요. 아내는 괜찮냐고 물었고, 저는 엄청 힘들다고 솔직하게 말했습니다.

여태껏 이상이 없었던 오른쪽 종아리가 땅기기 시작했습니다.

철인의 자전거 그리고 산티아고

왼쪽 발과 오른쪽 발이 페달 위에 놓인 모습도 조금 달랐습니다. 잠시 멈춰 서서 안장을 조금 높였더니 한결 나아졌습니다. 아무래도 그동안 안장을 너무 낮게 해서 탄 것 같았습니다. 내일은 출발 전에 조금 더 올려 봐야겠습니다.

안주인은 어디 가셨는지 안 계시고 바깥주인께서 저를 맞이해 주셨습니다. 자전거를 보관할 창고를 안내받은 후, 화장실, 욕실, 그리고 침실을 소개받았습니다. 그런데 이 집 장난이 아닙니다. 부잣집이라 없는 게 없습니다. 안주인 구두가 수십 켤레나 됐습니다.

샤워 전에 주인아저씨의 도움을 받아 세탁기를 돌렸습니다. 그 전에 신랑 때문에 잠 못 들고 있는 아내에게 전화해서 푹 자라고 했습니다. 같이 지낼 때는 챙기지 못했던 것을 떨어져 있으면 챙기게 되는 이유가 아주 궁금합니다.

숙소에 일찍 도착한 덕분에 샤워하고 침실에서 쉬었는데도 저녁 식사까지 시간이 넉넉했습니다. 구글로 근처를 탐색해 보니 햄버거 가게도 있고 스테이크 식당도 있더군요. 먼저 이 집들을 찜해 놓고 장을 보러 근처 슈퍼에 갔습니다. 거기서 스테이크용 소고기를 발견했습니다. 비싼 돈 들여 식당에서 스테이크를 먹을 이유가 사라졌습니다. 빵도 사고, 사과도 사고, 이것저것 샀습니다. 미루었던 선크림도 결국 샀습니다. 제가 봐도 얼굴과 다리가 너무 많이 탔습니다. 제법 샀는데도 17€밖에 되지 않는 걸 보니 물가가 싼 곳인가 봅니다.

아저씨께 부탁하니 프라이팬과 접시 등 요리에 필요한 것을 준비해 주시더군요. 스테이크용 소고기를 바로 구워 먹었습니다. 소스는 후추와 소금만으로 충분했습니다. 아저씨가 마실 것을 권해서 알코올 종류로 조금 달라고 하니 식당 테이블 위에 있는 팩에서 술을 따라 주더군요. 생맥주 통꼭지에서 따라 마시는 것과 흡사했습니다. 부잣집이라 그런지 별것 다 있더군요.

그러곤 침대에 누워 잠시 쉰다는 게 깜빡 잠이 들었나 봅니다. 내일 숙소까지 GPS 경로상으로 92㎞입니다. 체크인 시간이 오후 7시에서 7시 반이라고 했는데 오늘 다시 연락해 보니 도착하는 대로 숙소에 들어갈 수 있다고 했습니다.

내일 라이딩이 끝나면 이번 여행을 위해 계획한 스위스 미텔랜드 길, 유로벨로(Eurovelo) 17, 유로벨로 6, 그리고 유로벨로 1번 길을 모두 마치게 됩니다. 하루 더 힘을 내어 보겠습니다. 그다음은 와인의 고장, 보르도가 저를 기다리고 있습니다. 시음 한번 해 봐야 하겠죠.

> 여보! 오늘도 수고 많았소. 여독도 덜 풀렸을 텐데 푹 자구려. 사랑하오.
> 아들! 아무리 그래도 너보다 더 살이 빠져서 갈 수는 없을 것 같다. 사랑한다.
> 딸! 아빠가 봐도 제주도 분위기랑 비슷한 것 같더라. 사랑한다.

철인의 자전거 그리고 산티아고

## 4월 23일(화):
## 그리고 햇살(돌론느 - 라로셀)

　오늘로써 계획했던 프랑스 자전거 길은 모두 마쳤습니다. 물론 산티아고 순례길의 시작점인 생장도 프랑스 도시이긴 하나, 유로벨로(EuroVelo)는 그저 자전거 길일 뿐이고 산티아고 순례길은 그 이상의 의미가 있으므로 분리를 하고자 합니다. 결론부터 말씀드리자면 오늘 라이딩은 정말 힘들었습니다. 고이 끝나게 그냥 내버려 두질 않더군요.

　아침에 떠날 채비를 하러 밖에 나가 보니 바람이 이만저만한 게 아니었습니다. 여태껏 아침에 그 정도로 바람이 강하게 분 적은 없었거든요. 쉽지 않은 하루가 될 것임을 직감했습니다. 나그네가 하룻밤 묵었던 창고 문을 주인아저씨께서 열어 주셨습니다. 창고 안에는 공구가 엄청나게 들어차 있었습니다. 구글 번역기로 직업을 물어보니 아저씨는 '땜장이'라는 답변을 했는데 아마도 구글이 딴짓한 것 같습니다. 순진하게 생긴 아저씨는 고맙게도 커피를 권했고 저는 흔쾌히 응했습니다. 아침에 먼 길 떠나는 여행자에게 따뜻한 커피만큼 마음에 와닿는 게 또 무엇이 있겠습니까. 부인께도 안부 전해 달라고 하면서 길을 떠났습니다.

바다 앞에 섰습니다. 그냥 지나칠 수가 없어, 지나가는 아저씨의 도움으로 기념사진을 찍었습니다. 한동안 멋진 해안 자전거 길을 달리다, 바람이 라이딩 시작부터 앞길을 가로막아 선 탓에 라로셀까지 최단 경로를 이용했습니다. 아직도 귓가에서 윙윙거리는 바람 소리가 들리는 듯합니다.

해안을 벗어난 자전거 길은 여태 달려온 길과 비슷했습니다. 강과 함께 달리고, 숲길을 달리고, 오솔길을 달렸습니다. 그런데 너무나도 한적했습니다. 자전거를 타면서 스친 라이더는 로드 타는 아저씨와 저보다 더 무거운 짐을 싣고 가는 여자분, 단 두 명뿐이었습니다. 이제는 쓸쓸함에 어느 정도 적응이 될 법도 한데 그렇지가 않았습니다. 지평선이 보이는, 뻥 뚫린 대지 위를 바람을 맞으며 혼자 자전거를 타 보시면 저의 마음을 이해하실 수 있을 겁니다. 내륙으로 들어온 덕분에 이전과는 다른 분위기를 풍기는 마을도 지났지만, 그것만으로는 외로운 이의 마음은 달랠 수 없었습니다.

바람, 바람, 바람….

〈바람 불어 좋은 날〉이 아닌 〈바람아 멈추어다오〉 노래가 절로 생각났습니다. 풍력발전기를 마음껏 돌리는 바람에 맞서서 앞으로 나아갔습니다. 풍력발전기 이야기가 나와서 말인데, 풍력발전기의 날개는 멀리서 보면 아주 천천히 도는 것처럼 보여도 실제로는 날개 끝은 음속 이상의 속도로 돌고 있는 겁니다. 빠른

철인의 자전거 그리고 산티아고

비행기가 실제 하늘에서 날아가는 것을 보면 빠른 것을 실감하기 어려운 것과 같은 이치입니다.

약 30㎞를 달린 정오 무렵에 야속하게 비가 내리기 시작했습니다. 우의를 입을 정도는 아니어서 그냥 달리기는 했지만, 마음은 무거워져 갔습니다. 점심 식사도 하고 우중 라이딩을 준비하기 위해서는 비를 피할 수 있는 공간이 필요했는데, 이 동네는 어찌 된 일인지 지붕에 처마가 없습니다. 그래도 비를 피할 곳이 있을 것이라는 긍정적인 마음은 계속 부여잡고 있었습니다. 그러다 멋진 공간을 만났습니다. 바로 버스 정류장입니다. 지붕도 있고 앞을 제외한 3면이 막혀 있어 비바람을 피할 수 있었습니다. 어제 슈퍼에서 산 빵을 먹으며 잠시 생각에 잠겼습니다.

'조금 귀찮을 뿐, 비가 오면 우의 입고 타면 된다.'

가족 단톡방에는 일부러 이 상황을 알리지 않았습니다. 그렇게 한다고 해서 내리는 비가 멈추는 것도 아니고 괜한 걱정만 끼치게 되니까요. 점심 식사를 마칠 무렵에 다행히 비가 그쳤습니다.

가벼워진 마음으로 다시 페달을 밟기 시작했습니다. 아, 그런데 길이 오전보다 더 조용했습니다. 오늘 자전거 길은 바이크맵에서 짠 것인데, 어쩌면 그리도 고요한 길을 골라냈는지 신기할 따름이었습니다. 시간이 흐르자 외로움에도 무덤덤해질 정도로 지쳐갔습니다.

'그저 낯선 곳에서 자전거를 타고 있을 뿐인데, 이 정도를 힘들다고 할 수 있는가? 여행이란 그리 대단한 게 아니며 그저 여느

때와 같은 하루하루를 보내는 것이다.'

장시간 바람을 맞다 보니 체온이 내려가서, 체온 유지용 비닐을 덮어썼습니다. 이곳 바람은 날씨에 상관없이 꽤 서늘하여, 한여름에도 오싹한 느낌을 주는 계곡 바람과 비슷했습니다. 땀이 워낙 많은 체질인데도 자전거를 타면서 상의가 땀에 젖은 적이 단 한 번도 없을 정도입니다. 덕분에 빨래를 매일 할 필요가 없어 편하긴 합니다.

그러잖아도 바람 때문에 속이 몹시 상해 있는데 길을 막아 놓은 곳도 있어 어제처럼 나그네랑 함께 걸어야 했습니다. 무슨 연유인지는 모르겠으나, 앞으로는 고단한 자전거 여행자를 위해 문은 활짝 열어 두시길.

다시 하늘이 검게 물들기 시작하더니 비가 내리기 시작했습니다. 숙소까지 19㎞쯤 남았을 때 말이죠. 정오 무렵에 내린 비와는 달리 계속 내릴 것 같았습니다. 양도 더 많았고요. 프랑스 마지막 라이딩 날인데 정말 해도 해도 너무하다는 생각이 절로 났습니다. 차가 쌩쌩 달리는 국도를 1㎞가량 조심히 탄 뒤 지방도로에 접어들어서야 우의를 입었습니다.

그러다 숙소를 8㎞ 정도 남겨 두고 해가 구름에서 벗어나기 시작했습니다. 이거 뭐 장난치는 것도 아니고⋯. 처음에는 그냥 숙소까지 내달릴 작정이었는데 내리쬐는 햇살 아래서 우의를 입고 자전거를 타니 더워서 나그네를 멈추고 우의를 벗었습니다. 그때부터는 바람도 멈추더군요. 자전거 길 역시 예쁘게 바뀌었습니다. 참으로 변화무쌍하더군요.

숙소 근처에서 '프랑스 자전거 길', 그 대단원의 막을 내렸습니다. '홀가분하다' 또는 '내가 해냈구나!'라는 특별한 감흥 없이, 여느 때와 같이 '오늘도 무사히 마쳤구나' 정도였습니다. 숙소를 찾기 위해 두리번거리고 있으니, 퇴근하던 동네 아저씨가 "아리가토"라고 하며 인사를 건네오길래 "대한민국 사람인데요"라고 했죠. 고맙게도 숙소를 찾아주고 갔습니다. 좀 엉뚱한 면도 있었지만 친절한 아저씨였습니다. 헤어지면서 우리말로 '고맙습니다'라는 말이 뭐냐고 묻길래 또박또박 가르쳐 주었답니다.

오늘 숙소는 셀프 체크인을 하는 곳입니다. 주인은 없고, 대신 열쇠 보관함의 비밀번호를 미리 알려주죠. 열쇠 보관함을 찾고 비밀번호를 입력하느라 시간이 꽤 걸렸습니다. 그나마 투르에서 비슷한 경험을 했기에 시간을 줄일 수 있었습니다.

고단한 하루를 보내고 텅 빈 집에 들어왔을 때의 기분을 여러분도 아시리라 봅니다. 축 처진 기분으로 한동안 소파에 기대어 있다가 샤워를 하고, 구글 지도에서 확인한 아시안 레스토랑을 찾아 걸어갔습니다. 동네 근처일 거로 생각했는데 2㎞ 정도를 걸어가야 하더군요. 하늘은 다시 까매져서 금방 비가 와도 전혀 어색하지 않을 분위기였습니다. 대체 지금 뭘 하고 있는가, 싶기도 했습니다.

그런데 막상 식당 안에 들어가 보니 기분이 달라지더군요. 뷔페였는데 19.5€로 수십 가지의 요리를 먹을 수 있었습니다. 여종업원에게 소고기는 어떻게 먹느냐고 물으니 요리사에게 가져다 주면 구워 준다고 했습니다. 비프스테이크를 먹을 수 있다는 말이었죠. 음식들을 보는 순간 눈이 확 돌아가더군요. 돼지고기 바비큐, 랍스터, 초밥, 꼬지, 기타 등등. 비프스테이크 두 장을 포함해서 총 다섯 접시를 깔끔하게 비웠습니다. 술은 전혀 마시지 않고 오로지 배만 채웠습니다.

계산하고 식당을 나서니 비가 많이 내리고 있었습니다. 하는 수 없이 택시를 불러 달라고 하고 밖에서 기다리니 잠시 후 '볼보 XC90' 택시가 앞에 멈춰 섰습니다. 식당에서 호출한 택시임을 확인하고 숙소 주소를 보여 주었습니다. 택시 기사는 구글 내비게이션을 사용했고, 기본요금이 15€였습니다. 미터기 눈금이 금방 금방 올라갔습니다.

숙소 근처에 와서는 내비게이션이 최단 경로로 안내를 하지 못하는 것 같아 그즈음에서 세워 달라고 했습니다. 음식값만큼 택시비가 나왔습니다. 할증료가 적용되는 오후 7시 이후에 호출을 한데다가, 호출 거리마저 멀어서 요금이 많이 나왔다는 게 기사 아저씨의 설명이었습니다. 어쩐지 식당에서 택시를 불러 달라고 할 때 주인의 의미심장한 미소가 좀 수상쩍었습니다. 그 옆의 남자 종업원은 뭔가 우려 섞인 표정을 짓고 있었고요. 하지만 멀리 프랑스까지 왔는데 택시도 한번 타 봐야 하지 않겠습니까? 그리고 비가 오지 않았다면, 배불리 먹었음에도 혼자 쓸쓸히 뚜벅뚜벅 걸어왔을 저 자신을 생각하니 택시를 탄 게 백배 천배 잘한

철인의 자전거 그리고 산티아고

것 같습니다.

숙소에 도착하니 주인아주머니가 와 계시더군요. 아주 상냥하신 분이었습니다. 저에게 따뜻한 차도 내주시고, 보르도에서도 사셨다면서 관광 명소도 몇 군데 소개해 주시더군요. 이런저런 이야기를 나누다 방에 들어왔습니다. 내일 아침 식사를 준비해 놓고 나갈 테니 맛나게 먹고 천천히 가라고 하셨습니다.

지금 밖에 비가 오고 있습니다. 내일 기차역까지 또 비를 맞고 가야 할지 모르겠지만 그건 내일 아침에 생각해도 될 것 같네요. 곧 새벽이 올 시간이군요. 즐겁고 행복한 하루 보내시길.

> 여보! 바람과 비가 조금 성가셨지만, 무사히 프랑스 자전거 길을 마쳤소. 지금 여긴 저녁 봄비가 내리고 있소. 그립구려.
> 아들! 중간고사 치르느라 애썼다. 쉬면서 좋아하는 술도 좀 마셔라. 사랑한다.
> 딸! 울 야야가 날리는 멘트는 언제나 압권이다. 시험에다 해야 할 과제가 백두산 높이보다 더 높다고! 오르고 또 오르면 못 오를 리 없다! 사랑한다.

## 4월 24일(수):
## 와인보다 더 멋진 보르도(라로셀 - 보르도)


오늘 아침 노래는 〈유리창엔 비〉였습니다. 괜찮았습니다. 오늘은 장거리 라이딩을 하는 날이 아니니까요. 주인아주머니께서 차려 주신 빵과 차로 아침 식사를 했습니다. 그러곤 출근하는 아주머니를 배웅했죠. 여기 와서 여러 번 있었던 일이라 이젠 별로 어색하지도 않습니다. 주객이 전도된 상황 말입니다.

보르도행 기차 출발 시간이 오전 11시 4분이라 시간은 넉넉했지만, 비가 내리고 있었고, 역에 가서 타고 갈 기차를 확인하는 등 미리 준비해 둬야 할 것들이 있어 9시가 되기 전에 숙소를 나섰습니다. 역까지는 아주머니께서 일러 주신 자전거 길을 이용했는데 알고 보니 Eurovelo 1번 길에 속하는 길이더군요. 여느 때와 같이 종일 자전거 타는 날이었으면 천천히 즐기고 싶은 길이었습니다. 우중 라이딩 채비를 단단히 하고 나섰는데 이때쯤 비는 그쳤습니다. 출발을 조금만 늦췄어도 우비를 입는 수고를 덜 수 있었을 텐데 말입니다. 라로셀역은 예상보다 규모가 크지 않고 한산해서 나그네와 함께 기차를 타는 것이 부담스럽지 않

철인의 자전거 그리고 산티아고

았습니다. 혼자서 프랑스 기차를 타는 것은 처음이라, 플랫폼과 기차 칸을 직원들에게 재차 확인했습니다. 평일이라 그런지 승객들은 별로 없었고, 제 칸에는 아주머니 혼자 계셨습니다. 2시간 반 정도를 기차에서 보내면서 '프랑스 기차 타기'에 대한 글도 적고, '멍 때리기'도 하고 창밖 풍경도 구경하고, 핸드폰에 다운로드 해 간 법정 스님의 『무소유』도 읽었습니다. 그러다 좀 졸기도 하고, 마지막엔 남은 빵으로 점심 식사도 했습니다. 오랜만에 한가로운 시간을 보냈습니다.

기차는 예정된 오후 1시 24분보다 조금 늦게 보르도역에 도착했습니다. 저번 느베르 때처럼 나그네와 가방들을 지하도를 통해 옮겼습니다. 한 번 해본 것이라 요령이 생기더군요. 그런데 보르도에 대한 첫인상은 생각보다 별로였습니다. 나그네와 짐을 번갈아 옮기는 사이에 여직원이 주인 없는 자전거를 발견했다고 생각한 것 같았습니다. 가방을 지상에 올려다 놓고 다시 지하로 내려가니 나그네가 제 자전거인지 퉁명스럽게 물어보더군요. '도와주지는 못할망정 어디서 인상을!'이라며 혼내 주고 싶었지만, 불어를 하지 못해 참고 넘어갔습니다. 기차 역사 건물도 좀 후져 보였습니다. 나중에 보니 연결된 큰 건물이 따로 있더군요. 숙소까지는 1㎞ 남짓 되었습니다. 내일도 바욘을 거쳐 생장까지 기차를 탈 예정이라 역과 가까운 곳을 택했습니다.

숙소 주인인, 디안(Dian)은 아가씨였는데 현재는 흔한 말로 백수인 듯 보였습니다. 덕분에 평소보다 일찍 여장을 풀 수 있었습니다. 디안과 잠시 인사를 나누고 친구랑 〈어벤져스〉 영화를 보러 나갔습니다. '울 야야'도 오늘 시험 마치고 친구들이랑 그 영화를 보러 간다고 했는데 말입니다.

짐을 방에 가져다 놓고, 라로셀 숙소 아주머니께서 소개해 주신 'The City of Wine' 쪽으로 방향을 잡아 길을 나섰습니다. The City of Wine은 숙소에서 약 5㎞ 떨어져 있는 와인 박물관입니다. 세계 유수 도시에 강이 있듯이 보르도에도 가론(Garonne)강이 흐르고 있습니다. 지도로 확인해 보니 강변을 쭉 따라가면서 시내 풍경도 구경할 수 있었습니다. 나그네를 타고 갈 수도 있었는데 비가 올지도 모른다는 디안의 조언을 따랐습니다.

숙소를 나서서 1㎞ 정도를 걸어가고 있는데 하늘에서 반갑게도 빗님을 내려 주시더군요. 얼마나 황당했는지 아마 모르실 겁니다. 재킷에 의지한 채 꿋꿋하게 앞으로 나아갔는데 고만고만하게 내리던 비가 소나기 수준으로 내리지 뭡니까. '에이! 숙소로 돌아가서 다운로드해 온 영화나 보는 게 낫겠다'라고 마음먹고 되돌아가는데 바람님까지 합세하시더군요. 비를 피할 수 있는 곳까지 가는 동안 바지가 반쯤 젖어 버렸습니다. 그나마 25€짜리 동계 라이딩용 재킷이 선방해 주었습니다.

비가 좀 수그러들자 오기가 발동했습니다.

'이미 젖은 몸, 다시 가 보자!'

시내로 걸어갔습니다. 약해졌던 비가 또 장난을 쳤지만, 버스

철인의 자전거 그리고 산티아고

정류장이라는 안전한 대피소에서 잠시 머무니 잠잠해지더군요. 다행히 그 이후로 하늘이 열렸습니다. 이때까지도 보르도의 인상은 여전히 별로였습니다. 시내에 접어들자 길가에 서너 명씩 무리를 지어 있는 사람들이 신경 쓰이기도 했습니다.

'보르도에 괜히 왔어! 내가 이 꼴을 당하려고 이 먼 곳까지 왔단 말인가…'

그런데 이때부터 반전이 일어나기 시작했습니다. 눈앞에 성당이 하나 보였습니다. 구글에게 물어보니 '바실리카(Basilica of Saint Michael)'라고 하더군요. 첨탑의 높이가 꽤 높았습니다. 바실리카를 한 바퀴 둘러보고 강변 쪽으로 나섰습니다. 가론강이 눈앞에 펼쳐졌고, 강을 가로지르는 피에르 다리(Pont de Pierre)가 강렬한 인상을 풍겼습니다. 그리고 계속 올라갈수록 풍경이 이채롭고 화려하고 아름답고 기타 등등의 분위기를 연출했습니다. 사람이 저벅저벅 걸어 다닐 수 있는 'Le Miroir d'eau'라는 세계에서 가장 넓은 'Water Mirror'도 보았습니다. 주변 건물과 강변, 그리고 푸른 하늘과 구름이 연출하는 풍경은 그야말로 한 폭의 그림이었습니다. 아내에게 카톡으로 사진 몇 장 보내 주니 감탄사를 연발했습니다.

라로셀 주인아주머니께서 일러 주신 대로 큉콩스(Quinconces) 광장에 있는 여행안내소를 들러 시내 도보 투어용 지도를 받았습니다. 관광 명소 15곳을 둘러보는 '유네스코 문화유산' 코스였습니다. 1번이 지롱드 기념비(Monument aux Girondins)입니다. 큉

콩스광장 근처에 있는 사람이면 누구나 볼 수 있는 높이의 기념비입니다. 물론 저도 멀리서부터 이 기념비를 보며 왔었죠.

기념비 소개는 조금 있다 하기로 하고 와인 이야기부터 먼저 하겠습니다. 많은 프랑스 도시 중에 굳이 이곳 보르도를 선택한 것은 당연히 와인 때문이죠. 관광안내소에서 지도를 받아 나올 때 보르도 와인 가게 소개도 부탁하니 관광안내소 주변에 쫙 깔렸다고 하더군요. 제일 가까운 곳에 들어가니 입이 쩍 벌어졌습니다. 그렇게 많은 와인을 본 건 처음이었습니다. 주인장께 저렴하면서도 보르도 와인을 느낄 수 있는 것들을 소개해 달라고 하니 몇 가지를 추천해 주었습니다. 와인을 잘 모르기에, '그런가 보다' 하며 듣고 있던 차에 '셍테밀리옹(Saint Emilion)'이란 낯익은 말이 들려왔습니다. 보르도도 들를 거라고 하니, 용 형이 보르도 근처의 셍테밀리옹을 추천하며 포도로 진짜 유명한 마을이라 했습니다. 셍테밀리옹이란 말을 듣자마자 주저하지 않고 그 와인을 선택해 버렸습니다. 레드 와인은 드라이하고 화이트 와인은 스위트한데, 보르도 전통 와인은 레드 와인이라고 했습니다. 이 집에서 제일 비싼 와인을 보자고 하니, 한 병에 459€하는 2000년산 와인을 보여 주더군요. 우리 돈으로 50만 원이 넘는 돈이죠.

매우 흡족한 마음으로 와인 전문점을 나와, 문화유산 도보 투어의 시작점인 지롱드 기념비로 향했습니다. 이때 길 건너편에 무리 지어 걷고 있는 관광객이 눈에 띄었는데, 우리나라 분들이라는 걸 직감할 수 있었습니다. 저도 모르게 길을 건너가서 "한

철인의 자전거 그리고 산티아고

국에서 오셨습니까?"라고 물으니 그렇다고 하시더군요. 한마디만 주고받았는데도 엄청 반가웠습니다. 그분들은 제가 왜 그렇게 반가워했는지 모르실 겁니다. 이곳에 와서 처음으로 마주친 우리나라 분들이었습니다. 물론 현지 한식당 관계자를 제외하고 말입니다.

지롱드 기념비는 프랑스 대혁명 때 희생된 지롱드 시민을 기리기 위해 세운 것입니다. 기념비라기보다는 거대한 예술 작품이었습니다. 지롱드 기념비를 둘러보고 두 번째 장소로 이동하다 큼지막한 추로스를 발견하고는 그 앞에 멈춰 섰습니다. 하나에 2.5€더군요. 추로스를 좋아하는 야야에게 자랑하려고 사진 한 장 찍어 보냈습니다. 보르도 대극장도 그냥 지나가면서 한 장 찍었습니다. 이것 말고도 볼 게 천지인데 대극장에만 집중할 시간이 없었습니다.

바로크 양식으로 지어진 엘리제 노트르담(Église Notre-Dame) 성당 안으로 들어가서 천당 부분을 유심히 봤습니다. 궁륭 (vault) 구조를 더 살폈습니다. 궁륭은 곰브리치의 『서양미술사』를 읽으면서 알게 된 것인데, 여러 아치로 만든 둥근 지붕이며 다양한 형태로 만들어집니다. 로마 시대 때 서쪽에서 시내로 들어오는 관문인 'Porte Dijeaux'을 거쳐 보르도 대성당 앞에 섰습니다. 오를레앙 대성당보다 규모는 작아 보였지만 준엄한 위용은 그에 못지않았습니다.

13세기에 지은 건축물 중에서 유일하게 남아 있는 성문인

'Grosse Cloche'를 지나면서 낯익은 문자를 발견하게 되었습니다. 그중에서도 '불닭볶음면'이라는 글자가 엄청나게 반가웠습니다. 열 일 제쳐 두고 가게에 들어가서 불닭볶음면이 진짜 있느냐고 물으니 점원이 안내해 주더군요. 가게 안쪽으로 들어가니 우리나라 가게에 들어온 기분이었습니다. 라면은 말할 것도 없고, 간장, 된장, 고추장, 국수, 기타 등등 정말 없는 게 없었습니다. 우리 쌀도 있었습니다. 햇반도 있고, 김치도 있고, 소주도 있고…. 오후 7시부터 영업을 시작하는 한식당을 더는 기다릴 필요가 없어졌으며, 문화유산 도보 투어를 계속해야 할 명분도 완전히 사라져 버렸습니다.

계산과 동시에 숙소로 돌아와 요리를 했습니다. 햇반은 전자레인지에 2분 돌리고, 불닭볶음면은 숙소 냄비에 끓였습니다. 문제는 김치였습니다. 혹시 실내에서 먹었다가 디안이 김치 냄새를 싫어할 수도 있기 때문입니다. 마침 그때 디안이 돌아오길래 바로 물어봤죠.

"김치 알아? 냄새가 거북할 수도 있는데"

"김치는 처음인데 냄새도 괜찮고 맛있네. 조금 더 먹어도 돼?"

그때부터 정성껏 준비한 요리들을 흡입하기 시작했습니다. 소주는 소주잔 두 잔 정도만 맥주컵에 따라 마셨습니다. 그것도 나중엔 독해서 함께 사 간 콜라를 섞어 마셨습니다. 그러곤 설거지를 후딱 해치우고, 풍만해진 배를 두드리며 글을 쓰기 시작했습니다. 그 와중에 씨에리 씨한테서 에어비앤비 메시지가 왔습니다. 지금 어디 있느냐고, 여행은 어떠냐고 해서 답해 줬습니다.
참 고마운 호스트이자 친구입니다. 저보고 친구라고 했습니다.
이제는 존칭을 빼야겠습니다. 어느새 12시를 넘겨 버렸습니다.
오늘도 좋은 날 되시길.

여보! 사진 보내 준 것처럼 보르도가 장난이 아니오.
같이 한번 옵시다. 프랑스에는 다닐 곳이 참 많구려.
사랑하오.
아들! 오늘 연락을 거의 못 했네. 공부 열심히 한다면서!
너답지 않게. 사랑한다.
딸! 아빠만 추로스 즐겨서 미안! 사랑해.

## 4월 25일(목):
## 바욘역에서 부치는 편지

지금 막 바욘(Bayonne)역에 내려 생쟝행 기차를 기다리고 있소. 보르도에서 타고 온, 혼잡했던 테제베보단 바욘역의 벤치가 훨씬 더 여유롭구려. 한 시간가량을 이렇게 보낼까 하오. 언제부터 '산티아고 순례길'이란 존재를 알게 되었는지는 기억에 없소. 하지만 당장 모레부터 그 길을 나그네와 함께할 거라, 생각하니 실감이 잘 나질 않소.

집 떠나온 지 21일째이오. 그동안 스쳐 왔던 시간이 띄엄띄엄 생각날 뿐, 짧지 않은 시간 동안 무얼 해 왔는지 도통 정리가 되지 않는구려. 그저 지금 앉아있는 이 자리가 편안하고 주변이 한산해서 좋을 따름이오.

스위스 취리히 공항 2시간 전에 갑자기 내게 들이닥쳤던 '멘붕'이 떠오르오. 비행기에서 내려 숙소까지 찾아갈 수 있을지 덜컥 겁이 났소. 그때 옆에 있던 두 자매분과 조금이라도 이야길 나누지 않았다면 엄청난 심적 압박을 받았을 것이오.

그렇게 내 여행은 시작되었소. 수십 번을 머릿속에서 연습했던 자전거 조립을 땀 흘려가며 했고, 비 오는 낯선 도시로 나서서

철인의 자전거 그리고 산티아고

숙소행 버스를 탈 때만 하더라도 지금까지의 여정에 이렇게 많은 이야기가 묻어날 줄 몰랐소.

길만 낯설 뿐 자전거 타는 것은 매한가지일 것이라는 내 예상은 큰 오산이었다오. 지금까지 독어, 불어에 시달려 왔으며 이곳 생활이 익숙지 않아 당황한 적도 많았소. 그동안 우리나라에서 적지 않은 라이딩 경험을 했음에도 불구하고, 이번처럼 비바람과 함께 오랫동안 라이딩을 한 적은 없구려. 차츰 이곳 생활에는 적응할 수 있었지만, 강변에서 그리고 해변에서 불어오는 바람은 그때마다 나를 지치게 했소.

그리고 사실 지금까지 무척 외로웠소. 1,600㎞를 달려오면서 만났던 자전거 길, 강, 다리, 이름 모를 꽃, 숲, 들판, 목초지 그리고 바다는 정말 멋지고 아름답고 광대했소. 하지만 종일 비를 맞으며 페달을 밟다가, 맞아 주는 이 없는 숙소에 외로이 앉았을 때는 내가 봐 왔던 그 아름다움과 광대함이 외로움과 그리움에 묻히기 일쑤였다오. 문득문득 되살아나는 힘든 감정도 친구 삼아 함께했구려.

하지만 돌이켜 보면 이번 이행을 시작한 건 정말 잘한 일이고 행운이라 생각되오. 2년 전 몽블랑 트레킹에서 그저 스치는 인연으로 만났던 용 형 부부와 함께 보낸 리옹에서의 2박 3일은 평생 잊지 못할 거요. 그리고 상상 이상의 환대와 배려를 내게 안겨 준 씨에리도 못 잊을 것 같소. 그 외에도 크고 작은 만남 속에서 행운, 기쁨, 그리고 즐거움을 맛볼 수 있었다오.

이제 산티아고 순례길만 남았소. 지금의 행운이 순례길에서도 함께하길 기도해 주시오. 예상치 못한 난관을 이겨 내는 것 또한 여행의 기쁨이라 할 수 있지만, 그것을 맞닥뜨릴 때의 좌절감은 그렇게 달지 않았소. 그래도 또 닥쳐오면 나 스스로가 이전보다 강해졌다는 것을 시험해 보고자 하오. 인생에는 외길만 있는 것이 아니란 걸 이번에 절감했기에 다른 길이 주어질 거라 믿소.

조금 있으면 생장행 기차가 플랫폼으로 들어올 거요. 기차를 타고 한 시간만 가면 생장이오. 순례길의 시작점에 나도 발을 디디는 순간을 맞이하게 되오. 처음에 이번 여행을 준비하며 계속 들어 왔던 이름인데, 막상 그 앞에 서려니 그저 담담할 뿐이오.

생장에 도착하면 달려왔던 길에서의 외로움은 사라지고 "부엔 카미노(Buen Camino)!"를 외치는 많은 동행자와 함께하게 되리라 믿소. 지금까지 해 왔던 것처럼, 그리고 준비한 대로 천천히 순례길을 달려 보겠소. 비록 몸은 멀리 떨어져 있지만, 마음만은 사랑하는 우리 가족과 늘 함께하겠소. 사랑하오.

4. 25.
바욘역에서 생장행 기차를 기다리며

철인의 자전거 그리고 산티아고

## 4월 25일(목):

## 드디어 셍쟝(보르도 - 셍쟝)

셍쟝행 기차에 몸을 기댄 채 글을 쓰고 있습니다. 보르도역에서도 순례를 나서는 이들이 보였는데, 기차 안의 모두가 순례길에 오를 사람들인 것 같습니다. 이 시기에 순례객이 이 정도일 줄은 예상하지 못했습니다. 오늘 이야기를 시작하겠습니다.

오후 3시에 보르도 기차역에서 바욘을 거쳐 셍쟝으로 갈 예정이라, 전혀 서두를 필요가 없는 아침을 맞이했습니다. 어제 늦게 귀가한 디안이 8시가 넘어도 일어나지 않길래 식탁 위의 사과 한 알과 냉수로 배를 조금 채웠습니다. 일어나라고 일부러 화장실을 들락거리기도 했죠. 약간의 우여곡절이 있긴 했지만 좋은 아침 식사 시간을 가졌습니다. 식사하면서 디안에게 취미가 뭐냐고 물으니 노래를 즐겨 부른다고 했습니다. 혹시 여러분은 'So Whap'이라는 걸 들어보신 적이 있는지요? 유튜브로 얼핏 보기로는 무반주 합창이었습니다. 노래를 좋아한다기에 휴대폰에 있는 배따라기의 〈비와 찻잔 사이〉를 들려주었습니다. 아주 좋은 노래라고 하더군요. 디안은 K팝을 몰랐고 저도 잘 모릅니다.

이야기 도중에 클라리넷을 연주할 줄 안다고 하니 방에서 색소폰을 가지고 나와 불더군요. 소리만 내는 수준이었습니다. 저도 한번 불어 봐도 되느냐고 하니 흔쾌히 응했습니다. 사실 다른 이의 관악기는 불기가 좀 그렇습니다. 남이 입으로 불어 침이 묻은 곳을 불어야 하기 때문입니다. 손수건으로 리드(색소폰이나 클라리넷 모두 리드라고 하는, 갈대로 만든 얇은 막대기를 사용하는데 공기의 흐름에 따라서 이게 진동하여 소리가 나게 됩니다. 그래서 이들 악기를 리드 악기라고도 합니다.) 부위를 대충 닦고, 난생처음으로 색소폰을 불어 봤습니다. 알토 색소폰이었는데 소리가 괜찮았습니다. 디안이 색소폰을 부는 모습을 사진과 동영상에 담아주었습니다. 즐겁고 유쾌한 시간이었죠.

9시가 넘어서 데카트론으로 쇼핑을 나섰습니다. 바지를 잃어버리면서 허리띠도 함께 잃어버렸고, 랙팩의 자물쇠도 언제 잃어버린 것인지도 모르게 사라져 버렸거든요. 그리고 5부 패딩 바지는 햇볕에 너무 노출되어 7부 패딩 바지가 필요했습니다. 시내에 있는 데카트론에 도착해서 허리띠, 열쇠, 7부 라이딩 바지 순으로 장바구니에 담았습니다. 여태껏 한 번도 빨지 못한 상의 셔츠가 불쌍해서 갈아입을 셔츠를 싸게 장만하고, 그 외 몇 가지를 더 샀습니다.


글을 적으면서 창밖을 힐끔 보곤 하는데, 날씨도 좋고 경치도 좋습니다. 그리고 산이 보입니다. 여태까지 지평선이 펼쳐진 대

철인의 자전거 그리고 산티아고

지만 보다 산을 보니 엄청 신기합니다. 사실 언덕인지 산인지 구분이 안 되긴 합니다.

숙소로 돌아와 점심 식사 준비를 했습니다. 햇반을 전자레인지에 넣어 돌리고, 신라면도 끓였죠. 남은 김치도 먹음직스럽게 접시에 담았습니다. 아주 맛있는, 언제 먹어도 질리지 않는 조합의 식사를 끝냈습니다. 집에 돌아갈 때까지 이런 환상적인 조합을 맛볼 기회가 또 있기를 기대해 봅니다.

조금 있으니 빨래방에 갔던 디안이 귀가하더군요. 아침에 했던 노래 이야기를 이어 갔는데 디안이 구글에서 배따라기를 검색해 보더군요. 'BAE TA RA KI'라고 적어 주었거든요. 노래 제목도 영어로 적어 주었죠. 'Between Rain and Tea Cup'이라고요. 이대로 검색하면 구글은 절대로 배따라기의 〈비와 찻잔 사이〉를 찾을 수 없습니다. 그래서 유튜브에서 검색해서 그 노래의 링크를 에어비앤비 앱 메시지로 보내 주었습니다. 엄청나게 좋아하길래 배따라기의 다른 곡인 〈이젠 사랑할 수 있어요〉도 링크를 걸어 주었습니다. 한글 제목도 노트에 적어주었습니다.

오후 1시경에 디안과 작별 인사를 하고 보르도역으로 갔습니다. 출발 정보를 알려주는 청색 모니터에 타고 갈 기차 이름과 출발 시간만 있는 줄 알았는데 출발 20~30분 전부터 모니터에 플랫폼 번호도 기재되더군요. 예전에는 이걸 몰라 여기저기 묻고 다녔는데 이번에 확실히 알게 되었습니다.

보르도행 기차는 테제베였습니다. 한껏 기대하고 탔는데 나그네가 쉴 자리를 승객들의 많은 캐리어가 점령하고 있더군요. 나그네 운임으로 10€나 지급했는데 하는 수 없이 통로에다 나그네를 두었습니다. 승무원에게 항의를 해봐도 소용이 없었습니다.

바욘역에 도착하니 시골 마을의 한산한 분위기라 좋았습니다. 편안한 마음으로 아내에게 편지를 쓰고 있는데 내일부터 순례길을 시작한다는 두 여성이 말을 건네 와서 잠시 이야기를 나누었습니다. 아일랜드 출신의 로라 자매였는데 언니는 순례길을 마치고 아일랜드까지 자전거를 타고 갈 거라더군요. 아마 제가 지나온 길 일부를 그분도 지나가게 될 것 같습니다. 때론 외로울 수도 있다는 말은 일부러 하지 않았습니다. 조금 지나 바욘역에서 생장행 열차를 두근거리는 마음으로 탔습니다.

곧 생장에 도착합니다. 내릴 준비를 해야겠습니다. 나중에 뵙죠.


지금 생장의 한 알베르게(Albergue, 순례길 숙소를 이렇게 부릅니다)에 누워 있습니다. 너무나 기분이 좋습니다. 큼지막한 방에 침대가 여섯 개 있는데 저 포함해서 네 명이 우리 대한민국 사람입니다. 그럼 생장역부터 이야기를 이어 가도록 하겠습니다.


아직 순례길을 시작하지도 않았는데 "부엔 카미노"라는 소리가 막 들려왔습니다. 부엔 카미노는 순례자들이 서로에게 하는 인사말입니다. 스페인 말을 그대로 번역하면 '좋은 순례길'이지

철인의 자전거 그리고 산티아고

만, 서로를 격려하는 '파이팅'의 의미가 더 강하다고 보시면 되겠습니다. 기차에서 내려서 짐을 꾸리고 있는데 바욘역에서 만난 로라 자매가 옆을 지나며 "부엔 카미노"를 외쳤습니다. 화답으로 하이파이브를 했습니다. 기분이 엄청 업되더군요. 줄곧 혼자서만 다니다 많은 동지가 생겼다고 생각하니 그럴 수밖에 없지 않겠습니까?

숙소로 향하다 길에서 휴대폰을 주웠습니다. 누군가 흘리고 간 것 같더군요. 어떻게 할까 잠시 고민하다 숙소 주인에게 가져다주기로 했습니다. 주인과 연락이 되어 다시 주인 품에 안기게 되었지요.

가파른 숙소 길을 나그네와 함께 걸어 올라갔습니다. 헉헉거리며 대문 앞에 도착하니 주인인 루이스(Luis)가 맞아 주었습니다. 먼저 식당으로 저를 안내했는데 순간 까무러치는 줄 알았습니다. 식당 테이블에는 슬아, 민진이 그리고 제영이가 이야기를 나누고 있었습니다. 어찌나 반갑던지요!

사실 지금까지 저녁을 먹지 못했습니다. 하지만 오랜만에 만난 우리나라 사람들과 이야기하는 것만으로도 배가 부릅니다. 이야기를 시작하자마자 어제 보르도에서 산 소주를 꺼내 반가운 마음으로 건넸습니다. 이들 세 사람은 오늘 셍쟝으로 오는 도중에 서로 만났다고 하더군요.

10시가 되어 숙소 방에 불을 껐습니다. 이제 공동체 생활이 시작된 거죠. 그래서 저도 자야겠습니다. 내일은 루이스와 함께 순레길 일정을 의논하기로 했습니다. 내일 뵙죠. 참! 루이스에게 그동안 들고 다니던 'U자형' 자물쇠를 보여 주니 너무 무겁다고 하더군요. 그래서 루이스의 '강철 케이블' 자물쇠와 바꿨습니다. 자전거를 도둑맞을 위험도 그만큼 줄어들었다는 의미입니다.

> 여보! 나 셍쟝에 도착했소. 기분이 좋소. 정말 좋소. 사랑하오.
> 아들! 아빠 옆에서 자는 제영이가 너랑 동갑이더라. '올 아들'이 더 보고 싶은 날이다. 사랑한다.
> 딸! 오늘은 뭐하며 지냈어? 과제 때문에 힘들게 보냈니? 쉬엄쉬엄해라. 대신 장학금은 받는 거로 하고. 사랑한다.

철인의 자전거 그리고 산티아고

# 4월 26일(금):
## 순례자 여권 발급 그리고…(셍쟝)

갑자기 주변 환경이 바뀌다 보니 좀 산만해진 것 같습니다. 많은 사람들 틈에서 시간을 보내게 되고, 순례길에 앞서 이것저것 준비해야 할 일도 생겼습니다. 공동체 생활로 바뀐 알베르게 환경에 적응하기까지 시간이 필요할 것 같습니다.

순례길을 준비할 때 제일 두려웠던 것이 '베드 버그'였습니다. 한번 물리면 며칠 동안 엄청 가렵다고 하고, 그게 짐 어딘가에 붙어 숙소나 집까지 퍼지게 되면 여파가 아주 크다는 것을 알게 되었습니다. 집안 전체를 소독해야 한다고 하더군요. 그래서 바르셀로나 한인 민박에는 산티아고 순례길을 다녀오신 분들을 정중히 사양하는 곳도 적지 않습니다. 베드 버그 걱정으로 여행 자체를 접고 싶은 마음도 들었던 게 사실입니다. 하마터면 여행을 포기할만한, 괜찮은 핑곗거리가 될 수도 있었죠. 지금까지는 에어비앤비를 통해 예약한 일반 가정집에서 지냈기 때문에 베드 버그 걱정은 하지 않았지만, 단체 숙소를 사용해야 하는 순례길로 접어들어서는 베드 버그에 대한 준비가 필수였습니다. 다행히 생쟝의 숙소는 루이스가 깨끗하게 관리하고 있어 베드 버그를 걱정할 필요가 없어 보여 여느 때와 마찬가지로 그냥 잤습니다. 한방에 묵은 세 사람은 침대 위에 따로 준비해 온 시트를 깔고 침낭에서 자더군요. 오늘 아침에 일어나니 베드 버그에 물린 증상은 없었습니다. 오전에 루이스와 잠시 베드 버그에 관해 이야기했는데, 자기도 신경을 많이 쓰고 있다더군요. 매일 침대 시트를 세탁해서 건조까지 한다고 합니다. 수십 개 이상의 침대가 있는 알베르게에서는 침대 위생 관리가 쉽지는 않겠습니다. 스페인으로 넘어가는 내일부터는 점심 식사 때 가끔 깔고 앉았던 그라운드시트를 침대 위에 깔고 침낭을 이용할 계획입니다.

밤새 비가 내렸고 바람도 많이 불었습니다. 침대는 아늑했는데 몸을 뒤척일 때마다 삐걱거리는 소리가 나서 마음대로 몸부림을 치지 못하겠더군요. 같은 방에서 묵은 세 사람이 6시 출발을 위해 5시 30분부터 준비를 했습니다. 누워 있어도 잠이 오질 않을 것 같아 저도 일어났습니다. 함께 아침 식사를 하고 떠나는 이들을 배웅했습니다. 비가 내리는 와중에서도 순례길 첫날을 시작하는 세 사람의 표정은 밝았습니다.

묵고 있는 알베르게('B&B au coeur du centre historique') 앞의 거리 39번 주소가 순례자 사무실입니다. 숙소에서 나가서 10여 미터만 걸어 올라가면 됩니다. 자국에서 순례자 여권을 발급받아 온 순례자를 제외하곤 모두가 이곳에서 2€를 내고 순례자 여권을 발급받습니다. 여권에는 이름과 주소를 적고, 도보여행인

철인의 자전거 그리고 산티아고

지 자전거 여행인지를 표시하는 난이 있었습니다. 저는 자전거 난에 당연히 체크를 했죠. 여권 번호는 나중에 적으라더군요. 기부 형식으로 판매하는 조개껍데기도 샀습니다. 이제 저도 엄연한 순례자 자격을 갖추었습니다.

순례자 여권을 발급받은 후 소뮈르에서 이곳 생장 우체국으로 보낸 소포를 찾아왔습니다. 잘 왔더군요. 그런데 도착 후 2주 동안은 보관료가 없는 줄 알았는데 4.2€를 달라고 해서 깔끔하게 카드로 결제를 했습니다. 종이 상자에 실려 온 짐과 나그네에 얹혀 온 짐을 모아 놓고 순례길을 함께할 용품을 선별했습니다. 생장으로 오면서 무엇을 가져갈지 고민을 해왔기 때문에 오랜 시간은 걸리지 않았습니다. 그러곤 다시 우체국으로 가서, 선택되지 못한 물건들을 바르셀로나 우체국으로 보냈습니다. 귀국하기 전에 찾아서 함께 귀환할 겁니다.

큰일 두 가지를 마치고선 잠시 쉬었습니다. 순례자 사무실에서 구입한 조개껍데기도 배낭에 달았습니다. 조개껍데기는 생각보다 딱딱해서 잘 깨지지는 않을 것 같습니다. 매의 눈을 가진 아내에게 사진을 보내 주니, 단번에 이렇게 물어 오더군요.

"배낭은 어디서 난 거야?"

데카트론에서 하나 장만했다고 이실직고했습니다.

루이스한테 점심 식사할 만한 곳을 소개해 달라고 하니, 현지인들이 많이 찾는 곳을 알려 주었습니다. 근처에 있더군요. 지금까지 먹어 왔던 것과는 달리 생선 요리를 한번 시켜 봤습니다.

골고루 먹어 봐야 하지 않겠습니까? 맛있긴 했는데, 생선 네 마리로는 부족하여 함께 나온 밥과 감자튀김으로 배를 채웠습니다.

식당('Restaurant Oillaburu') 문을 나서는데 갑자기 비가 쏟아졌습니다. 비도 피할 겸 근처 선물 가게에 들어가서 상품들을 둘러봤습니다. 사고 싶은 게 몇 가지 있었는데 나그네가 싫어할 것 같아 꾹 참았습니다. 그래도 무게가 거의 나가지 않는 몇 개는 사고 말았습니다.

숙소로 돌아오는 길에 보니, 순례자 사무소 앞에서 사람들이 줄을 길게 서 있었습니다. 금요일이라 평소보다 사람이 많다더군요. 덕분에 루이스의 알베르게에도 빈 침대가 없습니다.

루이스가 제안하기로, 전통 순례길인 일명 '나폴레옹 루트(Ruta Puertos de Cize)'를 짐이 실린 자전거로는 오르기 힘들어서 오늘은 짐 없이 올라가 보고 내일은 우회도로를 이용하는 것이 좋겠다는 것이었습니다.

비가 그친 오후 2시에 나폴레옹 코스를 맛보러 나갔습니다. 혹시나 모를 우중 라이딩을 대비해서 몇 가지만 배낭에 넣고 출발했습니다. 아, 그런데 시작부터 20%의 깔딱고개가 나오더군요. 이후 내리막이 약간 있긴 했지만 대부분 오르막이었습니다. 목표는 8㎞쯤 떨어진 오리손(Orisson)이었는데 웬만하면 경사가 15%였습니다. 이 정도 거리의 오르막은 무주 그란폰도의 마지막 '적상산' 구간과 구례에서 올라가는 '성삼재'에서 경험해 봤는데 두 곳보다 훨씬 힘들었습니다.

오리손 이전에 훈토(Huntto)라는 곳이 있는데 여기까지도 17% 이상의 오르막이 계속되더군요. 로드 자전거 탈 때를 제외하곤 잘 하지 않는 갈지자 행보를 하지 않고서는 버티기가 어려웠습니다. 물론 더 낮출 스프라켓도 없었고요(기어를 제일 낮추어서 갔다는 말입니다). 찬 바람이 부는데도 이마에 땀이 비 오듯 흘러내렸습니다. 결국, 훈토에서 쉬고 말았습니다. 이때 아내와 통화를 잠시 하며 여태껏 만난 오르막 중에 제일 센 것 같다고 했습니다.

우리나라의 대표적인 오르막 중엔 백두대간에 속하는 '마구령'이 있습니다. 장사꾼이 말을 몰고 다녔던 고개라고 해서 붙여진 이름인데, 의풍리에서 MTB를 타고 올라가 임곡리 방향으로 내려가면서, '하산길은 MTB로도 단번에 올라가지 못하겠다'라는 생각이 들었는데, 훈토를 오를 때 바로 그 느낌이었습니다. 잠시 쉬고 다시 급경사를 오르려 하니 다리가 '나 죽네!'라고 아우성을 쳤습니다.

그 와중에 앞을 보니 엄청난 오르막이 떡하니 버티고 있었습니다. 바로 오리손으로 올라가는 길이었습니다. 그 순간 나그네에서 미련 없이 내렸습니다. 어느 정도는 버티며 오를 수 있겠지만 2㎞를 감당할 엄두가 나질 않았습니다. '끌바를 할 수밖에 없는 곳'이라 했던 유경험자들의 말이 틀리지 않았습니다. 때마침 하늘이 열려 경치 구경은 실컷 했습니다. 멋지더군요. 고진감래 (苦盡甘來)라고나 할까요.

사실 내일 코스를 아직 정하진 못했습니다. 둘러 가면 편하긴

한데 다음 알베르게에 너무 일찍 도착하게 됩니다. 그렇다고 맨몸도 힘든 길을 짐 싣고 끌바 하자니, 그것도 쉽지 않아 보입니다. 일단 숙소는 두 곳으로 예약은 해 뒀습니다. 콜롬비아 출신인 루이스가 스페인어로 팜플로나 숙소도 예약해 주었습니다. 영어와 불어도 능통하더군요. 숙소로 돌아와 루이스와 자전거를 탄 이야기를 했습니다. 오리손까진 못 가고 훈토에서 돌아왔다는 것을 단번에 알더군요. 콜롬비아 출신이라 자전거를 잘 타서 알았을까요? 콜롬비아에는 퀸타나라는 세계적인 자전거 선수가 있습니다. 오늘은 이쯤에서 줄이겠습니다. 내일이 '대망의 순례길 첫날'인데 긴장은 되지 않고 뭔가 맥이 탁 풀린 느낌입니다. 오늘 밤을 잘 보내야겠습니다.

> 여보! 내일 드디어 순례길을 시작하오. 앞서 얘기했듯이 지금 두 개의 길에서 갈등하고 있소. 어떤 길이 내게 맞을 것 같소? 내가 잘 판단해 보리다. 사랑하오.
> 아들! 중간고사가 끝난 모양이구나. 밀린 잠도 자고 좀 쉬어라. 군대 갔다 오더니, 공부 좀 하는 것 같네. 사랑한다.
> 딸! 이번 주에 집에 가면 엄마랑 맛난 것 많이 먹어라. 좋은 시간 보내고…. 사랑한다.

철인의 자전거 그리고 산티아고

# IV 산티아고 순례길

# 4월 27일(토):
## 순례길 첫날 - 망설임 그리고…(셍쟝 - 수비리)

　드디어 '산티아고 순례길' 첫날을 맞이했습니다. 역사적인 날이 기도 하지만 앞으로의 여정을 생각해서 애써 흥분된 마음을 가라앉히고 있습니다. 이야기를 시작하기 전에 질문을 드리겠습니다. 오늘 저는 과연 어떤 길을 선택했을까요? 순례길 전통의 강호로 자리매김하고 있는, 안데스산맥을 넘는 나폴레옹 길을 탔을까요? 아니면 우회도로를 이용했을까요? 자, 그럼 이야길 시작해 보도록 하겠습니다.

　잠은 잘 잤습니다. 6시쯤에 깨어서 아침 식사를 했죠. 식사 중에 맞은편의 미국 대머리 아저씨랑 이야기를 잠시 나누었습니다. 어제도 이 아저씨가 산 와인을 마시면서 자전거 여행 이야기를 나누었었죠. 54세인 아저씨가 벌써 은퇴를 했다고 해서 직업을 물으니 의사라고 했습니다. 몹시 부럽더군요. 영화배우 '율 브리너'를 닮았다는 말은 결국 하지 못했습니다.

　출발 준비를 하는 동안 어제 숙소에 같이 묵은 이들이 순례길 첫날에 올랐습니다. 맞은편 침대를 사용한 캐나다 이모(Emo) 아주머니도 길을 떠났습니다. 떠나면서 농담을 하시더군요.

"네 이름 앞에 숫자 0을 붙이면 너도 제임스 본드다."

처음 숙소에서 만났을 때 제 이름의 발음이 우리말 숫자 0과 1과 같다고 한 말을 기억하고 계셨습니다. 001 제임스 본드라…. "You are happy and fun"이라고 하시면서 어제저녁에 캐나다 배지 두 개를 선물로 주셨습니다. 떠나는 이모님께 발음이 우리말의 '이모' 소리와 같다는 말씀과 함께 건강한 순례길을 기원드린다고 하였습니다.

이모님이 저에게 제임스라고 불러 주셨던 것처럼 루이스는 저를 계속 오리손이라고 불렀습니다. 어제 오리손까지 오르지 못한 것을 두고 계속 놀려 먹었던 거죠. 순례길 첫날에 별명이 두 개나 생겼습니다. '제임스와 오리손'.

어제저녁에 어떤 길을 탈 것인가에 대해 곰곰이 생각해 봤습니다. 사실 출발하고 나서도 결정을 내리지 못했습니다. 숙소에서 나와 500미터쯤 가면 갈림길이 나옵니다. 그 갈림길 앞에서 직진하면 나폴레옹 길이고, 우회전하면 우회도로로 가는 길입니다. 갈림길 앞에서 그냥 직진해 버렸습니다! 첫날부터 힘들다고 우회를 하면 앞으로도 그럴 것 같고, 어제 답사로 요령도 생겼기 때문입니다. 그리고 루이스한테 오리손에서 찍은 사진을 꼭 보여 주고 싶었습니다. 괘씸한 루이스!

끌바를 병행하며 별 무리 없이 올랐습니다. 도보 순례자들이 힘들지 않으냐고 물어보곤 했는데 무거운 배낭을 짊어지고 가는 것보단 훨씬 편했습니다. 포장길에선 끌바가 편합니다. 오리손까지 경사길은 사실 어마어마했습니다. 그리고 한쪽은 절벽 수준의 낭떠러지여서 긴장을 늦출 수 없었습니다. 무조건 반대편에 붙어 끌바를 했습니다. 혹시 가다가 균형이라도 잃게 되면….

어제 오른 훈토보다 더 높은 곳에서 보니 발아래는 더 광대했는데 날씨가 흐려 절경을 충분히 즐길 수 없어 아쉬웠습니다. 오리손 산장 앞에서 루이스한테 보낼 사진을 찍었습니다.

끌바를 할 때마다 우리나라 분들과 이야기를 잠시 나누었습니다. 칠순이 넘으신 어머니를 모시고 온 총각도 있었고, 혼자 걷고 있는 아가씨도 있었습니다. 앞에서 두 아가씨가 우리 노래를 들으면서 걷길래 지나면서 제목이 뭐냐고 하니, '잔나비'라는 그룹의 노래라고 하더군요. 그 두 아가씨도 잔나비였고, 저도 잔나비입니다.

오리손을 넘어 조금 더 올라가니 발아래로 전경이 펼쳐졌습니다. 바람이 매섭게 불고 있었지만 잠시 쉴 겸 해서 주변을 둘러보았죠. 날씨가 좋지 않아 이곳에서도 제 모습을 제대로 보지 못했습니다.

나폴레옹 코스에는 유명한 푸드트럭이 있습니다. 식은 몸을 녹일 요량으로 커피 한 잔을 시켰는데 2€씩이나 받더군요. 150원짜리 자판기 커피 같아서 바가지라 생각되었지만 오가다 만난 이들을 이곳에서 다시 만난 기쁨에 그걸 싹 잊어버렸지 뭡니까. 덩치에 비해 걷는 속도가 무척 빠른 마드리드 아저씨와 사진을

철인의 자전거 그리고 산티아고

찍었고, 같은 숙소에 묵은 프랑스 부부와도 기념사진을 찍었습니다. 길에서 다시 만나니 반갑더군요. 그리고 긴 다리로 성큼성큼 걷는 발걸음이 너무 빨라 'fast man'이라고 부른 남아프리카공화국 아저씨도 그곳에서 만났습니다. 그리고 생장역에서 만났던 로라 자매와도 재회했습니다. 너무 기쁜 나머지 포옹도 자연스러웠습니다. 이때는 경황이 없어 사진을 찍지 못했는데 나중에 뒤따라가서 함께 사진도 찍고, 페이스북 아이디도 알려 주었습니다.

포장길이 끝났습니다. 이때부터 고행이 시작되었습니다. 자전거 길이 아니라 산행 길이더군요. 일부 구간은 자갈 수준을 뛰어넘는 돌덩어리 경사길이어서 나그네와 함께 오른다고 힘깨나 썼습니다.

로라 자매랑 사진을 찍은 이후로는 론세바예스(Roncesvalles)에 도착할 때까지는 사진 찍을 엄두를 내지 못했습니다. 길이 험해 빨리 갈 수 없어 마음만 조급해지더군요. 오늘 알베르게는 오후 3시 전에 도착해야만 예약이 유효하다고 하여 마음이 더 바빴습니다. 어떤 길은 낙엽이 30cm 정도 쌓여 있기도 했습니다. 물을 머금은 낙엽이라 진흙 길을 통과하는 기분이었죠. 그 정도는 그나마 괜찮았습니다. 시계가 흐려 30~40m 앞을 분간할 수 없었기 때문에 어떤 구간은 평지임에도 나그네 위에 오를 수가 없더군요. 참으로 난감한 상황이 계속되었습니다.

정상인 'Collado Lepoeder'에 도착했습니다. 구름 속에 갇혀 있어 비바람이 엄습했습니다. 거기에서 론세바예스까진 내리막인데 순례길로는 내려갈 수 없었습니다. 사전에 'Alto Ibaneta' 쪽으로 우회하는 길을 알지 못했다면, 아마 7시에 예약한 저녁 식사를 기다리고 있는 지금까지도 숙소에 도착하지 못했을 겁니다. 순례자들은 도보 길로 내려가고 저만 우회했는데 노면은 거칠었지만, 나그네를 타는 데는 전혀 문제가 되지 않았습니다. 그보다 비와 안개가 앞길을 더 가로막았죠. 그때부터 재킷에 스며든 비 때문에 체온이 내려가기 시작했고, 반 장갑을 낀 손은 시렸습니다. 2년 전 몽블랑 트레킹 이틀째 되던 날이 생각나더군요. 본옴므 산장으로 올라가면서 비바람을 몹시 맞은 데다가 산장에 도착 후 옷을 늦게 갈아입는 바람에 진짜 사시나무 떨듯 떨었습니다. 조심히 내려가며 저 자신에게 말했습니다.

"그래도 그때보단 낫다."

천신만고 끝에 론세바예스에 도착했습니다. 알베르게가 있는 수비리까지 가기 위해선 잠시 정비를 해야 했습니다. 젖은 외투를 우의로 갈아입고 간식도 조금 먹었습니다. 오늘 일정은 한가한 점심 식사를 용납하지 않았습니다. 출발하려는데 정상에서 잠시 대화를 나누었던 노신사분을 또 만났습니다. 정상에서 사과 한 알을 건네면서 하신 말씀이 가슴에 와닿았습니다. 1년 전, 당신 딸이 지금 자신이 메고 있는 배낭을 메고 순례길을 걸었다고 합니다. 직접 순례길을 걸어 보니 딸이 얼마나 고생했는지 알 것 같다고 하시며, 그 생각을 할 때마다 눈물이 난다고 하셨습니

철인의 자전거 그리고 산티아고

다. 저도 여행하면서 많이 울었습니다만, 언제 날 잡아서 정말 펑펑 울고 싶습니다. 그러면서 여태껏 내면에 깊이 웅어리져 있던 그 무언가를 이 길에서 토해내어 가벼운 추억으로 승화시키고 싶습니다. 그래야만 앞으로의 삶이 가벼워질 것 같습니다.

론세바예스에서 수비리까지 135번 도로를 멋지게 타고 왔습니다. 2~3㎞ 오르막에 4~5㎞ 내리막이 반복되었습니다. 한산하기까지 해서 달리기에 참 좋더군요. 역시 자전거는 자전거 길을 가야 하는가 봅니다.

글을 쓰면서 오늘 지나온 길을 되짚어 보다가, '롤랑의 샘'을 그냥 지나친 걸 알게 되었습니다. 사람들이 물을 마시고 있던 곳이 바로 그곳이었더군요. 설사 그게 롤랑의 샘이란 걸 알았어도 무시했을 겁니다. 그리고 프랑스와 스페인의 국경도 챙기지 못했습니다. 비가 핸드폰 화면을 가리는 바람에 지도를 살피며 갈 수가 없었습니다. 하지만 산티아고 순례길의 첫날을 무사히 마무리하고 지금 수비리의 알베르게('El Palo de Avellano')에 와 있는 것만으로도 행복합니다. 오늘은 이것으로 이만 줄이겠습니다. 편안한 일요일 되시길.

> 여보! 오늘 평소보다 연락이 없어서 걱정한 건 아니오?
> 힘들었지만, 무사히 왔소. 푹 쉬시오. 사랑하오.
> 아들! 오늘 뭐 했니? 아빠도 정신없고 아들도 바빴던
> 하루였구나. 사랑한다.
> 딸! 오랜만에 집에 가서 좋나요? 그놈의 과제 때문에

집에서도 쉬지 못하고. 그래도 매 순간을 즐겨라.
사랑한다.

# 4월 28일(일):
## 순례길 2일 차 - 용서가 안 되는 '용서의 언덕'
(수비리 - 에스테냐)

에스테냐의 알베르게('Capuchinos Rocamador')에 도착해서 맥주 한잔하고 있습니다. 호실 배정만 받아 놓고, 짐은 풀지 않은 채 말입니다. 침대도 2층이라 별로 마음에 들지 않아 아내와 야야랑 그룹콜 좀 하다 숙소 식당 앞에서 퍼질러 앉아 있습니다. 날씨가 쾌청해서 참 좋습니다. 땀에 전 옷가지를 햇볕 잘 드는 곳에 말리고, 샤워를 했습니다. 땀 흘린 후의 샤워는 정말 최고입니다. 한순간에 피로가 풀리는 듯하거든요.

일요일이라 근처 중국식당이 영업을 하지 않아, 알베르게 식당에서 저녁 식사를 했습니다. 비프스테이크를 주문했는데 재료가 다 떨어져 버린 바람에 한참 뒤에서야 메뉴가 치킨으로 바뀌기는 했습니다만, 식사는 괜찮았습니다. 하지만 공깃밥 한 그릇과 계란 프라이가 먼저 나오지 않았다면, 한참 뒤에야 소고기가 다 떨어진 것을 알린 여종업원에게 어떤 반응을 보였을는지 모르겠군요.

식사하면서 경기도 고양에서 오신 노부부와 얘기를 나누었습니다. 천주교 신자이신 두 분은 은퇴하신 후 여행을 하고 계신데, 작년에는 이집트 다합에서 다이빙도 즐겼다고 하셨습니다. 이분들을 보니 나이는 숫자에 불과하다는 말이 절로 생각났습니다. 물론 건강이 뒷받침되어야 합니다. 저녁 8시 미사에 참석하기 위해 먼저 일어나시며 저를 위해 기도하시겠다고 하셨습니다. 감사합니다. 그럼 오늘 이야기를 해보겠습니다.

민진이와 슬아를 하루 만에 만났습니다. 민진이는 저와 같은 알베르게에, 슬아는 옆 호텔에서 일본 아가씨와 묵었습니다. 제영이는 순례길 초반에는 컨디션 조절을 위해 쉬엄쉬엄 걷는다며 수비리 이전 마을에서 숙소를 잡았다고 했습니다. 어제저녁에 알베르게 식당에서 이들과 식사를 했는데 고작 이틀밖에 안 된 순례길 이야기로 시간 가는 줄 몰랐습니다. 하루 라이딩 후 대부분 고독하게 보냈던 스위스와 프랑스의 저녁과는 완전히 딴판이었습니다. 유쾌하고 즐거운 식사였습니다. 테이블마다 나바라(Navarra)산 와인도 한 병씩 공짜로 마셨는데 부드럽게 넘어가더군요.

오늘 아침은 민진이와 우리나라 순례자 두 명과 함께 식사를 했는데, 6학년 초등학생과 학생의 이모였답니다. 학교 수업은 순례길 체험학습으로 대신하고 왔다는데 기특해 보이기도 하고, 좀 이른 감이 있어 보이기도 했습니다.

식사를 마치고 떠날 채비를 하는 사이에 같은 방에 묵었던 순례객들은 모두 떠났습니다. 혼자서 느긋하게 준비할 수 있어서 좋더군요. 8시에 어제 저녁 식사를 같이한 4명이 숙소 앞에서 만나 아쉬운 작별 인사를 나누었습니다. 그들은 걸어서, 저는 나그네를 타고 가기 때문에 각자의 길이 차질없이 진행된다면 이제 순례길에서 만날 기회는 없습니다.

"만나서 반가웠고, 덕분에 그동안의 외로움이 많이 가셨다. 우리 만남을 꼭 기억할게."

출발하는 저의 모습을 카톡으로 받았는데 마음에 쏙 들었습니다. 그들은 저를 삼촌이라 불렀습니다.

수비리에서 팜플로나(Pamplona)까지 24㎞ 구간은 어제 달렸던 N135 도로를 이용했는데 거의 한 시간 만에 팜플로나에 도착할 정도로 대부분 내리막이었습니다. 순례길이 아닌, 국도에도 순례길을 뜻하는 조개껍데기 그림이 다른 이정표와 함께 붙어 있었습니다. 일요일이라 많은 로드 라이더들이 그룹을 지어, 반대편에서 오르막을 치고 올라왔습니다.

팜플로나 초입에서 잠시 쉬었습니다. 발아래에 펼쳐진 시내 전경이 이곳이 대도시임을 말해 주고 있었습니다. 수월하게 온 덕분에 시내 광장 벤치에서 여유로운 시간을 보낼 수 있었습니다. 상점 대부분이 문을 닫은 휴일 아침의 광장은 한산했습니다. 쉬면서 오늘의 하이라이트인 '용서의 언덕(Alto de Perdon)'까지의 경로를 구루맵스 내비게이션으로 살폈습니다.

팜플로나에서 고개까지는 대략 16km로, 구루맵스는 소요 시간을 한 시간 남짓으로 예상하더군요. 어쩌면 오늘 숙소에 너무 일찍 도착하는 것이 아닌가, 걱정이 되기도 했습니다.

그런데 용서의 언덕에 들어서니 어째 이상했습니다. 힘들여 페달을 밟지 않는데도 대퇴사두근이 맥을 못 추었습니다. 게다가 자갈길이었습니다. 경사 또한 6~9% 정도 되더군요. 여태까지는 그런 상황에서도 어느 정도 치고 올라갔었는데, 이번에는 도저히 그럴 수 없었습니다. 초반부터 나그네랑 같이 걷기 시작했습니다. 나중에는 호흡까지 가빠 와 중간중간 계속 쉬어야 했습니다. 팜플로나에서 출발할 때, 구루맵스가 알려준 예상 도착 시간은 12시가 채 되지 않았는데, 가다 서다를 반복하다 보니 예상 시간이 오후 1시를 훌쩍 넘어서더군요.

정상에 조금씩 다가갈수록, 쫙 펼쳐진 주변 경관은 무척 아름다웠습니다. 나그네를 겨우 끌고 가면서도 그것만큼은 인정하지 않을 수 없었습니다.

컨디션이 조금씩 회복될 거라는 기대와 달리 몸 상태는 더 나빠졌습니다. 봉크가 왔던 겁니다. 갈수록 거세지는 오르막에 속수무책으로 당하고 말았습니다. 10m쯤 나그네를 끌다가 호흡이 가빠 와 쉬면서 심호흡을 계속해야만 했습니다. 예약 때 안내받은 바로는 알베르게에 오후 4시까지는 도착해야 해서 마음마저 조급해지더군요. 쉬면서 오후 4시를 넘겨 도착할지도 모르겠다고 알베르게에 이메일을 보냈습니다. 고맙게도 걱정하지 말고 오

철인의 자전거 그리고 산티아고

라고 하더군요. 정상 4㎞ 전방에서 결단을 내려야 했습니다. 사전 조사로는 2㎞ 지점에 하룻밤을 보낼 에스테야로 가는 길이 있었습니다. 용서의 언덕을 포기하고 거기서 에스테야로 바로 내려갈 것인가를 고민했었죠. 다른 대안도 생각했습니다. 2㎞ 지점의 갈림길에서 나그네를 야무지게 묶어 놓고 맨몸으로 정상에 다녀오는 것도 나쁘지 않은 방법이라 생각했습니다. 어떻게든 2㎞ 남은 갈림길까지는 가야 했는데 안타깝게도 컨디션이 살아나질 않아 억지로 나그네를 끌고 올라갔습니다.

그런데 말입니다. 2㎞ 지점까지 가쁜 숨을 몰아쉬며 올랐는데, 사진으로 많이 봤던 광경이 보이지 뭡니까. 그건 분명히 '용서의 언덕' 정상에 있어야 하는 것이었거든요. 살았다 싶기도 하고, 만감이 교차하는 순간이었습니다. 되짚어 보니 내비게이션에 목적지로 입력한 곳은 그야말로 봉우리 정상이었고, '용서의 언덕'은 갈림길이라 생각했던 그곳이었던 것이었습니다. 천만다행이었습니다. 시원한 바람을 맞으며 기념사진을 여러 장 찍었습니다. '이제 살았구나'라는 생각을 하면서 말입니다.

'용서의 언덕'은 맨몸으로 MTB를 타고 올라도 버거운 길이었습니다. 절대로 녹록한 길이 아니었습니다. 산티아고 순례길을 MTB 여행으로 준비하시는 분은 첫날 안데스산맥을 넘었던 '나폴레옹 코스'와 '용서의 언덕' 코스를 얕잡아 보시면 안 됩니다. 그래도 저는 오늘 날씨라도 좋아서 다행이었지, 비바람이 몰아치는 날이라면 반드시 우회하시기 바랍니다. 만약 봉크라도 오면

답이 없는 코스입니다. 정말로 누군가가 저를 위해 기도를 많이 하고 있는가 봅니다. 감사합니다.

언덕에서 내려오는 길은 순례길 외에 찻길도 있습니다. 저는 당연히 찻길로 내려왔죠. 에스테냐로 직행하는 루트를 내비게이션에 설정한 후, 뒤도 돌아보지 않고 달렸습니다. 언덕에서 내려오니 쭉 뻗은 직선 내리막길이 기다리고 있더군요. 3㎞ 이상의 급한 내리막을 시원하게 내달릴 수 있어 '용서의 언덕'을 오른 것에 대한 보상으로 충분했습니다. 계속 이어질 것 같았던 내리막은 어느새 끝나고 숙소까지는 오르막과 내리막이 반복되었습니다. 첫 언덕에서는 고지를 목전에 두고 작은 그늘에서 쉬었습니다. 꼭 한 발짝만 더 가면 정상인데 그걸 못 참고 쉬게 되는 게 다반사입니다.

마지막 오르막에선 저를 추월하던 스페인 아저씨가 "괜찮냐?"라고 묻더군요. 괜찮다고 했지만, 실은 전혀 그렇지 못했습니다. 어제처럼 예약 마감 시간을 조금 넘겨 알베르게에 도착했습니다. 미리 연락해둔 덕분에 입실하는 데는 문제가 없었으며, 방을 배정받기 전에 물부터 마셨습니다. 화장실에서 마실 수 있다고 하더군요. 언젠가부터 물은 사지 않고 현지 사람들처럼 화장실 물을 마시고 있는데 아직 아무 탈도 나지 않았습니다. 이것으로 오늘 이야기를 마칠까 합니다. 새로운 한 주 잘 여시길 바랍니다. 고맙습니다.

여보! 이거 맨날 고생했다는 이야기만 하니 좀 그렇소.
그래도 이해하시오. 꾀병은 아니오. 떠나온 지 3주가
훌쩍 넘었구려. 사랑하오.

아들! 오늘 행방불명? 시크해서 맘에 든다. 아빠는 아빠
일(?)하고 너는 네 일 하면 되는 거다. 비록 그게
술자리라도. 사랑한다.

딸! 집에서 엄마랑 즐겁게 지냈나요? 담에는 우리 가족
모두 귀산에 가서 삼겹살 양껏 먹어 봅시다. 사랑한다.

## 4월 29일(월):
## 순례길 3일 차 - 또 다른 고행(에스테야 - 나헤라)

오늘은 알베르게('Puerta de Najera') 침대에 편안히 누워 글을 씁니다. 근처 식당이 저녁 7시 반부터라고 해서 그사이에 오늘의 이야기를 하고자 합니다. 식사 시간까지 한 시간 정도 남았군요.

누군가 부스럭대는 소리에 잠을 깼습니다. 일본에서 어제 이곳, 에스테야에 도착한 일본인 부부의 남편이었습니다. 매년 1주일 정도 시간을 내어 순례길을 걷고 있다고 하더군요. 그래서 이번에는 나헤라(Nájera)까지 걷고, 내년에 다시 순례길을 이어 나갈 것이라고 했습니다. 한 달 이상의 시간을 갖기 힘든 처지라면 이 방법도 좋은 대안이 될 것 같습니다. 일찍 서둘렀는데도 출발은 남들과 비슷한 시간에 하길래 '준비를 꼼꼼히 했나 보다'라고 생각을 하기도 했고, '그럴 거면 뭐 하러 일찍 일어나서 남 잠도 못 자게 했지?'라는 생각도 들더군요. 다시 생각해 보니 시차 적응이 덜 된 게 그 원인이라는 결론에 도달했습니다.

알베르게의 아침 식사비는 3€였는데 남들이 식사하는 걸 보니 돈 값어치를 못 하는 것 같아 출발 준비를 마치고, 수비리에서

철인의 자전거 그리고 산티아고

민진이가 가방이 무겁다며 저에게 떠넘긴 컵라면을 맛나게 먹었습니다. 식당 아가씨한테 따뜻한 물을 부탁하니 커피 머신에서 따라 주더군요. 나이스!

멀지 않은 곳에 순례자가 물과 와인을 마실 수 있는 'Bodegas Irache'에 도착하여 물통에 물을 받은 후, 다른 아저씨가 받아 놓은 와인을 조금 얻어 마셨습니다. 낮술이라 자제한 거죠. 맛 괜찮았습니다. 이곳도 와인으로 유명한 곳이라고 합니다. 저녁 식사 때는 쪼끔 더 마셨습니다.

우리나라 순례객 한 분이 자전거를 타고 있는 제가 부러웠나 봅니다. 10여 일 타면 산티아고에 간다고 하니, MTB로는 더 빨리 갈 수 있겠다고 하더군요. 당연한 말씀이지요. 짐을 싣지 않고 맨몸으로 타면 훨씬 빨리 갈 수 있습니다. 실제로 순례길을 6일 만에 주파할 계획을 세운 분도 봤습니다. 최소한의 짐을 배낭에 넣고 탈 생각인가 봅니다. MTB에도 저처럼 리어랙(짐받이)을 달 수 있습니다. 하지만 20~30kg이 되는 짐을 싣고 장기간 달리게 되면 자전거 프레임이 망가질 가능성이 있습니다. 고가의 MTB 프레임 소재는 대부분 카본 합금강인데 가벼운 대신에 충격에 약한 편이기 때문입니다.

도보 순례자들과 헤어진 후, NA-1110 도로를 신나게 달렸습니다. 어제도 이용한 도로인데, 나그네가 정말 좋아합니다. 참고로 나그네의 타이어는 1.75인치 일반 자전거용입니다. 보통 1.9인치 이상의 MTB 타이어보다 폭이 좁고, 타이어 홈이 작아서 아스팔트 길에선 쌩쌩 잘 달립니다.

마을에 들어설 때마다 이정표를 찍어 봤습니다. 그만큼 여유가 있었다는 얘기지요. 이렇게 사진으로 남겨 두면 거쳐 온 곳을 쉽게 기억할 수 있습니다. 물론 가민 사파이어3(손목시계입니다)으로 모든 라이딩 기록을 하고 있습니다. 'Villamayot de Monjardin'이란 마을이 멀리 보이는 곳에서 잠시 멈춰 섰습니다. 풍경이 너무 아름답더군요. 고맙게도 여성 순례객 한 분이 제 맘을 어떻게 아셨는지, 선뜻 사진을 찍어 주셨습니다. 쭉 달리다 'Los Arcos' 마을에서 잠시 쉬었습니다. 주민들이 길거리에서 채소 등을 팔며 새로운 한 주를 열고 있었습니다.

로그로뇨(Logroño)까지는 거의 내리막이었으며, 이름은 모르겠으나 멀리 설산도 보였습니다. 산솔(Sansol)에서 다시 쉬었는데 기온이 올라가기 시작하는 무렵이라 라이딩 복장을 다시 갖추어야 했습니다. 바지를 벗고 7부 패딩 바지만 입었습니다. 정말 시원하더군요. 마을 가게에 들러 1.5ℓ 물 한 병과 사과 두 알을 샀습니다. 한 알은 그 자리에서 먹었습니다. 이때껏 사과는 씻지 않고 대충 닦아 먹었었는데 주인이 씻어 먹으라고 하더군요. 유경험자가 말한 대로 오르막 구간에는 세계 유명 자전거 선수들의 이름이 적혀 있었습니다. 나이로 퀸타나(Nairo Quintana)와 크리스 프룸(Chris Froome)의 이름도 봤습니다. 이후 내리막을 쏠 때는 길 주변에서 걷고 있던 순례자들에게 큰소리로 외쳤습니다.

"뿌엔 까 미 노!"

철인의 자전거 그리고 산티아고

아마 저를 지켜본 이들은 엄청 부러웠을 겁니다.

오전에는 몇 차례 도보 순례객들과 마주치기도 했는데 문득 그들의 모습이 참 아름답다는 생각이 들었습니다. 프랑스 길을 탈 때는 없었는데 여기는 포도나무 잎이 보이더군요. 이다음에는 어떤 모습으로 바뀔지 궁금합니다.

로그로뇨에 진입하자마자 구글 지도에서 찾은 중국식당 중에서 제일 가까운 곳으로 달려갔더니 영업을 막 시작하고 있었습니다. 볶음밥과 고기국수라고 생각하고 주문했는데 공깃밥과 볶음국수가 나오더군요. 고추기름을 달라고 해서 밥에 비벼 먹었습니다. 저녁 식사용으로 다른 음식을 포장해 갈까도 생각했는데 마음을 접었습니다. 같은 동양인이라 친절하게 대해 줄 것이라는 기대를 무뚝뚝하게 저버린 주인 때문입니다.

여태껏 잘 달려왔던 NA-1110 도로는 어디론가 사라지고 바이크맵에서 내려받은 경로를 따라 나헤라를 향해 갔습니다. 시내를 벗어난 지 얼마 되지 않았는데, 차를 몰고 가던 스페인 아저씨가 멈춰 세우더니, 제가 가는 길이 순례길이 아니라면서 돌아가라고 하더군요. 그래서 구글 번역기를 통해 자전거로 가기 편한 길로 가고 있다고 했죠. 그런데도 아저씨는 몇 번을 돌아가라고 하더니, 나중에는 설득을 포기한 듯 알았다면서 자리를 떴습니다.

오전과 같은 멋진 국도를 기대하고 계속 갔는데 흙길이 나오더니 금세 자갈길로 바뀌어 버렸습니다. 외진 길이라 인적도 드물었습니다. 30㎞만 가면 되었기 때문에 경로를 믿고 따라갔는데, 엎친 데 덮친 격으로 센 오르막이 계속되더군요. 길을 걷고 있던 아저씨 한 분이 계시지 않았더라면 참 외로웠을 겁니다. 내리막도 자갈길이라 끌고 내려갈 수밖에 없었습니다. 한숨 돌리는가 싶었는데 또 오르막이 시작되었고, 정상에 도착하니 길 건너편에 이런 이정표가 세워져 있었습니다.

'Monte La Pila(필라 산)'

어쩌다가 산 초입까지 와 버린 것이었습니다. 그제야 왜 아저씨가 몇 번을 말렸는지, 깨닫게 되었습니다. 순간 환장하겠더군요. 여태 고생한 것이 아까워 계속 가긴 했지만, 이번에는 딱 봐도 MTB 고수만 오를 수 있는 길이 떡하니 버티고 있었습니다. 그 자리에서 바로 지도를 확인하여 우회 길을 찾았습니다. 다행히 포장된 소로가 있더군요. 순례길로 접어들기 위해 지도를 살피며 가는데 순례객으로 보이는 한 분이 걸어오는 걸 봤습니다. 나중에 다시 확인해 봐야겠지만 준비한 경로 중에는 그 지점을 통과하는 길이 없었습니다. 그런데도 순례길 이정표가 있으니 종잡을 수가 없더군요. 하지만 다시 순례길에 합류하게 된 것만으로도 천만다행이었습니다. 이후 알베르게까지는 자갈길에 오르막이 연속해서 있었지만, 꿋꿋이 페달을 밟고 가니 나중에는 아스팔트 내리막이 나오더군요.

알베르게에 도착하니 우리나라 순례객은 아가씨 한 명뿐이었습니다. 다른 알베르게에 많이들 계신다고 하더군요. 잽싸게 샤

철인의 자전거 그리고 산티아고

워를 하고 아가씨를 따라 슈퍼에 들러 장을 봤습니다. 식사 시간까지 여유가 있어 감사의 뜻으로 맥주 한 캔을 건넸습니다. 과자한 봉지 뜯어 안주해 가며 이런저런 얘기를 좀 나누었죠. 걸으면서 운 적이 있었냐고 물으니, 눈물이 없는 편이지만 혼자 걸을 땐 저절로 눈물이 나기도 했답니다. 순례길을 걷다 보면 누구나 한두 번은 경험하는 것 같습니다. 이해가 안 되시죠?

글을 쓰다 말고, 저녁 영업시간인 오후 7시 반에 맞춰 식당에 가서 제일 먼저 주문한 덕분에 빨리 먹고 일어날 수 있었습니다. 순례자 메뉴 가격이 11€인데 스테이크 맛이 훌륭했습니다. 식사 후에 알베르게 앞에 놓인 다리에서 주변 전경을 사진으로 담아 봤습니다. 하루 중 가장 한가로운 시간이었습니다. 새로운 한 주는 잘 여셨는지요? 내일 뵙겠습니다.

여보! 사실 오늘도 오후에는 좀 헤맸소. 차츰 적응돼
가지 않겠소? 사랑하오.
아들, 딸! 오늘은 노코멘트! 사랑한다.

## 4월 30일(화):
## 사랑하는 동생들에게

아헤(Agés)라는 마을에 도착해서, 간단히 씻고 동년배인 우리나라 순례자와 이야기를 좀 나누다 구석진 벤치에 앉아 이 글을 쓰고 있다. 바람은 차고 햇빛은 강렬하구나.

벌써 순례길 4일 차 여정을 모두 마쳤다. 지난 3일간 고단했던 여정을 경험 삼아 오늘은 길 대부분을 순례길이 아닌 주변 국도를 달리면서 가끔 도보 순례자들과 마주치기도 했다. 사실 오늘은 오르막길이 대부분이었는데 어떤 구간은 8㎞가 좀 넘더구나. 그래도 아스팔트 길이고 경사도 센 편이 아니어서 천천히 주변 경치도 즐길 수 있었다. 하지만 긴 오르막이 계속되면 자전거 타는 이가 할 수 있는 것이라곤 그저 머리 숙이고 하염없이 페달만 밟는 것밖에 없다. 그 시간 내내 너희들 생각이 무척 나더구나. 그리고 우리 형제의 어릴 적 추억을 떠올려 보기도 했다.

내가 초등학교 2학년 때였던가, 아버지가 새 책상을 사 주셨는데, 혜란이 네 것도 사 달라고 졸라서 하는 수 없이 책상 서랍 세 개 중 하나를 너에게 양보했던 기억, 여란이가 갓 초등학교에

철인의 자전거 그리고 산티아고

입학해서 6학년 오빠를 따라 등교하던 기억, 귀여웠던 꼬맹이 우리 영신이. 여란이 빼고 셋이서 했던 자취 생활, 대학 합격자 발표 때 혜란이가 좋아하던 모습, 그리고 함께 울고 웃었던 기억들.

참 많은 추억이 떠오르더구나. 그러면서 너희들에게 오빠와 형 노릇을 제대로 해 왔는지도 자문해 보았단다. 당연히 아니었지. 웬만한 것은 모두 내가 독차지했었고, 그럴 때마다 너희들은 울고불고 난리가 났었지. 여기엔 장남에 대한 기대가 크셨던 엄마와 아버지의 편애도 분명 있었다. 그때는 그 모든 것들이 당연하다고 생각했지만, 자식을 키워보니 그게 아니더구나. 동생들에게 많은 것을 양보하지 않은 나를 용서해라. 지나간 일이지만 혹 그때의 일이 아직 마음에 상처로 남아 있을지도 모르겠다.

결혼하고선 여러 핑계로 너희들을 더 챙기지 못했고, 그 일은 오로지 엄마의 몫이 되었다. 그 많은 일을 혼자서 감당해 내신 울 엄마가 너무 대단하고 존경스러울 따름이다. 엄마의 무겁고 고단한 삶의 무게를 조금이라도 덜어드렸다면 지금보다 훨씬 더 건강하신 모습으로 우리 곁에 계실 텐데.

늘 너희들이 자랑스러웠단다. 아버지라는 큰 울타리가 없음에도 바르게 자라서, 다들 건강하고 행복한 가정을 이루고 있으니 말이다. 그게 생각처럼 쉬운 게 아니다. 심성이야 나 빼고, 내 동생들 누구 하나 흠잡을 데가 없고.

지금까지 우리 형제들 우애 있게 잘 지내 왔다고 생각한다. 그동안의 주말 번개 모임과 봄, 가을의 가족 계 모임도 즐거웠지만,

지난달에 다녀왔던 다낭 여행도 좋았다. 처음으로 함께 한 외국 나들이라 의논도 많이 하고, 여행지에선 몰려다니며 재미난 시간을 보냈었지. 물건값 흥정할 때를 돌이켜 보면 형제라도 스타일이 좀 다른 면도 있더구나. 비록 영신이가 함께하지 못해 아쉬웠지만, 즐겁고 행복한 시간이었다. 10월에 있을 통영 국제트라이애슬론 월드컵대회 릴레이팀으로 참가할 것을 생각하니 벌써 마음이 설렌다. 한 번 더 멋진 추억을 만들어 보자꾸나.

이번 여행을 통해 참 많은 생각을 하게 되었고 그중에서 적지 않은 부분을 차지한 너희들에게 이제까지 하지 못한 말을 이 기회를 통해 전해 주고 싶었다.

내 동생 혜란이, 여란이, 그리고 영신아! 사랑한다. 비록 너희들이 힘들 때 도움이 되어 주진 못했지만 언제나 응원하며, 너희들 가정이 건강하고 화목하길 늘 소원한다. 건강하게 돌아갈 테니 다들 모여서 이야기꽃을 피우며 술이나 한잔하자. 와인 한 병 들고 갈게.

4월 마지막 날,
아혜에서 동생들에게

철인의 자전거 그리고 산티아고

# 4월 30일(화):
## 순례길 4일 차 - 길에서 기인을 만난 날(나헤라 - 아헤)

　조금 전에 동생들에게 편지 한 통을 부쳤습니다. 마음속에 품었던 이야기를 그저 담담하게 써 내려가려 했는데 그게 참 어려웠습니다. 눈물, 콧물 다 나오더군요. 이해하시리라 믿습니다. 환경이 사람을 그리 만드니 속수무책이었습니다. 혹 그동안 무척 울고 싶었는데, 그러지 못 한 분은 순례길 걸으러 오십시오. 마음껏 울 수 있는 곳입니다. 자, 그럼 오늘 이야기를 시작해 볼까요.

　그저께는 짐 싸는 소리에, 어제는 코 고는 소리에 연이틀 잠을 설쳤네요. 하도 시끄러워 준비해 간 귀마개를 끼니 좀 낫더군요. 오늘은 시작부터 매끄럽지 못했습니다. 3일간 순례길을 다녀 보니 웬만한 자갈길은 나그네가 힘들어하여 '오늘은 처음부터 끝까지 국도를 이용하겠노라!' 마음먹었습니다. 그런데 길을 나선 지 얼마 되지 않아 난관에 봉착했습니다. 공사 중이라 길을 막아 놓았더군요. 공사 구간만 나그네를 끌고 가서 다시 타면 될 것 같기도 했는데, 그냥 순례길을 이용하기로 했습니다. 길을 막 돌아 나오는데 수레를 끌고 오는 노인 한 분이 쪽지를 보이며 길을 묻더군요. N-120 도로를 찾는 모양이던데 제가 뭐 알겠습니까? 모른다고 하고 발걸음을 재촉했죠. 저도 예상치 못한 난관에 부딪혀 마음이 다급한 상황이었으니까요. 노인께 죄송했지만, 그땐 이미 늦은 시점이었습니다.

순례길은 자갈밭이었고, 경사가 심한 곳도 있었죠. 오늘은 초반이라도 무리한 힘을 쓰지 않겠노라 다짐했기에 웬만하면 나그네와 걸었습니다. 타고 가나, 끌고 가나 속력은 얼추 비슷한데 타는 게 훨씬 힘듭니다. 우회도로인 N-120 도로로 향해 가는데 순례길이 아니라면서 어제처럼 어떤 아저씨가 저를 세우더군요. 구글 번역기에 이렇게 전하라고 했습니다. "저도 압니다만, 편안한 길로 가려는 거예요."

파악한 바로는 오늘 대부분이 오르막이었습니다. 실제로 타 보니 그랬습니다. 거의 10㎞ 정도가 2~6% 경사의 오르막이더군요. 한 번씩 주변 경치를 살피긴 했지만, 나머지 시간은 고개를 처박고 땅만 본 채 페달만 저었습니다. 그러다 노래 한 곡이 흥얼거려졌습니다. 김규민의 〈옛이야기〉였습니다. 가사가 그때의 상황과 맞는 것 같기도 하고 아닌 것 같기도 했습니다.

긴 오르막 이후에 'Santo Domingo de la Calzada'에서 잠시 휴식을 취했습니다. 아내랑 보이스톡하고 막 출발하려는데 아침에 저에게 길을 물어보던 노인이 수레를 끌고 오는 것이었습니다. 반갑기도 하고 죄송스럽기도 했습니다. 젊은 놈이 제 갈 길 바쁘다고 노인네를 내팽개치고 왔으니 말이죠. 자전거를 타고 온 저랑 별 차이가 없어 놀랍기도 했습니다. 이건 나중에 생각난 건데 제가 우회할 동안 노인은 국도를 바로 타고 온 것 같았습니다.

네덜란드 출신의 85세 요한 어르신이었습니다. 처음엔 끌고 가는 수레와 그 모습이 신기하고 대단해 보여 몇 걸음 뒤에서 사진만 찍다, 결국 사진 촬영을 부탁드렸죠. 그 요한 어르신을 보는 순간, 감명 깊게 읽은『나는 걷는다』의 저자 베르나르 올리비에가 떠오르더군요. 두 사람이 오버랩되는 순간이었습니다. 베르나르의 수레 이름은 '오디세우스'인데, 요한 어르신의 수레 이름은 여쭙지 못했네요. 서로에게 "부엔 카미노!"를 건네며 헤어졌습니다.

다시 N-120 도로에 합류했습니다. 합류하는 곳이 높아서 사방을 볼 수 있었습니다. 순례길만을 고집하지 못하고, 요령을 피우며 국도를 달리는 것이 찜찜하기도 했지만, 순례길에서는 볼 수 없는 광경을 가끔 볼 수 있어 조금은 위안이 되기도 했습니다.

'Redecilla' 진입 전에 마을 이정표를 찍으려다 발을 잘못 디디는 바람에 도로 옆 밀밭으로 넘어져 버렸습니다. 순간 놀랐지만, 다행히 높지 않았고, 밀들이 쿠션 역할을 해 줘서 다치지는 않았습니다. 앞으로 조심해야겠습니다.

순례자 여권에는 알베르게에서 찍어 주는 스탬프만 있어, 기념 삼아 마을 입구에 있는 여행안내소에 들러 스탬프를 찍었습니다. 스탬프를 더 받는다고 해서 특별한 혜택이 주어지는 건 아닙니다. 쉬면서 어제처럼 바깥 바지를 벗고 7부 패딩 팬츠만 입고 달리기 시작했습니다. 주변 경치가 예쁘고 길도 편하기도 해서 스위스나 프랑스 자전거 길을 타는 기분이었습니다. 'Tosanto'에서도 잠시 쉬었습니다. 관광이었다면 둘러볼 곳이 몇 군데 있었습니다.

'Villafranca Nontes de Oca'부터 본격적인 오르막이 시작되었습니다. 이곳에서는 갓길도 사라져 조금 위험했습니다. 큰 트럭들이 자주 지나다니더군요. '길이 3㎞, 경사 6%'라고 적힌 이정표를 보자 나무 그늘이 있는 안민고개가 그립더군요. 하지만 뒤에 짐이 실렸어도 자갈길만 아니면 경사 6% 정도는 괜찮습니다. 경사가 셀 때는 9% 정도까지도 나오던데, 페이스를 유지하며 그냥 묵묵히 정상까지 올랐습니다. 이후엔 내리막만 있을 줄 알았는데 오르막도 있더군요. 한편으론 다행스러웠습니다. 차들이 수시로 지나다녀서 내리막을 쏜살같이 내려갈 수 없었거든요. 갈림길을 만날 때마다 내비게이션이 자갈길로 유인했지만, 끝까지 도로를 고수한 끝에 알베르게에 도착했습니다. 오르막이 대부분이었던 오늘 라이딩이었지만 숨차지 않게 천천히 달렸기 때문에 몸에 큰 무리는 느낄 수 없었습니다.

하루에 보통 80㎞ 정도를 달리고 있는데, 순례자는 하루에 20~30㎞를 걷는다고 하면 이 거리를 보통 3~4일 걸어야 합니다. 오늘이 순례길 4일째니 알베르게에서 만나는 사람들은 순례길을 최소 10일 이상 걸은 셈입니다. 여러분들 보시기에 1~2일 걸은 이들과 10일 이상 걸은 이들 사이에 뭔가 차이가 있을 것 같습니까? 제가 보기엔 있습니다. 조금 더 정리해서 따로 말씀드리겠습니다.

저녁 식사는 우리나라 동년배 순례자와 호주 할머니 두 분과 함께 했습니다. 두 분 다 이번이 첫 순례길은 아니더군요. 식사 메뉴는 스테이크에서 쌀 요리로 바꿔 봤습니다. 조금 짰지만 먹을 만했습니다. 양이 적어 더 달라고 부탁하니 흔쾌히 응했습니다. 그라시아스(Gracias)! 오늘은 이만 줄이겠습니다. 좋은 5월 맞이하시길.

여보! 넘어졌다는 말에 너무 걱정하지 마시오. 이를 계기로 앞으로 더 조심하겠소. 사랑하오.
아들, 딸! 아빠가 순례길 들어선 후에는 여유가 별로 없어 이야기할 시간이 적어졌네. 잘 자라. 사랑한다.

# 5월 1일(수):
## 순례길 5일 차 - 괜찮았던 라이딩(아헤 - 프로미스타)

　저녁 식사를 혼자 하고 들어와서, 빨래 걷고 내일 출발 준비를 마친 뒤 식당 소파에서 글을 적고 있습니다. 오늘 하루도 열심히 달렸으며, 그 결과에 만족합니다. 오늘이 순례길 5일째인데 여러모로 제일 나았던 것 같습니다. 그나저나 바람이 몹시 불고 있습니다. 춥기도 해서 외투를 입지 않으면 나다니기가 어렵습니다. 내일 일기예보를 보니 다행히 맑은 날씨네요. 이런 날씨에 자전거는 도저히 못 탈 것 같습니다. 창문 틈으로 바람 소리가 슝슝….

　아침 식사는 새벽 5시 반부터 문을 여는 식당에서 했습니다. 지금까지는 출발 준비를 해 놓고 알베르게에서 식사를 하거나 전날 장을 봐둔 거로 요기했는데 오늘은 그럴 분위기가 아니었습니다. 같은 방을 사용한 이들이 순례길에서 만나 친해졌는지 아니면 그룹으로 순례를 하고 있는지는 모르겠지만 어제저녁부터 자기들끼리 막 떠들어대질 않나, 스피커폰으로 통화를 하질 않나…. 정말 예의가 없더군요. 순례길에서는 보통 6시 이전에 다들 일어나서 짐을 챙기기 시작하는데 이들이 일어날 생각을 하지 않아 하는 수 없이 식사 먼저 할 수밖에 없었습니다.

식당에 가니 어제 만난 동년배 순례객이 벌써 식사를 하고 있었습니다. 빵과 차를 주문했는데 도저히 성에 차질 않아 둘이서 감자 오믈렛을 추가로 시켰습니다. 식사 후에 물과 오렌지 주스도 샀는데 10.2€를 받더군요. 좀 과한 아침 식사비였습니다.

오늘은 90㎞가 예정되어 있어 조금 긴장이 되더군요. 매번 오르막이 있었으니 오늘도 그럴 것 같기도 하고 말입니다. 오르막을 만날 때 만나더라도 출발은 힘차게 해야 하겠죠.

어제 애용했던 N-120 도로에 합류하러 되돌아가던 길에 어제 오후에는 보지 못했던 언덕 위의 성당도 보고, 그림자놀이도 잠시 했습니다. 이번 여행에서 가장 일찍 출발한 덕분에 제일 긴 그림자 사진을 가질 수 있었습니다.

부르고스(Burgos)까지 정말 멋지게 달렸습니다. 반 장갑을 낀 손가락이 시린 것 빼고는 대만족이었습니다. 프랑스 길에서 5㎞ 구간을 12분대에 기록한 적이 있는데, 부르고스로 달리면서 11분대를 연달아 기록했습니다. 그냥 힘들이지 않고 밟는데도 시속 30㎞에 육박하는 속력이 나오더군요. 부르고스까지 24㎞ 정도였는데 1시간도 걸리지 않았습니다. 만만치 않은 순례길에서 초반에 이렇게 달리고 나면 마음이 한결 편해집니다.

아침 8시 반경의 부르고스 시내는 한산했습니다. 들어가고 나올 때 시간이 걸리는 게 도시인데, 도로 중심로를 아무런 제약도 받지 않고 달릴 수 있어 행복했습니다. 그런데 '이대로 그냥 부르고스를 지나치나?'라고 생각할 무렵 부르고스 대성당을 만나게 되었습니다. 규모는 가늠하기 어려웠지만, 그 모양새는 다른 여느 도시의 성당들처럼 예사롭지 않았습니다.

부르고스는 지금까지 거쳐온 팜플로나 등 스페인의 다른 도시들보다 자전거 길이 잘되어 있었습니다. 자전거 길을 달리면서 이상하게 생긴 나무를 계속 봐 왔는데 무슨 나무인지 궁금합니다. 처음에 볼 때는 일부러 가지를 뭉툭하게 잘라 놓았다고 생각했는데 그게 아닌가 봅니다. 부르고스에서부턴 쭉 순례길을 달렸습니다. 'Tardajos'에서 두 분의 우리나라 아주머니를 만났는데, 지금까지 봐 온 여행객 중에서 제일 반갑다고 하시더군요. 사진도 같이 찍자고 하셨는데 순간 어깨가 으쓱해지더군요. 아주머니 두 분과 번갈아 가면서 사진을 찍은 후, 남은 순례길 건강히 마치시라고 하며 헤어졌습니다.

'Hornillos del Camino'에선 우리나라 대학생과 이야기를 좀 나누었습니다. 물이 없다길래 아침에 식당에서 산 물을 따라 주었습니다. 저는 1.5ℓ 페트병에다 앞바퀴 양쪽에 0.7ℓ 물병 두 개를 케이지에 꽂고 다닙니다. 순례객보다는 물이 많은 편이죠.

그사이에 우리 앞에 스위스 자전거 여행객 두 사람이 도착했습니다. 순례길을 산티아고부터 시작했더군요. 생장을 거쳐 스위스까지 자전거를 타고 갈 거라고 해서, 스위스부터 자전거를 타고 왔다고 하니 무척 반가워했습니다. 간식이 필요하지 않으냐며, 견과류도 주고 갔습니다. 제가 넘은 안데스산맥과 용서의 언덕이 쉽지 않을 것이라고 했고, 그쪽은 제가 앞으로 넘어야 할 언덕들이 만만치 않을 거라는 농담도 주고받았습니다.

이후 순례길은 흙길이 대부분이었습니다. 달리기에 큰 지장을 받을 정도는 아니었죠. 이 정도의 길은 스위스와 프랑스에서도 있었습니다. 평원을 가로지르며 광활하고 아름다운 광경을 실컷 구경했습니다. 스페인, 참! 축복받은 나라입니다.

오늘 대부분은 순례길을 따라가다 보니 순례자들의 모습을 멀리서 지켜볼 기회가 자주 있었습니다. 그들은 모를 겁니다. 광활한 풍경의 한 점이 되어 걷고 있는 그들의 모습이 한 폭의 그림 같다는 것을요. 그들도 걷다가 다른 이들이 걷는 광경을 멀리서 보면서 저와 같은 생각을 하는지도 모르겠습니다. 한 번씩 오르막을 만나 땀을 좀 빼고 나면 물도 마시면서 사진도 찍습니다. 이번에는 콜롬비아 아주머니들이 지나가면서 사진도 찍어 주셨습니다. 이제는 셀카 놀이를 할 필요가 없습니다.

순례길을 따라가다 보면 길이 여러 갈래로 나누어지기도 합니다. 정오 무렵부터는 햇볕이 따가워져 그늘진 우회 길을 택했습니다. 포장길이고 내리막길이었죠. 중간에 그늘에서 쉬며 간단히 점심을 먹었습니다. 대부분의 점심 식사는 이렇게 해 왔습니다. 수시로 조금씩 먹으면서 가기 때문에 점심 식사를 식당에서 할 필요는 없습니다. 우회 길이 있다는 걸 아는지 모르는지 저쪽에 선 순례길 이정표를 따라 따가운 햇볕 아래 묵묵히 걷고 있는 이들도 보였습니다. 각자 택한 길을 그렇게 걷거나 달리는 것이 순례길인 것 같습니다.

'Castrojeriz'를 지나 센 고개 하나를 만났습니다. 초입 이정표에 15%라고 적혀 있는 'Alto Mosterares'였습니다. 힘든 구간은 대부분 아침에 넘는 일정으로 걷기 때문에, 정오가 넘어선 그곳에서 순례자의 모습을 찾을 수 없었습니다. 혼자서 땀을 뻘뻘 흘리며 나그네를 밀고 올라갔습니다. 그마저도 한숨에 올라가지 못하고 중간중간 쉬어야 했습니다. 정상에 오르니 텍사스 출신의 아저씨가 쉬고 있더군요. 아주 간단한 짐만 실은 MTB를 타고 순례를 하는 중이었습니다. 먼저 떠난 아저씨의 뒷모습을 바라보고 있자니 저도 저런 모습일 거라는 생각이 들더군요. 걷는 이도 멋지지만, 자전거 타는 이도 역시 멋지긴 마찬가지인 게 이곳 순례길의 풍경입니다.

내리막은 경사가 더 세더군요. 18%였습니다. 여러분은 제가 이 내리막을 쌩하고 내려갔을 것으로 생각하실지 모르겠지만, 자갈길의 급경사는 아주 위험한지라 올라갈 때처럼 끌고 갔습니다. 브레이크 패드도 아껴 둬야 했고요. 경사가 완만해진 곳부터 타고 가다 앞에서 나란히 길을 걷는 네 명에게 "쏘리!"라고 외치면서 길을 비켜 달라는 신호를 보냈습니다. 지나가면서 보니 우리나라 청년들이더군요. 반갑게 인사하고 갈 길을 갔습니다.

이후 별로 힘들이지 않고 알베르게('Albergue Canal de Castilla')에 도착할 수 있었습니다. 도착하니 3시가 조금 넘었더군요. 집에 도착 사실을 알리고 침대를 배정받았습니다. 그때 한국인이 있느냐고 물으니 없다고 하더군요. 그래서 저 혼자 식사를 하고 샤워를 마친 후 옷가지 몇 개를 빨았습니다. 쉽게 마를 수 있는 것만 골라서 말이죠. 이곳의 오후 햇볕 정도면 웬만한 빨랫감은 2~3시간 안에 대부분 마릅니다.

아침에 처음으로 손톱을 깎았습니다. 한 달이 다 되어 가니 많이 길었더군요. 체력 보강을 위해 영양제도 몇 가지 챙겨 왔는데 한 달 치 분량을 거의 다 먹어 갑니다. 그래서 저녁 식사 전에 약국에 들러 피로회복용 영양제를 샀습니다. 로열젤리, 인삼, 그리고 종합 비타민이 함유된 캡슐 타입이었습니다. 그리고 바셀린도 샀습니다. 연이어 자전거를 타니 사타구니가 쓸려서 말입니다. 여러모로 돈이 제법 듭니다. 혹자는 순례길 경비로 1㎞에 1€를 잡으면 된다고 하던데, 저는 그렇게는 안 될 것 같습니다. 오늘 저녁은 길 가다 만난 분의 소개로 양고기 요리를 먹었습니다. 순례자 메뉴가 보통 11€인데 그 두 배였습니다. '체력 유지를 위해 잘 먹어 두어야 한다.'와 '될 수 있으면 다양한 음식을 경험해야 한다.'라는 마음이 서로 조화를 이룬 결과였습니다. 조금 비릿한 맛이 느껴져 후추를 잔뜩 뿌려서 먹었습니다. 오늘은 아침과 저녁 식사비가 제법 들어간 날이군요.

5월 첫날은 잘 여셨습니까? '근로자의 날'이라 쉬신 분도 있겠군요. 오늘은 이 정도로 줄일까 합니다. 내일 뵙겠습니다.

여보! 오늘이 순례길 라이딩 중에서 제일 좋았소.
내일은 오늘보다 더 길게 타야 하지만 길이 대부분
평탄해서 큰 힘은 들지 않을 것 같구려. 잘 자시오.
사랑하오.
아들, 딸! 아빠한테 해주는 '파이팅' 한 마디, 한 마디가
힘이 되고 있어요. 앞으로도 쭉 부탁해요. 사랑한다.

철인의 자전거 그리고 산티아고

# 5월 2일(목):
## 순례길 6일 차 - 카미노 패트롤(프로미스타 - 만시야)

오늘은 스위스와 프랑스 자전거 길을 포함한, 전체 여정 중에서 제일 한가한 날이었습니다. 순례길 기준 100㎞에 육박하는 거리를 달렸는데도 말입니다. 땀 흘릴 일이 없었다고나 할까요. 이런 날만 있으면 살이 더 찔 것 같습니다.

프로미스타 알베르게에서는 아침 식사를 제공하지 않아 일어나자마자 출발하기로 마음먹으며 잠자리에 들었습니다. 알베르게마다 환경이 무척 다른데, 프로미스타에서 묵은 알베르게는 일단 침실이 넓어 좋았고, 긴 나무 의자도 있어 가방을 얹어 놓고 짐을 정리하기도 편했습니다. 그리고 침실을 나가면 따로 사무실이 있어 아침 출발 준비 또한 편했습니다.

어제저녁의 바람은 아침에도 여전하더군요. 요즘 이 동네 기온이 아침에는 영상 4도쯤, 오후에는 20도까지 올라갑니다. 아침에 바람까지 불면 몹시 춥습니다. 바람막이 재킷이나 얇은 패딩을 입지 않으면 밖에 나서기가 힘듭니다. 추운 날씨에 요기도 없이 나서려니 속이 허하더군요. 마침 아저씨 한 명이 전자레인지에서 뭔가를 데우고 있는 걸 보게 되었습니다. 순간 비상식량으로 가지고 온 선식 가루가 생각나서 물을 데워 한 잔 마셨습니다. 어제 먹다 남은 초콜릿 과자랑 먹으니 괜찮더군요. 따뜻한 것이 몸에 들어가니 움츠렸던 몸이 한결 나아졌습니다.

마지막으로 체인 오일을 나그네에게 뿌려 주고 7시 반경에 출발했습니다. 머리에는 버퍼를 둘러쓰고 모자와 헬멧을 차례로 착용했죠. 손이 시릴 것을 대비해서 장갑 안에 일회용 위생 비닐장갑도 끼었는데 바람을 막아 줘서 생각보다 따뜻합니다. 나중에 손에 땀이 배면 비닐장갑만 벗어 버리면 됩니다.

첫 구간의 종점인 카리온데로스본데스(Carrion de Los Vondes, 이하 카리온)까지 약 19㎞를 P-980 도로를 타고 씽씽 달렸습니다. 조금 가니 어제 저에게 양고기 식당을 소개해 주신 아주머니께서 걸어가고 계시더군요. 가볍게 인사하고 지나쳤습니다. 'Revenga de Campos'에 있는 순례자 동상에서 잠시 멈춰서 사진을 찍은 후 쌀쌀한 기운 속에서도 멋지게 달렸습니다. P-980 도로가 엄청 한산했습니다. 순례길이 도로와 나란히 나 있어서 아침 일찍 길을 걷고 있는 순례객들의 뒷모습을 지켜보며 달렸습니다. 카리온까지는 한 시간이 조금 더 걸렸습니다.

카리온에서 유명한 순례자 동상 앞에서 기념 촬영을 하고, 바로 앞의 바(bar, 식당이라고 보시면 됩니다)에 들어갔습니다. 남들처럼 바에서 아침 식사와 함께하는 '커피 한 잔의 여유'를 누리고 싶었습니다. 스페인 온 지 며칠 되었지만 기억하는 음식 이름이

철인의 자전거 그리고 산티아고

토르티야(tortilla)밖에 없습니다. 어제 아침 식사 때 먹었던 것이 토르티야였더군요. 감자 오믈렛이라고 생각했는데 말입니다.

토르티야를 밀크커피 한 잔과 함께 주문했는데 스페인어로 가격을 알려주는 바람에 알아듣지 못했고, 여종업원이 다른 주문을 받느라 바쁘길래 일단 식사부터 했습니다. 그다지 맛있지는 않았지만, 배를 채운다는 의미에서 다 먹었습니다. 그때까지도 여종업원은 쉴 새 없이 바삐 움직이고 있어, 음식값을 내지 않고 가도 모를 정도였습니다. 여종업원이 계산대 앞에 서자마자 지갑에 있는 동전들을 손 위에 얹어 놓고 내밀었더니 동전 몇 개를 주워 가더군요. 2€짜리 하나, 50센트짜리 하나 그리고 20센트짜리 하나였습니다. 즉 2.7€였던 거죠. 스페인 떠날 때까지 숫자 정도는 외워 두어야겠습니다. 우노(1), 도스(2)….

카리온에서 칼사디야데라쿠에사(Calzadilla de la Cueza, 이하 칼사디야)까지는 흙길이었는데, 나그네로 달리는 데 아무런 어려움이 없었습니다. 길도 평지여서 기분 좋게 달렸습니다. 조금 가니 어떤 분이 허리가 아픈지 한동안 숙이고 있었습니다. 멈춰 서서 물으니 괜찮다고 하더군요. 독일 할머니였습니다. 그때부터 다리를 조금 절거나 컨디션이 좋아 보이지 않는 사람들에게 괜찮냐고 계속 물으며 갔습니다.

한번은 여자분의 배낭이 오른쪽으로 기울어져서 바로 짊어져야 하지 않느냐 하니, 자기도 알고 있다고 하더군요. 이제 다들 20일 정도를 걷는 시점이라 자세가 일부분 망가졌고, 그 자세가 굳어진 것으로 보였습니다. 옆에는 남편이 함께 걷고 있었는데 국기를 모자에 붙이고 걷는 우루과이 부부였습니다. 그 뒤에 한 청년이 절뚝거리며 걷고 있길래 다가갔습니다. 딱 보니 우리나라 청년이었습니다. 이번에도 괜찮냐고 물으니 걸을 만하다고 하더군요. 오늘이 15일째라고 했습니다. 카리온 바에서 만난 일본 아가씨는 16일째였고, 길에서 만난 우리나라 부부는 20일째라고 했습니다.

오늘 도착지인 만시아데라스물라스(Mansilla de las Mulas, 이하 만시아)까지는 대략 도보로 평균 18~ 20일 정도 걸리는 것 같습니다. 물론 제 개인적인 판단입니다. 이제 앞으로 계속 가다 보면 20일을 훌쩍 넘겨서 걷고 있는 이들을 만나게 될 것입니다. 갈수록 다리를 절뚝거리는 사람들이 늘어나고 있는 건 확실하고, '배달 서비스'도 많이들 이용하는 것 같더군요. 배달 서비스는 순례자의 배낭을 다음에 묵을 알베르게나 목적지까지 차로 배달해 주는 서비스를 말하며, 순례자들의 하루 평균 도보 이동 거리 25㎞ 전후해서, 요금은 7~10€ 수준이었습니다. 컨디션이 좋지 않거나 연세가 좀 많으신 분들은 도보 당일 필요한 소품만 작은 배낭에 넣어 걸어가고, 큰 배낭은 배달 업체에 맡깁니다. 10㎏이 넘는 배낭을 메고 30여 일을 걷기란 쉬운 일이 아니죠.

조금 달리다 갑자기 이런 생각이 들었습니다. '내가 지금 뭐 하고 있는 거지? 내가 왜 자꾸 사람들에게 괜찮냐고 물어보고 있지? 내가 무슨 패트롤도 아니고.' 마라톤대회에 참가해 보신 분

철인의 자전거 그리고 산티아고

은 아시겠지만 웬만한 대회에선 페이스메이커 외에 패트롤이 주자들과 함께합니다. 패트롤은 배낭에 파스 등 비상약품을 넣고 달리면서 주자들에게 뿌려 주기도 하고 컨디션을 살피기도 하죠. 카미노(순례길)에서 순례객들에게 컨디션 괜찮냐고 묻고 다니는 저를 생각하니 그런 생각이 들었습니다. 불과 이틀 전만 하더라도 오르막에서 쩔쩔매던 제가 말이죠.

칼사디야부터 사하군(Sahagun)까지는 N-120 도로를 탔습니다. 사하군은 순례길에서 나름의 의미를 지니고 있습니다. 셍쟝에서 산티아고까지의 순례길은 실제로 다양한 경로로 구성되어 있어 거리를 단정을 짓기는 어려우나, 순례자 대부분이 걷는 순례길의 거리는 780~820㎞라고 하며, 그 중간의 위치에 사하군이 있다고 합니다. 따라서 저는 이제 산티아고 순례길을 반 이상 달려온 것입니다. 이곳에서 우리나라 부부를 만나 잠시 이야기를 나누었습니다. 23일째라고 해서 놀랐습니다. 그만큼 천천히 걷고 있다는 의미로 해석하시면 됩니다. 자기 취향과 여건에 맞게 걷는 것이 순례길이니, 아무럼 어떻습니까. 건강하게 마치는 것이 무엇보다 더 중요하니까요. 이날도 오전에 10여 ㎞를 걷고 난 후 이곳 사하군에서 묵을 거라고 해서 한편으론 부럽기도 했습니다.

사하군에서 12시쯤에 출발했습니다. 점심 식사를 위해 미리 찜해 둔 곳이 있었기에 참고 계속 달렸습니다. 그 목적지는 'El Burgo Ranero'였습니다. 이곳에 있는 'La Casta del Adobe' 식당에서 라면을 판다는 정보를 유경험자의 블로그에서 확인했기 때문이었죠. 식당 앞에 도착하니 메뉴가 한눈에 들어오더군요. '신라면과 햇반'. 맛있게 잘 먹었습니다. 가격이 착한 편은 아니었지만, 우리 음식을 먹은 지가 좀 되어 그냥 지나칠 수가 없었습니다. 나중에 우리나라 청년들을 만났는데 비싸서 먹질 못했다고 하더군요.

'El Burgo Ranero'부터 지방도로인 LE 6615 도로를 탔는데, 마치 자전거전용도로를 타는 기분이었습니다. 오후가 되자 도보 순례객들은 거의 찾아보기 어려웠습니다. 만시아까지 이 도로를 타고 가면, 오후 3시 이전에 알베르게에 도착할 수 있을 것 같아 한가로이 사진도 찍어가며 달렸습니다.

만시아를 4~5㎞ 정도 남겨 둔 곳에서 우리나라 청년 네 명을 만났습니다. 그때부터 한동안 그들의 걸음걸이에 맞춰가며 통상적인 질문과 대답을 주고받았습니다. 그중 한 명은 울 민승이랑 나이가 같더군요. 제대한 지 3일 만에 순례길을 시작했다고 합니다. 몽블랑 트레킹과 안나푸르나 베이스캠프 트레킹을 염두에 두고, 젊으니까 더 힘든 트레킹을 해보는 게 어떠냐고 하니 다른 길은 모른다고 했습니다.

알베르게('Albergue Gaia') 도착 이후로도 피곤함을 전혀 느끼지 못했습니다. 손빨래부터 해 놓고 샤워를 하곤 장을 보러 슈퍼에 갔는데, 거기서 아까 만난 청년들을 다시 만나게 되었죠. 반갑기도 해서 캔 맥주를 사서 근처 벤치에서 이야기를 더 나누었습니다. 어제와 마찬가지로 오늘도 제가 묵는 알베르게엔 우리나라 분이 없으니 적적한 마음도 달랠 겸 해서 말입니다. 그 청년들은 공립 알베르게에 머무는데 그곳에는 우리나라 분들이 더 계신다고 하더군요.

장은 간단하게 봤습니다. 이온 음료랑 과일 주스, 요구르트와 바나나 그리고 저녁 식사 대용으로 참치 통조림을 하나 샀습니다. 평소대로 저녁 식사를 했다가는 살이 찔 것 같더군요. 그런데 숙소에 돌아와서 반전이 생겼습니다. 콜롬비아 출신의 홀리안(Julian)이 정말 어마어마하게 장을 보고 와선 식사 준비를 하더군요. 몇 명이 먹을 거냐고 물으니 혼자 먹을 거라고 하면서 큰 프라이팬에 고기를 잔뜩 올려놨습니다. 저보고 고기 한 점 하겠느냐고 묻길래 무의식중에 "오케이!"라고 말해 버렸습니다. 함께 식사하면서 통상적인 질문을 주고받았습니다. 어느 나라 사람이냐, 오늘이 며칠째냐 등등 말입니다. 이 친구는 며칠 전에 복통으로 하루를 고생했고, 그것 때문이라도 오늘은 좀 많이 먹어야겠다고 하더군요. 한 조각 더 먹겠느냐고 해서 날름 받아먹었습니다. 오늘은 아마 체중이 처음으로 불어나는 날이 될 것입니다.

홀리안과 대화를 이어 나가면서 그동안 저 역시도 궁금했던 것을 이야기했습니다. 순례길이나 알베르게에서 순례자들을 만나면 '어디에서 왔느냐?'라는 질문은 통과의례처럼 서로 하게 됩니다. 사람들 대부분은 자기 나라 이름을 말하는데 유독 미국 사람들만 텍사스나 LA 등 자신이 사는 주 이름을 말합니다. 홀리안은 그것이 미국 우월주의에서 나온 것이라며 불쾌하다고 했습니다. 한번은 홀리안이 '콜롬비아(Colombia)' 출신이라고 했는데도 어느 미국인은 미국의 한 주인, '컬럼비아(Columbia)'로 알아듣더라는 겁니다. 재차 '콜롬비아' 출신이라고 하니 그런 나라도 있느냐고 반문하길래 화가 많이 났다고 했습니다. 저도 홀리안의 의견에 동의합니다.

  내일 일정도 오늘과 비슷할 것 같습니다. 막상 너무 편하니 재미가 줄어들지만 그래도 편했으면 좋겠습니다. 카미노 패트롤도 해가면서 말입니다. 오늘은 여기서 줄이겠습니다. 불타는 금요일 맞으시길….

> 여보! 남은 여정이 오늘 같기만 하면 몸무게가 원상회복될 것 같구려. 하지만 모레부터는 연이틀 센 놈들이 기다리고 있소. 그때를 위한 에너지 비축이라 생각하오. 잘 자시오. 사랑하오.
> 아들! 오랜만에 통화했네. 시험 끝나고 바로 과제한다고 고생이 많구나. 그럴수록 술도 한 잔씩 하고 그래라. 사랑한다.
> 딸! 아까 그룹콜 했는데 안 들어오데. 강의 중? 친구들이랑 수다 중? 잘 자라. 사랑한다.

철인의 자전거 그리고 산티아고

# 5월 3일(금):
## 순례길 7일 차 - 길 위의 사람들(만시아-아스토르가)

아스토르가(Astorga)의 알베르게('Albergue de Peregrinos San Javier')는 천주교 교구에서 운영하는 곳입니다. 처음으로 대규모 숙소에서 자 보게 됩니다. 그동안 10여 명 남짓 묵을 수 있는 사설 알베르게에서만 지내 왔었거든요. 지금 알베르게의 휴게실에서 은은한 경음악을 들으며(나중에는 성가 합창곡으로 바뀌었습니다) 글을 쓰고 있습니다. 실은 같은 방의 미국 아저씨가 계속 말을 걸어와서 자리를 잠시 피했습니다. 지금 9시가 조금 넘었는데 저도 10시쯤에는 자야겠다는 생각에 마음이 다급해집니다. 서둘러 오늘 이야기를 전해 드려야겠네요.

새벽에 밖에 나가 한동안 별을 바라보며 만만한 북두칠성도 찾아보았습니다. 제가 사는 곳에선 별 보기가 쉽지 않은데 이곳에서는 별들을 노다지로 볼 수 있어 부러워하며 아내와 잠시 보이스톡도 했습니다. 카톡이 와서 보니 여란이가 형제들 단톡방에 엄마 사진을 올렸더군요. 덕분에 엄마와 통화도 했습니다. 엄마는 누구와 통화하는 줄 모르시지만 그래도 저는 좋았습니다.

동생 말로는 밥도 잘 드시고 잘 지내고 계신다고 하니 감사할 따름입니다.

알베르게의 아침 식사는 기부제로 운영되더군요. 알베르게 대부분의 아침 식사비가 3€라서 그 정도의 돈을 바구니에 넣었습니다. 그러곤 어제 저에게 고기를 대접한 훌리안 그리고 주인아저씨와 기념사진을 찍었습니다. 주인아주머니는 저를 안아주시더군요. 감사했습니다. 게시판에는 우리 돈부터 이곳에서 머문 순례자의 손편지까지 있었습니다. 저는 면세점 할인 카드를 붙여놓았습니다. 뭐라도 흔적을 남기고 싶더군요.

알베르게를 나서서 곧장 레온(León)으로 향했습니다. 출발한 지 얼마 되지 않아 어제 만난 청년 4명을 길에서 다시 만났습니다. 어제처럼 사이좋게 걸어가고 있더군요. 그냥 헤어지기가 아쉬워 기념사진을 찍었습니다.

도로를 달린 덕분에 20㎞ 정도 떨어진 레온까지 한 시간밖에 걸리지 않았습니다. 그런데 레온 시내에 신속하게 진입하기 위해 GPS 경로도 따로 준비했는데도 다른 도시보다 시간이 더 걸렸습니다. 여유가 별로 없어 레온 대성당만 둘러보았습니다. 성당은 저마다 나름의 취지와 의미로 건축되었겠지만, 볼 때마다 참 예쁘다는 생각은 매번 하게 됩니다. 어떻게 저리 예쁜 건축물을 지을 수 있었을까요? 인간의 능력은 무한한 것 같습니다.

성당 앞을 서성이다 대구에서 오신 두 분의 할머니를 만났습니다. 셍쟝에서 2~3일 걷다 포기하시고 관광을 하고 계신다더군

철인의 자전거 그리고 산티아고

요. 사리아(Sarria)부터 다시 걸으실 거라고 하셨습니다. 저와 함께 사진 찍고 싶다고 하셔서 흔쾌히 응했습니다. 블로그에 제 얘기를 올릴 거라고 하시길래, 잘 부탁드린다고 말씀드리고 레온을 떠날 채비를 했습니다.

성당 앞을 막 벗어나려 할 때, 레온까지 오면서 앞서거니 뒤서거니 했던 자전거 여행 부부와 또 다른 자전거 여행자를 만났습니다. 세 사람 모두 프랑스 출신이었습니다. 부부 중 남편은 63세, 부인은 61세였습니다. 남편은 프론트랙 양쪽에도 가방을 달고 다녔으며, 두 분 모두 자전거를 잘 타시더군요. 지금 같은 알베르게에서 묵고 계십니다. 몸 관리를 꾸준히 해서 저분들처럼 나이가 들어서도 자전거 여행을 해야겠다는 결의를 다졌습니다. 실천!

레온 시내를 빠져나오기도 쉽지 않았습니다. 내비게이션을 잘못 보는 바람에 1km가량 역주행도 하고 말았습니다. 덕분에 시내를 조금 더 구경하면서, 레온 또한 상당한 매력을 지닌 도시라는 걸 알게 되었습니다. 그래서인지 순례객 중에는 레온에서 1~2일 휴식을 취하며 관광하는 이가 적지 않다고 합니다.

레온을 떠나 다음 마을로 가면서 뜬금없는 생각을 했습니다. '세상의 많은 언어는 어떻게 생겨났을까?' 어떻게 보면 유치원이나 초등학생이 품어 봄 직한 의문이지만 다른 한편으론 좀 어려운 질문 같기도 했습니다. 인류학이나 언어학에 문외한이지만, 공부하면 재미있겠다는 생각도 하게 되더군요. 혼자 다니다 보면 이런 증상도 생기는가 봅니다. 시간이 지나면 치유되겠죠.

레온 다음 마을에서 갈림길이 나옵니다. N-120 도로와 나란한 길을 걸을 수도 있고, 우회하려면 좌회전을 해야 합니다. 투어앤라이드('www.tournride.com')에서 제공한 자료에는 비가 올 때는 우회도로로 가지 말라고 되어있습니다. 이유인즉슨 흙길이란 소리죠. 며칠 동안 계속 날씨가 좋았기 때문에 우회하기로 했습니다. 시간도 넉넉해서 차가 쌩쌩 달리는 차도를 달릴 필요가 없었습니다.

순례자 대부분은 도로 옆길을 택했을 것으로 예상했는데 의외로 적지 않은 순례자들을 만날 수 있었습니다. 도로는 첫 마을까지 흙길이었고 이후는 아스팔트 길이었습니다. 이후에 다시 흙길을 만나긴 했지만, 경치도 좋아 우회 길을 택하길 잘했습니다.

아헤에서 의족을 한 채 자전거를 타고 가는 이를 봤다는 이야기를 들었습니다. 흙길을 다시 만날 즈음에 30m 앞에서 두 사람이 가고 있었는데 자전거는 아니고 뭔가 다른 것을 타고 있는 것 같더군요. 가까이 가서 보니 한 발로 밀고 다니는, 킥보드와 비슷한 것이었습니다. 그중 한 명이 왼쪽에 의족을 하고 있었습니다. 아헤에서 들었던 바로 그 사람이었습니다. 서로 자기소개를 했는데 저랑 동갑이더군요. 두 사람은 오스트리아 출신으로 '45년 지기' 친구라고 했습니다. 우리말로 '동갑내기'란 말을 가르쳐 주었습니다. 두 사람 모두 성격이 쾌활했으며, 둘 다 이름이 '볼프'였습니다. 의족을 한 볼프가 자신의 이름을 이야기할 때 모차르트의 이름에 들어 있는 그 볼프라고 하더군요. 셋이서 셀카를 찍고 막 나서는데 며칠 전부터 봐 온 브라질 MTB 여행자들이 합세했습니다. 다 같이 모여 환호성과 함께 셀카를 찍을 때는 끈끈한 동지애마저 느낄 수 있었습니다.

아스토르가로 가면서 들른 마을 중 'Hospital de Orbigo'는 무척 인상 깊었습니다. 지금까지 봐 온 여느 마을의 풍경과는 또 다른 분위기를 연출하고 있었습니다. 다시 N-120 도로에 합류하여 오후 3시 전에 아스토르가에 도착했습니다. 3일 내리 알베르게에 일찍 도착했습니다. 이메일로 예약한 알베르게('Albergue de Peregrinos San Javier')가 처음 경험하는 대규모 숙소라 좀 망설여져 사설 알베르게로 변경하려다, 그래도 예약한 곳이니 한번 가보자는 마음으로 도착했는데 생각보다 훨씬 좋았습니다. 리셉션에는 우리나라 분이 자원봉사도 하고 계셔서 방 배정 등 절차가 한결 수월했습니다.

침대를 확인하자마자 불닭볶음면과 베트남 라면 2개를 들고 식당으로 직행했습니다. 아침 식사가 부실했고, 점심은 과자 몇 개로 때웠기 때문에 배가 무척 고팠습니다. 점심때 같은 아파트에 사는 경근 형과 잠시 통화했는데 회를 안주로 소주를 마시며 불금을 보내고 있더군요. 그게 허기를 더 느끼게 했습니다. 불닭볶음면을 먹다가 매우면 베트남 라면을 번갈아 먹었습니다. 맞은편의 독일 친구가 불닭볶음면에 관심을 보여서 몇 젓가락 주니 좋아하더군요. 서양인이 매운 것을 그렇게 잘 먹는 모습은 처음이었습니다. 그런데 김치는 모르더군요. 의외로 우리 김치를 유럽 사람들은 잘 모르고 있었습니다. 마갈리 형수와 씨에리도 몰랐습니다. 김치의 세계화를 위한 노력과 시간이 더 필요한 것 같았습니다.

두 종류의 라면을 맛나게 먹고 양말과 윗옷을 빨았습니다. 물 양동이를 구하는 것부터 이탈리아 아주머니의 도움을 받았습니다. 나중엔 빨래 짜는 법까지 가르쳐 주시더군요. 이탈리아 말을 한마디도 못 하는 처지라서 구글에서 고맙다는 말을 찾아 인사를 했습니다. "그라지에(Grazie)!"

내일부터 오르막을 계속 타야 합니다. 이 말은 내리막도 그만큼 내려와야 한다는 것을 뜻합니다. 브레이크 패드를 점검해 보니 뒤쪽은 괜찮은데 앞쪽이 많이 닳아 있어 프랑스 투르에서 구매한 패드로 앞쪽을 교체했습니다. 직접 교체한 건 처음이었죠. 투르에서 자전거 정비공인 앙트네가 교체하던 모습을 떠올리며 흉내를 내 봤습니다. 몇 번의 조율 끝에 마무리 지을 수 있었죠. 허리를 숙여 작업하다 다시 펼 땐 어찌나 뻐근하던지…. 돈 벌기가 그리 녹록한 건 아닌가 봅니다.

저녁 식사는 오랜만에 우리나라 청년들과 같이했습니다. 같은 방을 사용하는 형준이에게 저녁 식사를 같이하자고 하니, 일행인 희주의 동의를 득한 후 좋다고 했습니다. 자기들은 삼겹살을 샀다고 해서 형준이를 앞장세워 장을 보러 갔습니다. 고마움의 표시로 캔 맥주와 소고기를 사서 식당에서 소고기와 삼겹살을 직접 구웠습니다. 집에서는 좀체 하지 않는데 말이죠. 식당에는 제구실하는 가위와 칼이 없어 삼겹살은 덩어리째 먹었지만, 맛있게 먹는 데는 전혀 문제가 되지 않았죠.

식사하면서 다른 테이블에서 경상도 사투리가 들려, 고향을 물어보니 '진해'라고 하더군요. 진해는 창원과 이웃 도시이자 우리 민승이가 해군 헌병으로 복무한 곳입니다. 반갑고 기특해서 디저트로 사 온 오렌지 반 개를 재형이에게 줬습니다. 저도 오렌지를 맛보고 싶었거든요.

많은 사람을 만나 기분 좋은 하루였습니다. 내일 알베르게는 비야프랑카델비에르소(Villafranca del Bierzo, 이하 비야프랑카)에 있습니다. '스페인 하숙'의 촬영지인 바로 그곳입니다. 일부러 택한 건 아니며, 솔직히 그 프로그램은 한 번도 못 봤습니다. 그리고 내일, '철의 십자가'를 지납니다. 그곳의 의미는 내일 말씀드리겠습니다. 행복한 주말 맞으시길….

> 여보! 오늘은 많은 사람을 만나 정말 기분이 좋소. 특히
> 동갑내기들을 만나 더 그러했소. 주말에는 푹 쉬시오.
> 아 참, 처가엘 다녀온다고 했지요? 장인, 장모님께 안부
> 전해 주시구려. 사랑하오.
> 아들! 모처럼 집에 와서도 친구들 만난다고 바쁘더구나.
> 친구! 참 좋고 소중한 존재란다. 아빠는 오늘 여기서
> 그걸 새삼스럽게 느끼게 되었단다. 사랑한다.
> 딸! 피크닉 좋았나요? 참 재미나게 사는 것 같아 아주
> 부럽네요. 사랑해요.

## 5월 4일(토):
## 철의 십자가 앞에서 아버지께

아버지! 저 지금 '철의 십자가'란 곳에 와 있습니다. 날씨 화창하군요. 이곳은 산티아고 순례자들이 각자의 사연이 담긴 물건을 두고 가는 곳입니다. 저도 막 아버지 산소에서 가져온 돌 3개를 십자가 밑에 두었습니다.

이번 여행을 하면서 참 많이도 울었습니다. 그냥 저도 모르게 눈물이 났습니다. 어떨 땐 울음을 참느라 딴짓을 한 적도 있습니다. 대부분 가족과 지난날에 대한 그리움이었죠.

저보다 네 살이나 적은 나이에 아버지는 엄마와 저희를 떠나 먼 곳으로 가셨습니다. 지금 이곳에서 나이 많은 아들이 젊은 아버지를 그리워하고 있다는 게 참으로 아이러니합니다.

아버지가 떠나신 후 엄마의 고생은 너무나도 컸습니다. 물론 하늘에서 다 보고 계셨겠지만요. 해보신 적이 없는 밭일까지 하시면서 4남매 모두 대학 공부시키고, 시집, 장가보내셨으니 그 고생이야 오죽했겠습니까. 의지할 이 없이 홀로 많은 일을 감당하실 때마다 얼마나 외로우셨겠습니까. 막내 출가 후에 당신이 짊어지셨던 고단한 삶의 무게를 내려놓으신 듯합니다. 그러시곤 서

철인의 자전거 그리고 산티아고

서히 기억을 잃어가셨습니다. 10여 년의 세월 동안 차츰 희미해져 가는 엄마의 기억을 지켜보며 정말 속상했습니다. 하지만 이제는 병원에서 엄마께 농담도 하며 즐겁게 해 드리려 애쓰고 있습니다. 마음으로는 저를 느끼고 계시거든요.

힘들 때마다 아버지를 생각했습니다. 저 또한 아버지라는 존재가 그만큼 그리웠고 또 필요했습니다. 아버지가 돌아가신 후 방황도 했었죠. 좀 더 뚜렷한 인생관으로 열심히 공부했어야 했는데 말입니다. 아버지가 살아 계셨다면 크게 실망하셨을 겁니다. 하지만 저는 지금의 생활에 충분히 만족합니다. 상당 부분은 아내의 덕이라고 생각합니다. 지인들 대부분이 저에게 장가 잘 갔다고 합니다. 살아 계셨다면 며느리와 화목한 시간도 많이 가졌을 겁니다. 그리고 손자 손녀도 얼마나 잘생기고 예쁜지 모릅니다.

마지막으로 아버지께 이 말씀을 드리고 싶습니다. 이제는 아버지에 대한 저의 무겁고 슬펐던 마음을 내려놓고자 합니다. 이제는 그럴 때도 되었고, 그럴 수 있을 것 같습니다. 앞으로는 아버지와 함께했던 짧은 시간을 소중한 추억으로만 간직하겠습니다. 그래야 남은 시간을 엄마와 동생들, 그리고 제 가족과 더 행복하고 즐겁게 보낼 수 있을 것 같습니다. 미남이셨고, 멋지셨으며, 자식에 대한 애정이 그야말로 대단하셨던 울 아버지로 영원히 추억하겠습니다. 이젠 아버지를 떠올리면서 미소 짓도록 하겠습니다. 지켜봐 주십시오.

그리고 마지막으로, 철의 십자가에 놓고 가는 저 돌을 살아생

전에 해외여행 한번 해보지 못하신 아버지로 여기며 못난 장남이 정성껏 모셔 왔다는 것을 기억해 주셨으면 합니다.

그럼 이만 줄이겠습니다. 가야 할 길이 아직 많이 남았지만, 마음은 아주 홀가분합니다.
자, 그럼 저는 출발하겠습니다.

5월 4일
'철의 십자가' 앞에서 장남 올림

# 5월 4일(토):
## 순례길 8일 차 – 오로지 '철의 십자가'를 향하여
(아스토르가 – 비야프랑카)

　비야프랑카 알베르게('Albergue Leo')에 도착한 뒤 '스페인 하숙' 프로그램을 촬영한 알베르게에 가서 순례자 여권에 스탬프를 받았습니다. 숙소에서 얼마 떨어져 있질 않더군요. 리셉션에서 그냥 스탬프만 받고 나왔습니다. 프로그램을 본 적이 없어서 별로 와닿는 게 없더군요. 스페인 하숙이 장안의 화제인 것 같아 이곳 비야프랑카에 온 김에 방송을 촬영했던 곳을 잠시 둘러본 것이고, 관심사는 오직 '철의 십자가(Cruz de Ferro)'뿐, 다른 것은 안중에도 없었습니다. 아버지 산소에서 돌을 가지고 온 것은 아내도 몰랐던 일입니다. 그저 돌 몇 개 가져가서 조용히 그곳에 두고 싶었을 뿐이었습니다. 오늘 그 일을 했습니다. 아마도 이번 순례길에서 저에겐 제일 의미 있는 날이 될 것입니다. 자, 그럼 오늘 이야기를 이곳 비야프랑카 광장의 벤치에 앉아 들려드리도록 하겠습니다.

　어제 숙소는 전망이 좋은 곳에 있었습니다. 덕분에 아스토르가에 진입 후 숙소까지 올라가는 게 제일 힘든 일이었습니다. 아침에 출발 준비를 하면서 바깥을 잠시 내려다보았습니다. 여명이 밝아 오더군요. 지평선에 펼쳐진 도시의 여명을 처음으로 접했습니다. 스페인에서 다양한 아름다움을 접하고 있습니다.

아내에게 보이스톡을 하니 막 처가에 도착했더군요. 장인어른과 장모님과도 잠깐 통화했습니다. 잘 먹고, 잘 지내고 있으니 걱정하지 마시라고 말씀드렸습니다. 어버이 달에 맏사위라는 사람은 먼 나라에서 자전거 놀이나 하고 있으니 죄송스러웠습니다. 장인어른을 잠시 소개해 드리자면 10여 년 전, 환갑이 넘으신 나이로 강원도 고성에서 친구분이랑 진주까지 자전거를 타고 오신 분입니다. 고성에서 10만 원짜리 자전거를 사서 말입니다. 자전거 가게 주인도 걱정이 되어 며칠 뒤에 장인어른께 안부 전화까지 했다고 하더군요. 지금도 정정하십니다. 장모님도 건강하시니 이게 다 저희 복입니다.

출발한 지 얼마 되지 않아 같은 방에 묵었던 미국 스미스 할아버지를 만나서 기념 촬영을 했습니다. 대화하는 걸 무척이나 좋아하시는 분이었죠. 너무 많은 말씀을 하셔서 나중엔 좀 지겨웠던 게 사실입니다. 국도를 타고 철의 십자가를 향해 전진했습니다. 4~6% 정도의 오르막이 계속 이어져서 다른 날보다 일찍 재킷을 벗어야 했습니다. 철의 십자가 이전 마을인 폰세바돈(Foncebadón) 입구에서 마지막 오르막에 대한 결의를 다지며 요기를 했습니다. 오르막은 쉽지 않았으나 오를수록 주위 경관은 더 예

철인의 자전거 그리고 산티아고

뺐습니다.

드디어 철의 십자가를 목전에 두었습니다. 마음을 좀 진정시켜야 했습니다. 가까이서 보니 몇 사람이 자신이 가지고 온 물건을 십자가 주위에 놓고 있었습니다. 그와는 별도로 환한 미소로 기념사진을 찍고 있는 이들도 있었고요. 폰세바돈에서 쉴 때, 배낭에서 꺼내어 저지 뒷주머니에 넣고 간 돌을 꺼냈습니다. 뽁뽁이 포장을 뜯고 그 안에 있던 돌 3개를 조심스럽게 십자가 아래에 놓았습니다. 한글이 적힌 돌들 사이에 말입니다. 그러곤 아버지를 생각하면서 절을 두 번 올렸습니다. 조용히 그곳을 내려온 뒤 근처 벤치에서 아버지께 편지를 썼습니다. 그때의 눈물이 그리운 아버지에 대한 마지막 눈물이었습니다. 이젠 눈물 대신 미소가 그 자리를 대신할 겁니다. 이번 순례길을 위해 준비한, 유일한 임무를 무사히 마칠 수 있어 행복했습니다. 이제 남은 일정은 덤이어도 상관없습니다.

한참을 올랐기에 남은 건 다시 한참을 내려가는 것이었습니다. 그런데 철의 십자가 주변의 전경이 참으로 가관이었습니다. 그냥 지나쳤다가는 후회할, 그런 장관을 연출하고 있었습니다. 내리막은 다음 마을까지도 이어질 정도로 길었습니다. 15㎞는 족히 되더군요. 브레이크를 수시로 잡는 것 외에는 딱히 한 일이 없었습니다. 자전거를 타면서 이런 경험은 처음이었는데 우리나라에는 이 정도로 긴 내리막이 없는 것으로 알고 있습니다. 그 무지막지한 내리막을 반대편에서 올라오는 여성 자전거 여행자도 있더군요. 찬사를 보내지 않을 수 없었습니다.

폰페라다(Ponferrada)에서 잠시 쉬었습니다. 바지를 벗고 7부 패딩 바지만 입었습니다. 폰페라다도 나름 훌륭한 도시더군요. 마을이 계속 이어져 있어 한가한 외곽으로 빠져나오기까지 50분이나 걸렸습니다. 이후 비야프랑카까지 냅다 달렸습니다. 계속 국도만 달리는 게 심심해서 순례길도 조금 타 보기도 했는데 날씨가 점점 더워졌습니다. 순례길을 달리면서 덥다는 생각을 이때 처음으로 하게 되었습니다.

자전거 여행을 하는 동안 들려드리고 싶은 이야기가 있었는데, 이제 여행도 며칠 남지 않았으니 오늘 그 얘기를 할까 합니다. 바로 철인3종경기대회와 180.2㎞ 자전거 구간에 관한 에피소드입니다.

3.8㎞나 되는 수영을 마치고 나오면 멀미를 한 것처럼 어지럽기도 합니다. 슈트를 벗으며 정신을 가다듬고 자전거를 타기 시작합니다. 저는 2012년 8월 전남 신안에서 철인3종경기를 처음으로 완주했는데, 자전거 코스는 정해진 구간을 3회전 하는 것이었습니다. 장거리라고는 대회 전, 100㎞를 달려 본 것이 전부여서 180.2㎞라는 거리가 몹시 부담스러웠습니다. 두 번째 바퀴부터는 하늘에서 따가운 햇볕이 내리쬐고, 바닥에선 지열이 올라오더군요. 까마득하게 남은 거리에다 따가운 햇볕에 엄두가 나질 않아 포기하고 싶을 만큼 지쳐갔습니다. 만약 자전거 주로 부근에 바꿈터(자전거를 마치고 달리기 복장으로 바꿔 입는 곳인데, 수영

을 마치고 자전거를 타는 곳에서도 있습니다)가 있었다면 그곳에서 경기를 포기했을지도 모르겠습니다. 첫 출전에서 포기하면 다시는 도전하지 못할지도 모른다는 두려움과 포기 후에 찾아올 회의감을 잘 알기에 저 자신을 달래가며 페달을 밟았고, 마지막 42.195㎞ 마라톤을 무사히 마쳤습니다. 비록 결승점에서 반겨주는 이 없는 외로운 완주였지만, 그 성취감은 다른 무엇과도 바꿀 수 없었습니다. 이날은 '인생 최고로 감격스러운 날'이었으며, 또한 콜라를 제일 많이 마신 날이기도 합니다.

첫 대회 이후 장거리 라이딩에 대한 경험이 쌓이기 시작할 즈음 문득 이런 의문이 들더군요.

'선수들은 자전거를 타고 가다 소변이 마려우면 어떻게 하지?'

선배들께 여쭤보니 시간 단축을 위해 자전거를 타고 가면서 안장에서 볼일을 보는 선수도 있다고 했습니다. 심지어 그렇게 하는 여자 선수도 있다고 하더군요. 그래서 재미 삼아 2014년 제주국제철인3종경기대회에서 한 번 시도해 봤습니다. 90㎞ 지점에 있는 간식 보급소 외에는 쉼 없이 달리며 안장에서 볼일을 본 것입니다. 전립선이 장시간 압박을 받은 상태라 쉽지 않더군요. 수통에 있는 물로 뒷정리를 했습니다. 이채로운 경험이었으나, 권하고 싶을 만큼 대단한 것은 아니었습니다.


오르막과 내리막이 계속되는 길을 달리다 조금 지치길래 나무 그늘을 살피다가 우리나라 두 부부를 만나게 되었습니다. 철의 십자가에서 내리막을 내려올 때 청년 한 명과 잠시 이야기를 나눈 이후로는 우리나라 분들은 처음이었습니다. 이 중 한 부부는 저랑 같은 숙소에 묵고 있어 저녁 식사도 같이했습니다. 숙소에 도착해서 침대를 확인한 후 나그네도 편히 쉬게 했습니다. 그러곤 맥주를 한 병 마셨습니다. 이게 요새 숙소 도착 이후의 일상생활입니다.

샤워를 마치고 장을 보러 가다 스페인 하숙을 촬영한 알베르게에 들러 기념 삼아 순례자 여권에 스탬프를 받았습니다. 이후엔 같은 숙소에 묵고 있는 부부랑 광장에 있는 식당에서 순례자 메뉴로 식사를 했습니다. 이 부부는 동남아부터 세계 여행을 시작하였고, 지금은 산티아고 순례길을 걷는 중이랍니다. 그 부부에게 몽블랑 트레킹을 소개해 주었습니다. 걷는 것은 매한가지지만 순례길과 몽블랑 트레킹은 그 느낌부터가 다른 것 같습니다.

이제 집 떠나온 지 한 달이 넘었습니다. 4월 4일에 집을 나섰고, 오늘이 5월 4일입니다. 세월 참 빠릅니다. 이제 산티아고까지는 두 밤만 자면 됩니다. 마지막까지 열심히 달려 보겠습니다. 늘 지켜봐 주셔서 정말 감사합니다. 많은 힘이 됩니다. 평화로운 일요일 맞이하시길….

여보! 아버지 산소에서 돌을 가지고 간 것을 일부러 얘기하지 않았소. 그건 나만의 비밀이었소. 이해하리라 믿소. 사랑하오.
아들! 오랜만에 엄마랑 단둘이서 식사해서 좋았겠다.

철인의 자전거 그리고 산티아고

아빠 귀국하면 맛난 것 또 먹자. 소주도 한잔하면서.
사랑한다.
딸! 오늘은 뭐 했나요? 과제? 오빠는 엄마랑 장어를
맛나게 먹던데. 딸도 지난주에 엄마랑 삼겹살 맛있게
먹었잖아. 다음엔 우리 넷이서 더 맛있는 거 먹자.
사랑한다.

## 5월 5일(일):
## 순례길 9일 차- 마지막 고지를 넘고, 행운을 맞이한
날(비야프랑카 - 사리아)

저녁 식사를 마치고 저녁 10시인 알베르게 통금 시간을 넘겨 들어왔습니다. 정말 생각지도 않은 일이 있었습니다. 뜻밖의 행운을 맞이한, 그 이야기도 같이해 드리겠습니다.

어제는 '철의 십자가'가 유일한 목표였다면, 오늘은 오세브레이로(O Cebreiro)가 그랬습니다. 오세브레이로는 순례길에서 제일 힘든 곳으로 알려진 곳입니다. 어느 유경험자는 첫날 넘은 피레네산맥보다 더 힘들다고 했고, 순례길 5일 차에 'Alto de Mosterares'를 오른 후 올린 인스타그램에 달린 댓글 중에도 오세브레이로까지는 평탄하니 안심하라는 내용도 있었으니 당연히 긴장할 수밖에 없었죠.

N-VI, N-006a 그리고 LU-633은 오늘 다닌 도로 이름입니다. 오늘 전체 구간 중 극히 일부를 제외하곤 이 도로들만 타고 다녔습니다. 순례길을 타지 않고 왜 자꾸 국도로만 다니냐고 말씀하실 수 있겠지만, 순례길은 자전거 길이 아닙니다. 자전거로 순례

철인의 자전거 그리고 산티아고

길만을 고집하다가는 순례자들께 민폐를 끼치기 십상입니다. 오늘처럼 두 사람이 나란히 걸을 경우, 자전거가 지나갈 틈이 없는 순례길도 있습니다. 그래서 나란히 달리는 도로나 우회하는 도로를 달릴 수밖에 없는 경우도 종종 있죠. 물론 저는 순례길이 넓지만 도로 상태가 좋지 않아 우회할 때도 많았습니다.

비야프랑카를 벗어나 N-VI 도로를 달렸습니다. 시멘트로 만든 방어벽 너머에는 순례자들이 걷고 있었습니다. 아침 날씨가 쌀쌀해서 혼났습니다. 얇은 장갑만 끼었더니 손이 엄청 시려 일회용 비닐장갑을 안에 끼기 위해 잠시 멈추기도 했습니다.

한참을 달려 'Las Herrerias' 마을에 도착했습니다. 여기서부터 오세브레이로까지는 8㎞ 오르막입니다. 자료상으로는 25% 오르막 구간도 있었습니다. 앞에 7~8명이 말을 타고 있어 뭔가 했더니, 순례객 일부가 말을 타고 산맥을 넘는 것이더군요. 마음을 가다듬고 오르막을 오르기 시작했습니다. 사실 비야프랑카에서 벗어나면서부터 계속 지긋한 오르막길이었습니다. 평지나 약간 내리막인 것 같은데도 다른 날에 비교해 나그네가 맥을 추지 못했습니다. 눈으로는 느끼기 어려운 오르막이었던 거죠.

조금 오르니 순례길과 자전거 길로 나누어졌습니다. 정상까지 약 7.6㎞ 남은 지점이었습니다. 장시간 오르막을 오르기 위해 겉에 입은 바지도 벗고, 좀체 벗지 않았던 상의 조끼도 벗었습니다. 그러곤 정상을 향해 쉼 없이 페달을 밟아 나가다 4㎞를 남기고 잠시 쉬었습니다. 노상 방뇨를 할 만큼 볼일이 급했고 15%급의 오르막이 계속되고 있어서 힘들기도 했습니다. 정상 2㎞ 정도를 남긴 곳에서 외국 커플 자전거 여행자를 만났습니다. 그들을 지나면서 "아이고 대라!"라고 했더니 여자분이 제 말을 따라 하더군요. '대다'란 말은 경상도 사투리로 '일이 힘에 벅차다'란 뜻입니다.

1.5㎞ 지점부터는 500m 간격으로 정상에 있는 바(bar)의 위치를 도로상에 표기해 놨더군요. '여기서부터 1.5㎞ 떨어진 곳에 시원한 맥주를 마실 수 있는 바가 있으니 조금만 더 힘내라'라는 의미인 거죠. 간간이 6~7% 정도로 오르막이 약해진 구간도 있어 나름 잘 버티며 정상까지 올랐습니다. 제가 보기엔, 첫날의 오리손 구간보다는 약했는데 순례길 전체 구간에서 제일 힘들다고 하는 이유를 모르겠습니다.

정상에 올랐을 때 제일 먼저 한 것은 벗어 두었던 재킷과 바지를 재빨리 입는 것이었습니다. 해발 1,400m의 고지라 바람이 매우 차가웠습니다. 근처에 우리나라 아주머니들께서 기념 촬영을 하고 계시길래 저도 부탁드렸습니다. 그러곤 빵으로 점심을 때웠습니다.

정상을 넘었으니 이제는 편안한 내리막 꽃길만 기다리고 있을 줄 기대했는데, 저의 큰 오산이었습니다. 생각지도 못한 고개 두 개를 넘으면서 힘이 바닥나 버렸습니다. 겨우 'Alto de Polo' 고개를 넘어서야, 주변 경치가 아름다운, 15㎞짜리 내리막을 만날 수 있었습니다. 정오가 지난 시간임에도 사이사이에 불어오는 차가

철인의 자전거 그리고 산티아고

운 계곡 바람 때문에 춥긴 했지만 편안하게 잘 내려왔습니다.

이후 사리아까지는 오르막과 내리막이 반복되었는데, 오르막을 만날 때마다 맥을 추지 못했습니다. 몸이 쉽게 회복되질 않더군요. 사리아 2㎞ 전방까지 계속되던 오르막은 그제야 내리막길을 내주었습니다. 종일 국도를 달린 터라 심심해서 1.5㎞ 정도를 순례길로 달려 보기도 했는데, 하필이면 외진 오솔길 구간이어서 후회막급이었습니다.

오늘 알베르게('Casa Peltre')도 좋았습니다. 햇볕이 드는 침대를 골랐는데 여행 중에 만실이 되지 않은 숙소는 처음이었습니다. 그래서 더 좋았습니다. 샤워를 마치고 슈퍼와 저녁 식사를 할 식당을 찾을 요량으로 알베르게를 나섰습니다. 며칠 만에 힘든 라이딩을 해서 영양 보충을 충분히 할 생각이었죠.

알베르게에서 몇 걸음 나서지 않았을 때 건너편에서 우리나라 아저씨 한 분이 제 쪽으로 걸어오시더군요. 인사를 드리니, 아저씨도 혼자라 별로 할 일이 없으시다면서 함께 맥주나 한잔하자고 하셨습니다. 어제부터 이곳에서 쉬고 계셨는데 괜찮은 바를 알고 계신다고 하시며 선뜻 맥주를 사셨고, 올리브 안주도 한 접시 가지고 오셨습니다. 엄청 고마웠습니다. 이런저런 얘기를 하다 셍쟝에서 같이 출발하셨던 자매분이 이곳에 오셨다는 연락을 받으시곤 함께 식사하기로 했습니다. 그 전에 그분들이랑 같이 성당에서 미사 예배를 보았습니다. 예전부터 미사가 어떻게 진행되는지 궁금했었는데 덕분에 유익한 시간을 가졌습니다.

어제 저녁 식사를 한 식당의 음식 맛이 괜찮았다면서 그쪽으로 안내하시더군요. 식전에 마시는 샴페인과 뽈뽀(Pulpo, 문어요리), 1kg짜리 비프스테이크, 그리고 2008년산 와인까지 정말 풍성하게 잘 얻어먹었습니다. 제 나이에 마냥 얻어먹기가 멋쩍기도 하더군요. 이 자리에서 그분에 대해 말씀드리지는 못하지만, 신세를 져도 될 정도의 능력과 인품을 갖추신 분이더군요. 저는 지금까지 청년들을 만나면 기껏해야 맥주 한 캔 정도 돌렸을 뿐인데, 오늘 너무 과한 대접을 받았습니다. 카톡으로 서로 한 번씩 소식을 전하기로 했습니다. 새로운 한 주 잘 여십시오.

여보! 당신도 그분이 궁금할게요. 내일 전화로 말해주리다. 사랑하오.
아들! 조금씩 전공 공부를 하는 티가 나는구나. 열심히 해라. 사랑한다.
딸! 이번 여름방학 때는 운전을 배우는 게 좋겠다. 다른 일로 바쁘기도 하겠지만. 사랑한다.

철인의 자전거 그리고 산티아고

# 5월 6일(월):
## 순례길 10일 차 - 산티아고를 목전에 두고
(사리아 - 아르수아)


　한적한 아르수아(Arzúa) 알베르게('Albergue de Selmo') 식탁에 앉아 있습니다. 어제 12시 넘어서까지 여행기를 쓰느라 늦게 잔 탓인지 아침부터 몸이 무거웠고, 오늘 라이딩 구간도 힘들었습니다. 왠지 고기도 당기지 않아 근처 슈퍼에서 평소와 다른 먹거리를 사왔는데 모두 실패로 돌아갔습니다. 그나마 어제 맛본 올리브 열매를 건진 게 다행입니다. 맥주를 두 캔 샀는데, 한 캔은 마시고 다른 캔은 뜯지를 못하겠습니다. 술이 많이 약해졌나 봅니다.

　오늘 달린 거리는 대략 85㎞쯤 됩니다. 소모한 칼로리가 가민 데이터상으로 거의 3,000cal에 육박하는군요. 하루에 대략 6~8시간 정도 자전거를 타면서 평균 2,500cal를 소모해 왔습니다. 제가 하프마라톤을 완주하면 보통 1,600cal를 소모합니다. 그러니까 자전거 여행을 하면서 하프마라톤 이상의 거리를 매일 뛰었다는 이야기가 되는 거죠. 지금 입고 있는 바지가 커졌습니다. 바지 허리춤 안으로 복대를 차도 허리가 느슨합니다. 옆구리 살도 많이 줄었습니다. 이럴 줄 알았다면 떠나기 전에 사진이라도 찍어 두는 건데 조금 아쉽습니다. 앞으로 이 몸매를 유지하려 합니다.

알베르게에 도착해서 쉬고 있을 때, 근처 바에서 커피 한잔하고 막 떠나려는 한스 씨를 발견하곤 소리쳐서 세웠습니다. 한스 씨는 아침에 길에서 만나, 앞서거니 뒤서거니 했던 독일 출신의 할아버지입니다. 3년 전엔 순례길을 따라 달렸는데 너무 힘들고 시간도 오래 걸려 이번에는 국도를 탄다고 했습니다. 그때가 오후 5시가 넘었는데 산티아고로 출발하신다길래 축하드린다고 했습니다. 저에게도 미리 축하한다고 말씀하시더군요. 지금쯤 산티아고에 도착해서 쉬고 계시겠네요.

이제 산티아고까지는 40㎞만 가면 됩니다. 오늘 탄 N-547 도로로 달리면 산티아고까지 3시간이면 충분하니, 내일 오전 안에 도착할 것 같습니다. 지금 기분은 무덤덤해서 '내일 산티아고에 들어가는구나!' 정도입니다. 막상 그 순간을 맞이하게 되면 어떨지 모르겠습니다. 그럼 고단했던 오늘 하루를 말씀드리겠습니다.


어제 묵은 사리아 알베르게 앞에는 'A Escaleira da Fonte'라는 이름까지 붙은, 제법 긴 계단이 있습니다. 어제 알베르게에 도착했을 때는 '내일, 자전거로 저 계단을 어떻게 올라가!'라는 탄식과 함께 한숨마저 나오더군요. 아침에 다시 생각하니 그렇게 호들갑 떨 일이 아니었습니다. 아침에 다른 길로 돌아갔습니다. 세상살이도 이와 마찬가지 아닐까요.

철인의 자전거 그리고 산티아고

아침부터 국도를 달렸는데도 속력 내기가 어려웠습니다. 사전 조사에 의하면, 오늘 달릴 길은 'Leg Breaking' 구간이라고 합니다. 다리가 "나 죽네!" 한다는 것이죠. 처음엔 그러려니 생각했습니다. 힘들다는 고개는 모두 넘었기에 남은 거리만 생각했지 딴 걱정은 하지 않았습니다. 그런데 막상 달려 보니 그 'Leg Breaking'의 의미를 실감하겠더군요. 도로가 '낙타봉'의 연속이었습니다. 낙타봉은 산행이나 자전거를 타는 사람들이 주로 사용하는 용어인데, 말 그대로 봉우리나 주로가 낙타 혹처럼 생겼다는 겁니다. 고개 하나를 넘어서면 또 고개가 있고, 이제 다 넘었다 싶으면 또 고개가 앞을 가로막고 있는 겁니다.

우리나라엔 주로 해안도로가 그 모양새를 취하고 있습니다. 그래서 해안도로 라이딩이 쉽지가 않습니다. 대표적인 낙타봉은 제주도에도 있습니다. 제가 참가했던 제주 국제철인3종경기대회의 자전거 180.2㎞ 구간에는 돈내코를 오르다 왼쪽 해안선 쪽으로 빠지는 구간에 낙타봉이 있습니다. 고개 하나하나가 모두 높고 가파르며, 개수는 7~8개 정도 됩니다. 돈내코를 오르다 그 녀석들을 만나게 되면 사람 환장합니다. 그런데 말입니다. 저는 오늘 수십 개의 낙타봉을 넘어야 했습니다. 나중에는 입에서 욕이 절로 나오더군요.

고작 30㎞ 정도를 달렸을 뿐인데, 낙타봉에 너무 혹사를 당한 탓인지 컨디션이 영 말이 아니었습니다. 그냥 풀밭에 큰대자로 뻗어 버리고 싶더군요. 하루 일정을 마친 순례객들이 바에서 음료를 마시면서 대화를 나누고 있는 것을 본 터라 저도 그때쯤 하루 일정을 마무리하고 싶은 마음 간절했습니다. 하지만 오늘 아르수아까지 가지 못하면 내일 안으로 산티아고에 들어가는 게 부담스러울 수밖에 없어 억지로라도 가야 했습니다.

좀 쉬어야겠다 싶어, 국도에서 순례길로 빠져나와 바나나, 귤, 도넛 등 닥치는 대로 먹었습니다. 그러곤 나그네랑 천천히 걸었습니다. 걷는 것이나 힘에 부친 채 나그네를 타는 것이나 다를 바 없었습니다. 그때 외국 청년이 엄청난 속력으로 걸어오고 있더군요. 시속 7㎞는 족히 되어 보였습니다. 걷는 모습이 마치 로봇 같다고 얘기했더니 웃더군요. 도보 순례자는 7㎞, 자전거는 4㎞의 속력으로 가는 순례길이었죠.

거의 40㎞ 정도를 버티며 갔고, 이후 LU-633 도로에서 벗어나 외진 아스팔트 길을 달리면서부터 숨통이 좀 트이더군요. 그늘도 있고 내리막도 연속으로 있어 달릴 만했습니다. 솔직히 이전까지는 '어쩌면 오늘 안에 아르수아까지 못 갈지도 모른다'라는 불안감을 떨쳐버릴 수 없었습니다.

소가 도로를 점령하기도 하는 시골 마을들을 지나니 꽃길이 끝나고 다시 낙타봉이 시작되었습니다. 도로 옆의 파란 이정표가 여지없이 오르막이 시작됨을 알려 주었습니다. 오늘 파란 이정표를 질리도록 봤습니다. 산티아고까지 연결된 N-547 도로를 계속 달리다 낙타봉이 지겨워 순례길로 접어들었는데 이 역시 후회막급이었습니다. 나그네를 들고 좁은 징검다리를 건너야 했

철인의 자전거 그리고 산티아고

고, 15%짜리 흙길에서는 나그네를 끌어야 했습니다. 그래서 순례길에서 벗어나 아르수아까지는 국도로만 달렸습니다. 어떤 낙타봉에선 차선 반대편에서 걷던 순례객이 잰걸음으로 제 속력을 맞추더군요. 속력을 높이니 뛰기까지 했습니다. 오늘은 다양한 수모를 경험한 날입니다.

알베르게는 훌륭한 시설을 갖추었는데도 손님은 별로 없었습니다. 주인은 이 사실이 안타깝겠지만, 저는 주방을 독차지할 수 있어 좋았습니다. 슈퍼에서 밥처럼 보이는 인스턴트 음식과 수프를 샀는데 완전히 실패했습니다. 수프는 너무 느끼했고, 밥이라고 생각한 건 밥이 아니었습니다. 소시지도 샀는데 딱딱하고 짜서 반도 먹질 못했습니다. 그래도 배는 고프지 않습니다. 정말 이곳에 와 있다는 게 꿈만 같았기 때문이죠. 체력이 바닥났을 때 아르수아행을 포기하고 근처 알베르게를 구했다면 어떻게 되었을까요? 제가 생각해도 잘 버텨 낸 것 같습니다. 오늘은 이만 줄이겠습니다. 3일 연휴 잘 보내셨나요? 내일 산티아고에서 얘길 들려드리겠습니다. 정말 그날이 오긴 오는가 봅니다.

> 여보! 드디어 내일이오. 좀 아쉽기도 하고, 빨리 끝냈으면 하는 마음도 있고, 마음이 싱숭생숭하구려. 내일 산티아고 대성당 앞에서 연락하리다. 사랑하오.
> 아들, 딸! 내일 산티아고 대성당에서 우리 가족 그룹콜! 사랑한다.

## 5월 7일(화):
## 여러분, 정말 고맙습니다!


혜림지기, rothemess, 바람난 David, 스마일 김, 혜인, 스티브, 산적님, Sanja, 체리 보라, 농부, Lassi, 아침, 치즈, 로너노엘, 철쌤, 트라이타조, 자라도촌사람, 봄허브, 그대, 스케치북, 베르나르, chan9901116, …


11시 25분경에 산티아고 대성당 앞에 섰습니다. 대성당을 바라보며 여러분을 떠올려 보기도 했습니다. '여행은 끝없는 여정'이라 생각하기에 그 과정 하나하나에 의미를 두고 달려왔지만, 막상 산티아고 대성당 앞에 서니 약간 먹먹하기도 했습니다. 얘길 들어주시고, 기도해 주시고, 응원과 공감을 보내 주신 덕분에 잘 버티며 올 수 있었습니다. 그동안의 경험과 적은 지식으로는 도저히 감당할 수 없었던 외로움도 여러분이 있어 벗 삼을 수 있었습니다.


저는 이곳에서 20㎞가량을 더 이동하여 네그레이라에 묵은 뒤, 내일 '세상의 끝', 피스테라에 도착할 예정입니다.


철인의 자전거 그리고 산티아고

다시 한번 감사의 말씀을 올립니다.

5. 7. 화
산티아고에서 절대자유 올림

## 5월 7일(화):
## 순례길 11일 차 - 산티아고 그리고…
(아르수아 - 산티아고 - 네그레이라)


순례길을 시작한 후 처음으로 노트북을 꺼내 들었습니다. 알베르게 생활이 합숙 환경이어서 요란스럽게 노트북으로 여러분께 말씀을 드릴 수 없었습니다. 대신에 그동안은 휴대폰으로 글을 적었죠. 지금은 네그레이라(Negreira)의 숙소 침대에 비스듬히 누워 글을 쓰고 있습니다. 이곳에도 알베르게가 있다는 사실을 인지하지 못해 에어비앤비를 통해 숙소를 예약했습니다. 1박 요금이 15€인데, 아파트 한 채(방 3개, 거실, 부엌, 화장실)를 독차지하고 있습니다. 좋기도 하지만, 쓸쓸함이 더 큰 게 솔직한 심정입니다.

창밖으로는 바람이 불고 있습니다. 내일 수요일부터 금요일까지 비가 예보되어 있네요. 내일이 이번 여행의 마지막 라이딩인데, 우중 라이딩이 될 것 같습니다. 어제 세탁한 빨래가 덜 말랐기에, 나머지 옷들은 비에 젖지 않도록 관리해야겠네요. 그럼 이야기를 시작해 보겠습니다.


오늘은 산티아고에 입성하는 날이었습니다. 산티아고에서 40

철인의 자전거 그리고 산티아고

㎞ 정도 떨어진 아르수아의 아침은 흐리고 쌀쌀했습니다. 새벽에 비가 왔더군요. 다행히 여명이 밝아 오면서 비는 멈춘 것 같았습니다. 생장에서 하루 쉰 날을 포함해, 총 11박을 머문 알베르게 중에서 아르수아의 시설이 제일 으뜸이었습니다. 커튼이 출입문 역할을 한 것 외에는 독실과 마찬가지였습니다. 부엌 등 부대시설도 아주 좋았습니다. 그런데 순례객은 몇 명 되질 않았습니다. 그 이유는 여러 가지가 있겠죠. 아직 성수기가 아니라든지, 산티아고까지 남은 거리가 애매해서 이곳을 통과하는 순례객도 있을 것이고…. 아무튼 이건 주인이 신경 쓸 부분이니 이 정도로 하겠습니다.

이번 여행에서 아쉬운 것 중의 하나가, 아침 식사 때 먹을 수 있는 따뜻한 국물 요리를 찾기가 어렵다는 겁니다. 제일 만만한 게 라면인데, 아르수아 슈퍼에는 팔지도 않았습니다. 하는 수 없이 가지고 있던 차 티백을 전자레인지로 데운 물에 우려내어 빵과 함께 아침 식사를 하면서 산티아고에서의 성대한 오찬을 마음속에 품었습니다.

8시가 조금 넘어 아르수아를 출발했습니다. 조금 가다 산티아고까지 36㎞ 남았다는 이정표를 만났습니다. 남은 거리가 줄어들수록 산티아고에 더 빨리 도착하고 싶은 조바심이 커졌습니다. 어제 저를 몹시도 괴롭혔던 낙타봉이 오늘도 이어졌으나, 낙타봉을 대하는 마음이 한결 수월했습니다. '40㎞ 사이에 낙타봉 제까짓 놈이 있으면 몇 개나 있겠느냐'라는 자신감마저 들었습니다. 고도를 확인했는데 다행히 산티아고까지는 어제처럼 심한 높낮이를 보이지는 않았습니다.

바람이 차가워서 버퍼로 얼굴을 가렸습니다. 이런 날씨에 요긴하게 사용해 왔던 헬멧 커버가 생각나더군요. 프랑스 길에서 신나게 달리다 바지와 함께 길에 흘려 버린 그 커버죠. 가성비가 좋아 돌아가면 새것으로 살 겁니다. 여러분도 가격에 상관없이 왠지 애착이 가는 물건이 있으시겠죠.

드디어 산티아고까지 남은 거리가 20㎞ 밑으로 떨어졌습니다. 금방이라도 산티아고에 도착할 것 같더군요. 힘이 나서 열심히 페달을 밟았습니다. 볼 때마다 왕짜증이 났던, (오르막 시작을 알리는) 파란색 이정표도 오늘은 반가웠습니다. 이제 거의 막바지에 이르다 보니 모든 게 정답게 느껴졌습니다. 미운 정도 정이니까요.

국도를 타다 자연스럽게 순례길에 접어들어 순례객들과 함께했습니다. 이들은 드디어 '오늘' 산티아고에 입성하게 됩니다. 저마다의 걸음걸이에 맞춰 대부분 30일 이상을 걸었던 이들이 종착역으로 향할 때의 표정이 궁금하지 않으십니까?

그 답을 드리기 전에 잠시 주변 정리를 좀 해야 할 것 같습니다. 글을 쓸 때부터 위층에서 계속 시끄러운 소리가 나서 신경이 거슬렸는데 창밖을 내다보니 숙소 주변의 간이 지붕을 두드리는 빗소리였습니다. 다행입니다. 하루만 늦었어도 비를 맞으며 산티

철인의 자전거 그리고 산티아고

아고에 들어갔을 테니까요. 좌우간, 내일은 우중 라이딩이 될 것 같습니다. 방에 있는 이불이 얇아 그동안 애용해 왔던 침낭 안에 들어가서 다시 글을 씁니다.

혹 5시간 이상을 주로에서 사투를 벌인 끝에 마라톤 결승점을 힘겹게 통과하는 아마추어 마라토너의 모습을 지켜보신 적이 있는지요? 지쳐서 흐느적거리고, 다리는 절뚝거리지만, 얼굴엔 만연의 미소를 머금은 그 모습 말입니다. 마지막 종착역인 산티아고로 들어가는 이들의 표정도 아마 그와 같을 것이라는 예상과는 달리 여태껏 지켜봐 온 것과 거의 변함이 없었습니다. 그저 하루하루를 무덤덤하게 걸어왔고, 오늘이 '순례의 마지막 날'이라 해서 뭔가 특별한 것을 찾아볼 수 없었습니다. 지나가면서 축하한다고 하면 대부분이 그저 웃으며 고맙다는 말밖엔 별 반응을 보이지 않았습니다. 그동안 순례길을 걸어오면서 도를 통한 것일까요?

여느 때보다 쉽사리 도착할 것 같았던 마지막 산티아고 길도 그렇게 호락호락하지는 않았습니다. 낙타봉에다 싸늘한 맞바람까지 더해져서 순례길의 마지막을 쉽게 내놓지 않더군요. 그래도 예상한 대로 11시경에 산티아고 초입에 도착했습니다. 처음엔 긴가민가했는데 산티아고가 맞더군요. 산티아고 이전 마을인 'San Marcos'를 지나올 때 아래쪽에 좀 큰 규모의 마을이 보인다 싶었는데, 그곳이 바로 산티아고였던 것입니다. 조금 큰 게 아니라 실제로는 아주 큰 도시죠. 산티아고에 들어선 후 3㎞ 이상을 가서야 대성당을 볼 수 있었으니까요.

시내 중심가에서부턴 나그네에서 내려 나란히 걸었습니다. 산티아고 대성당에 점점 가까워지자 흥분이 되더군요. 지켜보는 이가 아무도 없었는데도 애써 태연한 척했습니다. 조금 후 대성당의 뒷모습이 보이기 시작했습니다.

드디어 대성당 앞에 섰습니다. 솔직히 말씀드리면 감흥은 생각보다 적었습니다. 많은 관광객 속에서 순례를 마친 이들의 모습이 보였습니다. 제각각 다른 자세와 다른 자리에서 자신들이 걸어왔던 시간을 되돌아보고 있는 듯했습니다. 스쳐 지나왔던 다른 성당들처럼 그 앞에서 사진 몇 장 찍었습니다. 성당을 배경으로 찍으려면 누군가의 도움이 필요한데, 자신만의 시간을 즐기고 있는 순례자들에게 부탁하는 것은 예의가 아닌 듯해서 오랜만에 셀카 놀이를 했습니다. 라이딩 때는 별로 끼지도 않았던 선글라스까지 끼고 멋을 부렸습니다. 그러곤 곧장 순례자 사무실로 인증서를 받으러 갔습니다. 남은 일정 중에 성당 근처를 어슬렁거릴 시간이 남아 있기 때문입니다.

대성당 근처에 있는 순례자 사무실에 도착하니 생각보다 많은 사람이 인증서를 받기 위해 줄을 서 있었습니다. 성수기 때는 대기 줄이 과연 얼마나 길지 무척 궁금해지더군요. 대기 줄에는 당연히 우리나라 분들도 계셨지만 애써 말을 건네지는 않았습니다. 처음부터 순례길을 동행한 게 아니라, 중간 어디 선가부터

철인의 자전거 그리고 산티아고

같이 걸었다 하더라도 동행한 분들 사이에는 제가 끼지 못할 뭔가가 있다는 것을 언젠가부터 느꼈기 때문입니다. 그리고 이젠 매번 반복되는 질문에 답도 하기 귀찮아졌고요. "시작한 지 며칠째입니까?"로부터 시작되는 그저 그런 질문 말입니다.

드디어 제 차례가 되었습니다. 접수창구 아가씨에게 두 장의 순례자 여권을 건넸습니다. 사람은 한 사람인데 여권은 두 장을 건네니 아가씨가 어리둥절해하며 묻더군요.

"다른 사람은 어디 있나요?"

"없는데요."

"지금 어디 다른 곳에 있나요?"

"네. 한 분은 하늘나라에 계시고, 다른 한 분은 우리나라 병원에 계십니다."

접수창구 아가씨에게 여권이 두 장이니 인증서도 두 장 만들어 달라고 하니, 그건 안 된다고 하더군요. 본인이 있어야 만들어 줄 수 있다고 했습니다. 그래도 어떻게든 만들어 달라고 우겼습니다. 결국 다른 아가씨와 상의를 하더니 제 인증서에 아버지와 어머니의 성함을 적어주겠다고 하더군요. 두 분의 영어 스펠링이 어떻게 되느냐고 묻길래 제가 직접 한글로 두 분의 성함을 적었습니다. 아마도 한글이 적힌 '산티아고 순례길 인증서'는 찾아보기 힘들 겁니다. 성함 앞에는 '동행자'라는 뜻의 글귀가 있습니다. 흐뭇한 표정을 지으며 사무실을 나왔습니다. 인증서는 멋진 액자에 넣어 가보로 삼겠습니다.

   철의 십자가에 두고 온 돌은 여행 시작 전부터 계획한 것이지만, '아버지와 어머니의 여권을 발급받아야겠다'라는 생각은 생장 순례자 사무소에서 즉흥적으로 하게 되었습니다. 지금 생각해도 참 기특하고 멋진 생각이었습니다. 생장에서 출발은 4월 27일에 했지만, 전날 발급받았기 때문에 발행 일자가 4월 26일로 되어있습니다. 그 밑에는 여행 수단을 표기하는 두 개의 체크 난 (도보와 자전거)이 있습니다. 부모님의 여권에는 '아들과 함께한다'라는 항목, 하나를 추가했습니다. 그런데 'With Son'으로 적는다는 것이 그만 'With Sun'으로 잘못 적었습니다. 그래서 본래의 취지와 다르게 '태양과 함께'라는 뜻이 되어 버렸죠.

   생장 사무실에서 이 문구를 적고 있을 때, 사실 울고 있었습니다. 탁자 맞은편에는 자원봉사 할머니가 앉아서 제 모습을 다 지켜보고 있는데도 말입니다. 티를 내지 않으려 했는데, 그 할머니는 다 알아채는 눈치였습니다. 한 사람이 와서 두 장의 여권을 발급받고, 다른 한 장에는 생소한 한글 이름을 적고 있으니 말입니다. 아마 그 할머니는 'With Sun'을 'With Son'으로 생각했을 겁니다. 오늘 인증서를 발급받으면서 'in the heart of my son'이라는 문구를 추가했습니다. 이젠 '아들의 마음속에서, 태양과 함께'라는 멋진 문구가 되었습니다. 아주 만족스럽습니다. 스탬프는 11일 동안 모두 16개를 받았습니다. 생장 순례자 사무소, 산티아고 순례자 사무소, Redecilla 마을의 여행안내소, 그리고 스페인 하숙의 촬영지였던 비야프랑카의 알베르게 외에는 전부 제가 묵었던 알베르게의 스탬프입니다. 도보 순례자의 여권에는 이보다 훨씬 많은 스탬프가 찍혀 있겠죠.

인증서를 받은 후에 우육면이 생각나서 중국식당을 찾아갔습니다. 도착해 보니 일본식당이어서 다시 검색해서 다른 곳을 갔으나 우육면은 먹지 못하고 공깃밥에 마파두부를 비벼 먹고 나왔습니다. 뜻대로 안 되는 것도 분명 있습니다.

사실은 여러분께 앞서 드린 편지는 산티아고 대성당을 바라보며 적으려고 했습니다. 산티아고로 오면서 편지의 내용을 대략 생각해 두었기에 편지지에 옮겨 적기만 하면 되었거든요. 그런데 배가 너무 고픈 나머지 인증서 받고 곧장 식당으로 향했습니다. 더 성의 있게 편지를 보낼 수 있었는데 아쉽습니다. 이해해 주시리라 믿습니다. 대성당 앞에서 찍은 사진 몇 장을 지인들에게 카톡으로 보냈습니다. 그중에는 산티아고 순례길의 존재를 아는 사람도 있고, 모르는 사람도 있습니다. 대부분이 그저 여행을 별탈 없이 잘하고 있구나, 정도의 반응을 보였습니다. 그럴 수밖에 없습니다. 경험해 보지 않고, 느껴 보지 않으면 사진 몇 장으로는 절대로 와닿지 않습니다. 산티아고 순례길은 더 그럴 것으로 생각합니다.

식사 후에 지도교수님과 잠깐 통화를 했습니다. 저의 여행을 부러워하시더군요. 여태껏 저는 교수님이 부러웠는데 말입니다. 귀국해서 찾아뵙기로 했습니다. 모교 실험실 방문의 날 행사에도 찾아뵙지 못하게 되었으니 한번 찾아뵈어야 할 것 같습니다. '군사부일체'이지 않습니까.

숙소에 쉬고 있는 지금은 '산티아고에서 그냥 하루 쉬는 게 어땠을까'라는 생각도 들지만, 식사 후에 애초 계획대로 이곳 네그레이라로 출발했습니다. 산티아고에서 18㎞쯤 떨어진 곳입니다. 어렵사리 산티아고 시내를 벗어나 국도를 타다 순례길로 접어들었습니다.

여기서 잠시 설명해 드리자면, 산티아고에서 순례길을 끝낼 수도 있고, '세상의 끝'이라고 불리는 피스테라(Fisterra)까지 갈 수도 있습니다. 피스테라에서 다시 무시아(Muxia)까지 가기도 합니다. 그런데 산티아고 이후의 이정표에는 '피스테라에서 산티아고까지의 거리'가 적혀 있으므로 네그레이라에 가까이 갈수록 이정표의 거리는 줄어듭니다. 피스테라에는 출발점을 뜻하는, '0.000㎞' 이정표가 있습니다.

생각보다 많은 순례객을 만났습니다. 산티아고까지는 '부엔 까미노'라고 하며 인사를 건네는데, 산티아고가 순례의 종점을 상징하므로 이후에도 그렇게 인사를 하자니 좀 어색하기도 했습니다. 네그레이라까지도 쉽지 않았습니다. 중간에 평균 10%짜리 긴 언덕을 만났습니다. 중국식당에서 든든히 배를 채웠기 망정이지, 그렇지 않았다면 또 퍼졌을는지 모르겠습니다. 중간에 비가 와서 체온 유지용 비닐을 입기도 했습니다. 날씨는 계속해서 바람 많고 쌀쌀했습니다.

숙소 주변에 도착한 후 근처에 있던 아저씨의 도움으로 주인과 전화로 연락을 하여 겨우 숙소에 들어갈 수 있었습니다. 영어를 하지 못하는 주인과 스페인어를 전혀 못 하는 손님은 구글 번역기를 대동해서 의사소통을 해야 했습니다. 간단하게 집 소개를 마치곤 내일 몇 시에 나갈 것인가만 묻고 곧장 가 버리더군요.

아내랑 통화하고, 따뜻한 물로 샤워를 했습니다. 종일 찬바람을 맞고 온 터라 샤워 시간이 행복했습니다. 오늘 저녁은 갈리시아(Galicia)지방의 전통 음식 중의 하나인 뽈뽀로 식사를 하려 했는데 밖에 나가니 빗방울이 떨어졌습니다. 근처 슈퍼에서 소고기와 간식거리를 사 와서 숙소에서 저녁 식사를 했습니다. 양질의 소고기 400g이 3.5€였습니다. 우리 돈으로 5천 원 정도 됩니다. 여러 번 느꼈지만, 스페인은 살기 좋은 나라입니다. 뽈뽀에 미련이 남아 문어를 삶아 숙회라도 먹어 볼까 하고도 생각해 봤지만 귀찮아서 그냥 소고기를 샀습니다. 소금만 조금 뿌려서 먹어도 참 맛있었습니다.

내일 피스테라에서 하루를 보내고 다시 산티아고로 넘어올 예정입니다. 그땐 산티아고를 제대로 느껴 볼 겁니다. 오늘은 이만 줄일까 합니다. 벌써 새벽이군요. 좋은 하루 보내십시오.


여보! 산티아고에 막상 도착해 보니 그다지 실감은 나지 않구려. 이번 여행도 서서히 막바지에 접어드는 것 같소. 그동안 나그네가 참 고생을 많이 했소. 사랑하오. 아들, 딸! 산티아고 대성당 현장의 생생한 목소리 잘 들었나요? 사랑한다.

# 5월 8일(수):
## 순례길 12일 차 - 마침내 세상의 끝에

(네그레이라 - 피스테라)

4월 5일 스위스 취리히(클로텐)에서 시작된 자전거 여행이 오늘 (5월 8일)로써 대단원의 막을 내렸습니다. 몇 번의 고비가 있었음에도, 한 달이 넘는 일정을 차질 없이 소화해 낸 것이 저로서도 신기하고 감사할 따름입니다.

몇 번의 고비 중 마지막 고비가 오늘 있었습니다. 어제 여행기를 적고 나니 12시가 거의 다 되었더군요. 그때까지도 비가 제법 많이 내리고 있었습니다. 출근 준비를 하는 아내와 전화로 상의한 끝에 오늘 아침까지 그렇게 비가 내린다면 도저히 라이딩을 할 수 없을 거라서 아침에 네그레이라 우체국에서 나그네를 포장하여 먼저 보내고 저 혼자만 피스테라로 가기로 했습니다. 전화를 끊고 구글에서 확인해 보니 네그레이라에서 피스테라로 가는 버스가 없더군요. 늦은 시간이라 일단 잠을 청했습니다. 중요한 건 오늘 아침 날씨였으니까요.

아침에 일어나서 밖을 보니 다행히 비가 그쳤더군요. 피스테라까지는 60㎞라, 일단 출발만 할 수 있는 상황이라면 어떻게든 갈 수 있을 거로 생각했습니다. 시속 10㎞로 가더라도 6시간이면 도착할 수 있으니까요. 여차하면 잽싸게 우의를 꺼내 입을 수 있도록 배낭에다 상, 하의용 우의도 넣었습니다. 어제 사 둔 빵으로 아침 식사를 하고 8시경에 출발했습니다. 이번 자전거 여행의 마지막 라이딩이 시작된 겁니다. 비가 오지 않아 정말 감사했습니다. 하늘은 잔뜩 찌푸렸고, 바람은 차가워 버프로 얼굴을 가려야 했습니다.

2㎞ 정도 달리고 있을 무렵, 비가 쏟아지기 시작했습니다. 출발 전에 비가 내렸다면 자전거 여행을 끝내야 할지 고민스러웠을 겁니다. 몇 차례 경험했듯이 비가 오면 그저 우의 입고 가면 됩니다. 조금 귀찮을 뿐입니다.

그런데 문제는 바람이었습니다. 오늘 저와 나그네는 인생 최고의 바람을 맞았습니다. 온몸에 멍이 다 들 정도였습니다. 오르막에서나 사용했던 1단 기어를 평지에서 사용해야 했고, 바람이 불 때마다 나그네가 휘청거렸습니다. 오늘 넘은 녀석들이 고개인지, 언덕인지는 모르겠으나 곳곳에 풍력발전기가 있었습니다. 풍력발전기의 바람개비(블레이드, blade)가 정말 잘 돌아가더군요.

우중 라이딩에서 주의해야 할 것 중의 하나가 체온 유지입니다. 우의를 입고 페달을 밟으면 땀이 나기 마련인데 고어텍스가 아닌 일반 우의는 땀이 밖으로 배출되지 않습니다. 시간이 지나면 옷이 땀에 젖기 때문에 쉴 때는 체온이 금방 내려가 버립니다. 겨울 산행에서도 비슷한 상황이 발생할 수 있는데 잘못하다가는 저체온증까지 올 수 있습니다. 옷이 젖을 경우를 대비해서 여벌의 옷을 준비하는 것이 좋습니다. 오늘은 열심히 달리는데도 강한 바람 때문에 체온이 떨어지고 있다는 것을 느낄 수가 있었습니다. 바에 들러 따뜻한 커피를 한잔하며 우의를 벗고 땀을 닦았더니 한결 낫더군요. 마을을 나서면서 십자가를 향해 빌었습니다.

'피스테라까지 어떻게든 갈 수 있게 도와주십시오.'

비가 조금 잦아들 무렵, 어느 마을을 지나다 먹음직한 메뉴 그림으로 장식한 식당을 지나게 되었습니다. 잠시 망설이다 그곳에서 점심 식사를 했습니다. 바깥에서 본 메뉴들은 왠지 저녁 식사용일 거라는 섣부른 판단에 진열된 빵과 밀크커피를 주문했습니다. 그때 종업원이 앞 탁자의 손님에게 국물 요리를 가져다주더군요. '갈리시안 수프(Caldo Gallego)'였습니다. 맛은 알 수 없었으나 따뜻한 국물인 것은 확인했기에 조금의 망설임도 없이 한 그릇 달라고 했습니다. 감자가 들어간 사골 우거짓국 맛이었는데, 스페인에서 먹었던 음식 중에서 최고 맛있었고 추위와 함께 피로마저 녹는 것 같았습니다. 한 그릇 잘 먹고 화장실에서 땀에 젖은 윗옷까지 갈아입으니 서둘러 피스테라에 도착해야 한다는 조바심이 사라지더군요. 느긋하게 생각하며 평소처럼 라이딩을 하면 될 일인데, 조금이라도 늦게 도착하면 무슨 병이라도 날 것처럼 다그쳤던 저 자신이 가엾기도 했습니다. 급할수록 돌아가라!

피스테라와 무시아의 갈림길 앞에 섰습니다. 무시아는 영화에도 소개된 아름다운 바닷가 마을입니다. 물론 무시아까지도 순례길이 연결되어 있고, 피스테라와 무시아 사이에도 순례길이 있어, 한 곳을 먼저 들른 뒤 나중에 다른 곳을 들르면 됩니다. 그리고 피스테라와 무시아에서도 산티아고에서 발급하는 순례 인증서와 비슷한 인증서를 받을 수 있습니다.

커플 한 쌍이 갈림길에서 기념 촬영을 하고 있길래 저도 부탁했습니다. 그들이 저에게 어떤 길을 가야 할지 모르겠다고 하길래 답을 가르쳐 주었습니다. 그럴 때 우리가 흔히 쓰는 방법이었죠. 손바닥 위에 침을 뱉고, 그 침을 다른 손가락으로 쳐서 침이 튀기는 쪽을 선택하는 것입니다. 그 말을 하니 웃더군요. 그들은 처음부터 피스테라행을 결정했더군요. 두 곳 모두 거리는 비슷했습니다.

내륙을 달리다 해안 쪽으로 넘어오는 자그마한 숲속 언덕을 넘었습니다. 바람도 잦아들어 오랜만에 평화로움을 느낄 수 있었습니다. 그때부터 저도 모르게 우리 동요 〈푸른 하늘 은하수〉가 자꾸 흥얼거려졌습니다. 아마 수십 번 부른 것 같습니다. 그러다 동요 가사의 내용이 저와 나그네를 많이 닮았다는 생각이 들었습니다. 그래서 그 노래를 저와 나그네를 위해 개사해 보았습니다. 거칠지만 한번 봐 주십시오.

철인의 자전거 그리고 산티아고

푸른 하늘 은하수 하얀 돛배에
계수나무 한 나무 토끼 한 마리
돛대도 아니 달고 삿대도 없이
가기도 잘도 간다 서쪽 나라로

짙은 구름 거센 바람 카키색 나그네에
뒷짐 가득 실은 자전거 순례객 한 사람
동행도 없고 말 건네는 이 없지만
가기도 잘도 간다 서쪽 나라로

맞습니다. 여태껏 나그네와 저는 서쪽을 향해 달려온 것입니다. '세상의 끝(The End of World)'이 있는 서쪽을 향해 말입니다.

눈앞에 대서양이 펼쳐졌습니다. 그런데 제가 바람을 몰고 다니는지, 아니면 바람이 저만 따라다니는지 모르겠으나 피스테라에 들어가기 위해서는 모진 바람을 한 번 더 이겨 내야 했습니다. 시내에서 거리 '0.000㎞'가 표시된 순례 이정표가 있는 하얀 등대까지는 오르막으로 3㎞가 조금 넘었지만, 전혀 문제가 되질 않았습니다. 왜냐면 이젠 정말 자전거 여행의 끝이기 때문이니까요. 올라가면서 그동안 너무나 고생했던 나그네를 토닥토닥 달래 주었습니다.

'정말 고생 많았다, 나그네야!'

나그네가 정말 고생을 많이 했습니다. 주인을 잘못 만나, 거의 2,500㎞를 달려왔고, 중간에는 뒷바퀴가 깨져 교체하는 아픔까지도 감당해야 했습니다. 그 거리를 달려오면서 펑크 한 번 나지 않았습니다. 정말 대단한 나그네입니다. 반드시 저와 함께 집으로 돌아갈 것입니다.

드디어 '0.000㎞' 이정표 앞에 섰습니다. 이정표에 기대어 앉아 한동안 멍하니 대서양을 바라봤습니다. 만감이 교차했습니다. 스위스 취리히에서 출발해서 30여 일을 달려 이곳, '세상의 끝'에 도착했습니다. 가슴 깊숙이 파고든 외로움과 그리움, 그리고 비바람을 친구 삼아 나그네와 함께 말입니다. 동행이 있었으면 기쁜 나머지 서로 얼싸안기도 했을 텐데, 제 앞에는 무심한 바다만 말없이 흐르고 있었습니다. 하지만 그것만으로도 행복했습니다. 여기까지의 모든 순간이 행복이었습니다.

숙소('Hostel Oceanus Finisterre')에서 씻고 바로 여행안내소에 가서 피스테라 순례 인증서를 발급받았습니다. 제 순례자 여권에 여권 번호(진짜 여권의 번호)가 기재되어 있지 않아, 숙소에 여권을 가지러 갈 뻔했는데 여직원이 기지를 발휘했습니다. 숙소에 전화해서 체크인 때 제시한 여권 정보 중에서 여권 번호를 불러 달라고 하더군요. 몇 번이나 고맙다고 말했습니다. 이번에는 부모님의 인증서는 애써 만들질 않았습니다. 산티아고 인증서 하나면 족하다고 생각한 겁니다.

숙소 근처 식당에서 네그레이라부터 벼르왔던 뽈뽀를 마침내 먹었습니다. 짭조름한 게 맛나더군요. 주인의 추천으로 화이트 와인을 한잔했습니다. 해산물에는 화이트 와인이 어울리죠.

식사 중에 잠시 남은 일정의 숙박 정보를 확인했습니다. 내일

철인의 자전거 그리고 산티아고

은 아직 어디서 머물지 정하지 않았고, 모레는 산티아고 숙소를 예약해 뒀습니다. 그런데 에어비앤비 앱에서 산티아고 숙소를 확인하다 이상한 걸 발견했습니다. 오늘 5월 8일에 이곳 피스테라의 또 다른 숙소가 예약되어 있었습니다. 분명 오늘 숙소는 부킹닷컴에서 예약했거든요. 가만히 보니 오늘 숙소 예약을 처음에는 에어비앤비에서 하고 1~2시간 안에 확정 메시지가 오질 않기에 예약이 안 되는가 보다 생각해서 부킹닷컴으로 다시 예약했던 겁니다. 그런데 그 이후에 에어비앤비에서 예약 신청한 알베르게에서 예약 확정을 하여 이중 예약이 되어 버린 겁니다. 처음엔 10€쯤 되는 알베르게 숙박비를 날린 셈 친다고 생각하다가 혹시나 하는 마음으로 에어비앤비를 통해 예약한 알베르게('Albergue de Sonia Buen Camino')를 찾아갔습니다. 사정을 얘기하니 오늘 예약을 내일로 미루어 준다고 해서 정말 고마웠습니다. 덕분에 미정이었던 내일 일정이 피스테라에서 하루 더 묵는 것으로 확정되었습니다. 그래서 모레 아침에 산티아고로 출발하는 버스표도 바로 구매해 버렸습니다.

　저녁 시간이 되니, 체크인할 때 있었던 친절한 아주머니 대신에 축구 월드 스타 메시를 닮은 아저씨가 프런트를 담당하고 계셨는데 프런트 앞 탁자에서 글을 쓰고 있으니 과자도 주시고 자기 핸드폰에 있는 사진 두 장도 이메일로 보내 주었습니다. 답례로 슈퍼 문 닫기 전에 부리나케 사 온 것 중에서 오렌지 하나를 선물로 드렸습니다. 오는 게 있으면 가는 게 있어야, 인지상정 아니겠습니까? 메시 아저씨는 피스테라 앞바다에서 건져 올린 조개껍데기까지 선물로 주고 갔습니다. 나그네가 참 멋진 자전거라고 칭찬도 해주시고 말입니다. 저는 아저씨께 인상적인 모습을 보인 적이 없는데도 그런 대접을 해주시더군요. 그라시아스!

　서두에서도 말씀드린 것처럼 한 달이 넘게 나그네와 함께 달려온 시간이 꿈만 같습니다. 그 어려운(?) 걸 제가 해냈습니다. 오늘 어버이날인데 여러분 모두 각별한 효도를 하셨는지요. 저는 어머니께 편지 한 통 쓰려다가 마음을 접었습니다. 편지 몇 장으로 대신하기엔 너무나 크신 분입니다. 생각이 정리되는 대로 제 마음을 적을 생각입니다. 우리 윤 여사님, 지금 주무시고 계시겠네요. 아주 쪼끔 보고 싶습니다.

　　　여보! 그동안 신랑이 숙소에 도착하기 전까지 잠도 못
　　　자고 기다리느라 애 많이 썼소. 이젠 푹 자구려.
　　　여기까지 올 수 있었던 건, 많은 분의 응원과 격려
　　　덕분이었소. 그중에 당신과 우리 애들의 힘찬 응원
　　　소리도 분명 한몫을 했소. 사랑하오.
　　　아들, 딸! 세상의 끝이란 게 별건 아니지만, 이곳을
　　　목표로 달려왔고, 이곳에 무사히 도착할 수 있어서
　　　아빠는 기쁘단다. 그동안 너희들도 바쁠 텐데 아빠에게
　　　힘이 되어 줘서 고맙구나. 너희들이란 존재 자체가
　　　어버이날 선물이 맞다. 사랑한다.

# 5월 9일(목):
## 순례길 13일 차 - 그리고 무시아

(피스테라 - 무시아 - 피스테라)

알베르게 식당 탁자에 앉아 오늘 하루를 마무리합니다. 숙소에서 1€짜리 산미구엘(여기에선 '산미겔'이라 합니다) 캔 맥주 한 모금 하면서 말입니다. 온종일 이곳 피스테라에 비가 내렸습니다. 어제 도착했을 때처럼 햇살이 내리쬐었으면 좋았을 텐데 말이죠. 비 오는 날에 저는 뭘 했을까요? 무시아에 다녀왔습니다. 이젠 쉬게 하겠노라고 한, 나그네와 함께 말이죠. 자랑스럽게도(?) 순례 인증서가 13일의 순례길 동안 석 장이 되어 버렸습니다. 마지막 한 장의 인증서를 손에 쥐기 위해 출혈이 있었습니다.

아침에 바닷가에 잠시 나가봤습니다. 한가로운 아침이었습니다. 여느 때처럼 짐을 챙겨 떠날 필요가 없었기 때문이죠. 다른 순례객들 역시 느긋하기 그지없었습니다. 자신들의 순례길을 이곳 피스테라에서 마무리하고, 여기서 또 다른 여행을 시작하거나 그리운 집으로 돌아가겠죠.

흐린 날의 바닷가 풍경도 아름다웠습니다. 반드시 맑은 날을 고집할 필요는 없습니다. 바다를 포함한, 모든 자연은 다양한 모습으로 우리에게 다가옵니다. 그중 하나의 풍경만 콕 집어 좋아할 생각은 추호도 없습니다. 말 그대로 자연스럽게 대하면 됩니다. 누군가는 일출을 보기도 하고, 또 누군가는 비 오는 해변을 더 좋아하기도 합니다. 피스테라는 크지 않은 마을입니다. 여느 어촌의 풍경과 닮기도 했지만 한 시간도 채 되지 않은 시간 동안 전혀 다른 분위기도 연출하며 많은 모습을 보여 주었습니다.

바닷가를 거닐면서 오늘 무얼 할까 잠시 고민해 봤습니다. 그 안에는 무시아에 대한 미련도 포함되어 있었습니다. 피스테라만큼이나 무시아에 대해 잘 모릅니다. 여행을 준비하면서 접한 바로는 순례길을 산티아고에서 마무리 지었다고 하더라도, 관광 삼아 피스테라와 무시아는 둘러본다고 했습니다. 산티아고에서 출발하는 관광 프로그램도 있었습니다. 산티아고까지도 힘든데 굳이 피스테라나 무시아까지 고된 걸음걸이를 이어 가고 싶지 않은 이에게는 편안한 버스를 타고 이동하면서 그곳의 풍경을 즐기는 것 또한 좋은 계획이라고 생각합니다.

숙소에 돌아와 무시아로 떠날 채비를 곧장 했습니다. 어차피 오늘은 비가 예보되어 있어, 피스테라에 있어도 별로 할 일이 없었습니다. 오늘 묵을 알베르게에 들러 무시아행 라이딩에 꼭 필요한 짐만 챙기고 나머지는 보관을 부탁했습니다. 우의, 여벌의 상의, 휴대용 배터리 그리고 간식 등을 챙겼습니다. 무시아까지는 30㎞ 정도라서 나머지는 필요 없었습니다. 무시아에서 피스

철인의 자전거 그리고 산티아고

테라로의 복귀는 버스를 이용하기로 하고, 알베르게 주인에게서 버스 시간을 확인했습니다. 무시아에서 피스테라로 바로 오는 버스는 없더군요. 씨(Cee)라는 마을을 거쳐야 했습니다.

나그네는 무시아 우체국에서 포장해서 바르셀로나 우체국으로 보낼 계획을 세웠습니다. 지난번에 말씀드린 것 같은데, 유럽에서는 우체국에서 다른 우체국으로 우편이나 소포를 보낼 수 있습니다. 최소한 제가 경험한 스위스, 프랑스, 그리고 스페인에서는 자기 나라 내에서 그게 가능합니다(나중에 말씀드리려 했는데 프랑스 생장에서 스페인 바로셀로나로 보낸 소포는 수신이 거부되어 집으로 반송 처리되었습니다. 정확한 이유는 알 수 없으나 다른 나라 우체국으로 보낼 때는 반드시 확인을 해야 하고, 만약을 대비해서 보험을 들어두는 것이 현명할 것 같습니다). 우리 우체국도 그런 서비스가 제공되면 좋을 것 같습니다. 확인한 바로는 도착한 우편물이나 소포는 2주간 우체국에 보관된다고 합니다. 그 이후의 처리는 조금 불분명하여 다시 한번 확인해 봐야겠습니다. 생장에서 확인했을 때는 2주 보관 후에 반송지로 보낸다고 했거든요. 저는 생장에서 짐을 보낼 때 바르셀로나 우체국과 우리 집 주소를 기재했습니다. 생장 우체국 직원 말이 맞는다면, 바르셀로나 우체국에 도착한 짐을 2주 동안 찾지 않으면, 집으로 짐이 보내지게 됩니다. 다시 확인해 봐야 할 것 같습니다.

오늘은 핸들바용 가방, 리어랙 우측 가방 그리고 배낭만 챙겼습니다. 이전과 비교했을 때 스프라켓 두 장 정도는 여유가 느껴지더군요. 평소에는 뒤쪽 기어를 1단으로 두고 갔다면, 오늘은 똑같은 조건에서 3단으로 가도 되더라는 말입니다. 그만큼 자전거는 무게가 중요합니다.

어제 머문 숙소 근처에 우체국이 있어 잠시 들렀습니다. 오늘 무시아까지 자전거를 타고 가서 그곳에서 자전거를 바르셀로나로 보낼 계획이라고 했습니다. 당연히 그렇게 처리할 수 있다고 했습니다. 그런데 날씨가 별로라서 무시아로 가는 게 조금은 망설여진다고 하니, 무시아는 무척 아름다운 마을이며, 비가 와도 별로 춥지 않을 것 같으니 한번 가 보는 게 나을 것 같다고 하더군요. 그 말에 무시아행 결심을 더 굳히게 되었습니다. 그리고 짐을 보관하기 위해 오늘 묵을 알베르게에 왔을 때 계단에서 나그네를 함께 옮겨 준 에릭손도 무시아는 꼭 한번 들를 만한 곳이라고 했습니다. 그런데 그때도 비는 계속 내리고 있었습니다. 에릭손과 이야기하면서 비가 좀 수그러들기를 기다렸습니다. 어제도 오전에는 비가 내리다 정오 무렵부터 해가 나오기 시작했다고 하더군요. 다들 저의 무시아행을 엄청 부추겼습니다.

11시경에 무시아로 향했습니다. 비는 여태껏 몇 번 맞아 봤기 때문에 크게 걱정이 되질 않았고, 거리도 30㎞ 정도라서 두 시간 정도면 충분히 도착할 것 같았습니다. 그런데 출발한 지 얼마 되지 않아 비가 거세지기 시작했습니다. 재킷과 바지를 벗고 우의로 바꿔 입었습니다. 비 오는 날이라 그런지 순례객이 거의 없었는데 가끔 볼 때마다 무척 반가웠습니다. 피스테라에 도착한 순

철인의 자전거 그리고 산티아고

례객 중에 일부만 무시아로 향하는 것 같았습니다.

무시아에서 순례 인증서를 받기 위해서는 피스테라와 무시아 중간쯤에 있는 'Santo Estevo de Lires(이하 리레스)'라는 마을에 들러서, 그곳의 스탬프를 순례자 여권에 찍어야 한다고 합니다. 그래서 저도 먼저 리레스에 들렀습니다. 참고한 정보대로, 스탬프만 순례객을 기다리고 있더군요. 순례객이 직접 스탬프를 찍는 곳이었습니다. 이런 정보를 공유해주시는 분이 없었다면 아마 그곳을 그냥 지나쳤을 겁니다. 참 고맙습니다.

비는 그칠 줄을 몰랐습니다. 지금까지의 우중 라이딩 때는 간혹 소강상태도 보여 왔는데 오늘은 줄기차게 내리더군요. 출발할 때부터 무시아행 순례길 이정표를 봤었는데 비 때문에 찍질 못하다가 한 장 찍었습니다. '나중에 찍자'라는 생각으로 달리다 보면 결국에는 못 찍는다는 것을 그동안의 경험으로 알게 된 거죠. 다른 순례길 이정표와는 달리 남은 거리는 표시되지 않고 그냥 목적지인 무시아만 적혀 있었습니다.

이후에는 사진이 거의 없습니다. 아름다운 경치를 담은 무시아 사진은 단 한 장도 없습니다. 비가 저에게 사진 촬영을 용납하지 않더군요. 무시아까지 가서 사진 한 장 건지지 못한 이는 아마 제가 유일하지 않나 생각됩니다. 설상가상으로 흙길도 만났습니다. 나그네로서는 비에 젖은 흙길은 처음이었습니다. 산티아고까지는 다양한 경로를 파악해 놓고 달렸기 때문에 여차하면 아스팔트 도로로 우회했지만, 무시아행은 전적으로 내비게이션에 의지할 수밖에 없었습니다. 기가 차게도 나중에는 오르막 18% 구간도 나오더군요. 그나마 짧아서 다행이었습니다. 이전처럼 짐을 모두 싣고 갔다면 나그네와 함께 걸을 수밖에 없는 길이었습니다.

무시아까지 4㎞ 정도 남겨 둔 곳에서 순례객 한 사람을 만났습니다. 리레스 이후에 만난 두 번째 순례객이었습니다. 반갑게도 우리나라 청년이더군요. 비가 억수같이 내리는 길을 묵묵히 걸어온 것이 대단했습니다. 사실 거기까지 가면서 무섭기도 했습니다. 무슨 사고라도 나면 누구 하나 도와줄 수 없는 아주 외진 곳을 지날 때마다 두려웠습니다. 저는 나그네를 타고 가기 때문에 여차하면 쏜살같이 내뺄 수도 있지만, 도보 순례자는 그럴 수가 없습니다. 그저 여태 걸어왔던 대로 걸어갈 수밖에 없는 거지요. 아마 그 청년도 무서웠을 겁니다. 그동안의 순례길에서 담력이 제법 커졌다고 하더라도 말입니다. 서로 조심히 가라는 말로 인사를 하곤 헤어졌습니다.

무시아 해변에 들어서자 비는 기세를 더했고, 그동안 잠잠했던 바람까지 합세하더군요. 우의가 없었다면 도저히 버틸 수 없을 정도였습니다. 무시아 중심지로 들어가기에 전에 인증서를 발급해 주는 곳을 인터넷에서 찾았습니다. 휴대폰 배터리마저 간당간당해서 충전도 해야 했습니다. 그때 충전 부위에 물이 약간 스며든 것 같습니다. 나중에 충전하려니 물기가 있다면서 충분히 말린 후에 충전하라는 메시지를 보이더군요.

철인의 자전거 그리고 산티아고

날씨 탓에 마음은 조급한데 검색 결과마저 마땅치 않았습니다. 다들 날씨 좋은 날에 무시아를 방문하였는지 아름다운 풍경 사진만 가득 차 있고 제가 찾는 정보는 쉽사리 찾기 어려웠습니다. 안 되겠다 싶어 무작정 중심지로 이동했습니다. 제일 먼저 눈에 띄는 알베르게에 들렀습니다. 우선 비부터 피해야 했으니까요. 동네 소로에 빗물이 흐를 정도로 비가 쏟아지고 있었습니다. 자기 알베르게에 묵으면 인증서를 발급해 주고, 그렇지 않으면 순타(Xunta) 알베르게로 가라고 하더군요. 내비게이션으로 확인해 보니 850m 정도 떨어진 곳에 있더군요. 강한 바람을 동반한 비 때문에 휴대폰 거치대 안의 화면도 잘 보이지 않았습니다.

조금 헤매다가 순타 알베르게에 도착했습니다. 먼저 비를 피할 수 있는 곳에 나그네를 쉬게 한 후, 리셉션에 가서 순례 증명서를 발급해 주는지 물었습니다. 순례자 여권을 보여 주면 발급해 준다고 하더군요. 인증서를 받기 전에 정신을 좀 차려야 했습니다. 우의 안의 옷도 땀으로 젖어 빨리 다른 옷으로 바꿔 입어야 했죠. 정말 난리, 난리 그런 난리가 없었습니다. '무시아'가 아니라 정말 '무시라'였습니다('무시라'는 경상도 사투리로 보통 혼자서 하는 푸념 소리입니다). '무시라'란 소리가 절로 나오더군요.

우의와 옷을 정리하고 조금 쉰 뒤 순례 증명서를 발급받았습니다. 그때 피스테라 복귀에 대해 문의했는데 버스를 추천하더군요. 그런데 그때 상황으로는 도저히 버스를 탈 엄두가 나질 않았습니다. 게다가 알베르게에 도착해서 휴대폰 충전을 하려 했는데 조금 전에 말씀드린 것처럼 충전이 되지 않았습니다. 혹시라도 핸드폰이 고장이라도 난 것이라면 문제가 복잡해지는 상황이었습니다. 다행히 리셉션의 아저씨가 친절하셨습니다. 휴대폰을 말리려고 헤어드라이어를 찾으니 없다고 하면서 온열 스팀 판에 직접 올려주기까지 했습니다.

지금 상태로는 도저히 버스를 타고 갈 수 없을 것 같으니 택시를 좀 불러 달라고 했습니다. 비 오는 날은 우리나 이곳이나 마찬가지로 택시 잡기가 쉽지 않더군요. 몇 군데에 계속 전화를 하더니 결국 택시 한 대를 잡았습니다. 택시비가 훨씬 비싸니 버스를 타고 가는 게 어떻겠냐고 계속 권유했지만, 나중에는 자기가 생각해 봐도 그럴 상황이 아니라고 판단했던 것 같았습니다. 택시를 기다리면서 아저씨와 이런저런 이야기를 주고받았습니다. 오늘은 투숙객이 4명밖에 되지 않는다고 하더군요. 당연히 악천후를 뚫고 오는 이가 많을 리 없죠. 그사이에 다행히 휴대폰 충전이 되기 시작했습니다.

택시를 호출할 때 자전거를 싣고 갈 거라고 했더니 뒤에 운반용 트레일러를 매단 택시가 왔습니다. 차는 우리나라 '카렌스'였습니다. 트레일러에 나그네를 싣고, 리셉션 아저씨와 기념사진을 찍었습니다. 정말 고마웠다는 말을 건네면서 말입니다. 아저씨와 찍은 사진과 나그네를 실은 트레일러 사진이 무시아에서 찍은 유일한 사진입니다. 비가 와서 못 찍고, 휴대폰 충전이 되지 않아 못 찍었습니다. 설사 찍을 수 있었다고 하더라도 찍을 것이

철인의 자전거 그리고 산티아고

없었습니다.

택시 안에서 기사 아저씨와 몇 마디 주고받았습니다. 카렌스가 괜찮은 차라는 것과 스페인에서 자전거 타는 사람이 헬멧을 쓰지 않으면 벌금 200€를 내야 한다는 것이 주 골자였습니다. 며칠 전에 길에 있던 경찰들을 봤는데 저는 그냥 과속 차량을 단속하는 줄로만 알았는데 헬멧을 쓰지 않은 이도 단속한 모양입니다. 순례자라고 해서 봐주지 않는다고 하더군요. 택시비는 30€였습니다. 50€라고 한들 택시를 타지 않았겠습니까.

알베르게에 도착해서 무시아로 떠나기 전에 잠시 이야기를 나눈 에릭손과 같은 방을 쓰게 되었습니다. 저녁이나 같이 먹자고 하니, 스웨덴에서 요리사로 일한다면서 고생한 저를 위해 요리를 해 주겠다고 했습니다. 샤워를 하고 식당에 내려가니 식사 준비가 거의 다 되어있었습니다. 걸쭉한 수프였는데 아주 맛있어서 두 그릇이나 먹었습니다. 에릭손의 요리 솜씨가 일품이었습니다. 덕분에 함께 식사하면서, 오늘 다이내믹했던 시간은 무용담으로 바뀌어 갔습니다. 내일 아침에 버스로 산티아고에 갑니다. 산티아고에 가서 소식 전해 드리겠습니다. 좋은 날 되시길….

> 여보! 오늘 날씨가 최악이었소. 그래도 지나고 나니 좋은 경험이었던 것 같소. 이젠 정말로 나그네는 쉬게 할 거요. 사랑하오.
> 아들, 딸! 오늘 마지막으로 자전거를 탔다. 아마 당분간은 못 탈 것 같네. 잘 자라. 사랑한다.

## 5월 10일(금):

## 산티아고 복귀 그리고 다시 길을…

(피스테라 – 무시아 – 산티아고)

산티아고로 복귀하는 날이 밝았습니다. 하지만 여전히 흐리고 간간이 비가 내렸습니다. 같은 숙소에 머문 여성 순례객 한 분이 무시아로 떠날 채비를 하고 있었습니다. 어제는 도저히 떠날 엄두가 나지 않아 오늘 간다고 하더군요. 짐을 정리한 후 식당으로 내려가, 어제 에릭손이 끓여 놓은 수프를 데워서 또 두 그릇을 먹었습니다. 몸이 따뜻해지고 속도 든든해져 좋았습니다. 숙소를 떠날 때는 에릭손이 자고 있어서 작별 인사를 하질 못했습니다. 저보다 한 살 아래의 독신인데 어제저녁에 이야기해 보니, 순례길에 대한 자신만의 뚜렷한 철학을 가지고 있더군요. 외로웠던 저의 여행에 대해서는 그만큼 저 자신이 강해졌을 것이라고 했습니다. 실제로 강해졌는지는 모르겠습니다만….

숙소에서 출발하기 전에 나그네의 뒷바퀴에 바람을 넣었습니다. 바람이 빠진 상태를 봐선, 펑크가 난 것이 확실한데 그 부위가 작으면 500m 거리의 정류장까지는 갈 수 있을 것으로 판단했

철인의 자전거 그리고 산티아고

기 때문입니다. 평소보다 바람을 좀 적게 넣었어야 했는데 펌프질을 몇 번만 더 하자는 욕심을 낸 순간, '뻥!' 하는 소리와 함께 타이어의 바람이 완전히 빠져 버렸습니다. 엄청나게 놀랐습니다. 그것으로 뒷바퀴의 튜브는 완전히 망가져 버렸습니다.

뒷바퀴 바람이 전혀 없는 상태로 나그네를 질질 끌고 갔습니다. 어제 무시아에 도착한 후 순타 알베르게로 갈 때부터 뒤쪽 타이어에 바람이 별로 없는 것을 느꼈지만, 그 당시는 강한 바람과 함께 비가 억수같이 내리고 있어서 나그네를 멈춰 세워 이상 유무를 확인할 수 있는 상황이 되지 못했습니다. 무시아까지는 괜한 과욕을 부린 것 같아 나그네한테 미안했습니다.

9시에 출발하는 버스를 타기 위해 8시 반쯤에 정류장에 도착했습니다. 버스가 한 대 서 있길래 주변 분에게 어디 가는 차냐고 물으니 산티아고행이라고 하더군요. 저는 9시 버스를 예약해 두었기 때문에 그 차를 보냈습니다. 버스에 나그네를 싣기 위해 앞바퀴 분리 등 사전 준비 작업도 필요했으니까요. 그런데 버스가 9시 30분이 지나도 오지 않았습니다. 정류장에 도착한 지 한 시간이 넘었는데 말이죠. 처음에는 정류장에 도착하는 순서대로 줄을 서는 것 같더니, 어느 순간부터는 뒤에 온 이들이 제 앞에 서기도 해서 '이게 무슨 시추에이션인가?'라는 생각이 들었습니다. 그렇게 되면 배낭만 짐칸에 실으면 되는 이들보다 훨씬 불리한 상황을 맞게 됩니다. 저는 나그네와 가방 세 개도 실어야 하니까요.

마음속으로 준비를 단단히 하고 있으니 예약한 버스가 도착했습니다. 그런데 알고 보니 제가 탈 버스는 예약한 사람들만 타는 버스였습니다. 어떤 버스는 줄 서서 그냥 현금 내고 타면 되고, 어떤 버스는 사전 예약자만 탑승 가능하니 대체 종잡을 수가 없더군요. 나그네와 가방들을 짐칸에 싣고 버스에 올랐습니다. 기사는 늦게 도착해서 미안하다고 했지만, 저는 무사히 탄 것만 해도 감지덕지라 생각했습니다.

그런데 말입니다. 차 노선이 좀 수상했습니다. 저는 피스테라에서 바로 산티아고로 갈 줄 알았는데, 무시아를 거쳐서 간다고 하더군요(피스테라에서 무시아행은 역방향입니다). 어제 모진 비바람 때문에 그곳에 갔어도 사진 한 장 건지지 못했던 바로 그곳, 무시아 말입니다. 버스 탑승권을 확인해 보니 진짜로 '피스테라 - 무시아 - 산티아고'행이라고 되어있었습니다. '횡재했구나!'라는 생각에 얼굴에 미소가 그려졌습니다.

일반 노선버스가 아닌지, 무시아의 한 관광지에 차를 세워 주더군요. 대략 20여 분을 그곳에서 머물렀습니다. 날씨는 비가 오고 흐렸지만, 사진은 충분히 찍을 수 있는 날씨였습니다. 덕분에 어제 찍지 못했던 무시아 사진 몇 장을 건졌습니다. 그 장소는 천주교 성당(Nuestra Senora de la Barca)과 등대(Ounta da Barca)가 있는 곳이었습니다.

오랜만에 버스를 타니 노곤해서 잠시 졸기도 했습니다. 스페인 배가 못생겨도 맛있다고 해서 두 알을 사 뒀는데, 그중 한 알을 칼로 깎아 먹는 여유도 누렸습니다. 정오 무렵에 산티아고에 도착했습니다. 외곽의 버스터미널로 곧장 갈 줄 알았는데, 중심지에서 차를 세워 주더군요. 짐들을 싣고 곧장 나그네를 포장하러 갔습니다. 거리가 단축된 덕분에 뒷바퀴를 질질 끌고 가야 하는 수고를 조금 덜 수 있었습니다. 막판에는 뒷바퀴 타이어까지 벗겨지려고 하더군요.

　우체국에서 나그네를 직접 포장할 것인가, 아니면 자전거 포장 전문점에 가서 맡길 것인가에 대해 잠시 고민했습니다만 그냥 전문점에 맡기기로 마음을 굳혔습니다. 여태껏 고생한 나그네를 위한 배려였습니다.

　자전거 포장 전문점('www.elvelocipedo.com', 물론 자전거 판매와 수리도 하는 곳입니다)은 여행 준비를 하면서 알게 되었는데, 소개대로 정말 꼼꼼하게 나그네를 포장해 주었습니다. 자전거 상자도 대한항공 규정에 맞는 크기(가로, 세로, 높이의 합이 277cm 이하)였습니다. 펑크 난 튜브도 교체해 달라며 가지고 있던 여분의 튜브를 주니, 공임 1€만 추가하더군요. 나그네 포장비 21€, 튜브 교체비 1€ 해서 22€를 지급했습니다.

　포장 상자에 나그네를 넣은 후, 화물 제한 중량인 24kg에 거의 육박할 때까지 페니어 가방 두 개와 자전거 용품들을 사이사이에 끼워 넣었습니다. 우체국까지는 택시로 이동했습니다. 포장 상자를 들고 가 볼까도 생각했지만, 택시비가 대략 11€ 된다는 말에 그냥 택시를 불러 달라고 했습니다. 11€ 아낀다고, 크고 무거운 포장 상자와 랙팩을 들고 거리를 활보할 수가 없었습니다.

택시는 우체국까지 제법 좁은 골목길도 지나갔는데, 그때 재미난 광경을 목격했습니다. 택시 기사가 골목 앞의 센서에 카드를 대니 골목 진입로에 서 있던 진입 방지 봉이 밑으로 내려가더군요. 택시 기사의 말에 따르면 그 카드는 경찰이나 운전기사만 가지고 있다고 합니다. 일반 차량까지 좁은 골목길을 활보하게 되면 정말 엉망진창이 될 것 같았습니다. 괜찮고 흥미로운 시스템이었습니다.

자전거 포장을 했으니, 우체국에 가져가서 부치기만 하면 되는 줄 알았습니다. 그런데 자전거 운송을 위해서는 반드시 우체국 규격 포장 상자에 넣어야 한다고 했습니다. 자전거점에서 포장해 간 상자에서 나그네를 들어내 우체국용 포장 상자로 옮겨 실어야 하는 상황을 맞이했던 거죠. 그런데 다행스럽게도 포장된 상태로 우체국 포장 상자에 넣을 수 있었습니다.

여직원이 나그네의 앞, 뒤 방향을 물었습니다. 따로 표시해놓지 못한 터라 포장 상자 윗부분의 테이프를 칼로 자른 후 방향을 확인했습니다. 이유를 물으니, 자전거 뒷바퀴가 아래로 가게 세워서 운송하지 않으면 자전거에 손상이 갈 수 있다고 하더군요. 이런 세심함은 우리도 좀 배워야 할 부분인 것 같습니다.

나그네 운송비 45€를 계산하고 우체국을 나섰습니다. 배낭을 메고 한 손에는 랙팩을 들고 숙소로 향했죠. 그러다 다시 우체국

철인의 자전거 그리고 산티아고

으로 쏜살같이 달려갔습니다. 본래 계획은 나그네를 먼저 포장해서 보내고, 나머지 필요 없는 짐들은 숙소에서 정리한 후 다시 우체국에 들러 따로 보낼 생각이었습니다. 그렇게 되면 별도의 운송료(소포비)를 부담하게 되는 거죠.

그런데 가만히 생각해 보니 가지고 간 포장 상자를 우체국 포장 상자에 넣어도 적지 않은 공간이 있어, 그 공간에 필요 없는 짐들을 넣으면 되겠다 싶었습니다. 포장 상자를 테이핑하려는 여직원에게 양해를 구하고 랙팩을 열어 부리나케 필요 없다고 생각되는 짐들을 두 포장 상자 사이의 빈틈에 넣었습니다. 침낭은 주머니째로 넣을 수가 없어 펼친 뒤, 가지고 있던 큰 비닐에 넣은 후 빈틈에 끼워 넣었습니다. 그것으로써 추가 운송 비용을 부담하지 않아도 되었습니다.

여기서 두 가지 정도 참고할 내용이 있는 것 같습니다. 첫째, 만약 나그네를 바로 우체국으로 가져와서 우체국 포장 상자에 넣었다면 공항에서 나그네를 부칠 때 아마 큰 애로를 겪게 되었을 겁니다. 우체국 포장 상자는 위탁 화물의 제한 크기를 초과하기 때문에 크기를 맞추기 위해 칼이나 가위로 포장 상자 일부분을 잘라내야 하는 번거로움을 맛보아야 했을 겁니다. 둘째는 우체국에서 자전거를 보낼 때는 따로 중량을 확인하지 않습니다. 따라서 자전거 외에 당장 사용할 물건이 아닌 것들은 포장 상자에 넣으면 됩니다. 다음은 참고 사항인데 직원의 말로는 일단 배달된 짐들은 도착 후 15일까지 무료 보관되고, 이후에는 1일에 1€

씩 보관료가 부과된다고 했습니다.

이번에도 숙소를 단번에 찾지 못해서 친절한 주변 분들의 도움을 받아야 했습니다. 오후 2시가 넘어서 숙소에 도착했는데, 샤워는 둘째치고 요기부터 해야 했습니다. 여주인에게 점심을 먹을 만한 곳을 물어보니 옆 식당을 소개해 주었습니다. 이곳 갈리시안 전통 요리를 하는 곳이라 해서 잔뜩 기대하고 갔는데 의외로 소박한 곳이더군요. 가격은 저렴하지 않았습니다. 갈리시안 샌드위치와 맥주 한 잔을 시켰는데 각각 7€와 2.2€를 받더군요. 갈리시안 샌드위치는 참치 샌드위치였고, 생맥주는 그냥 그런 맥주였습니다. 허기는 면했지만 뭔가 바가지를 썼다는 기분을 떨칠 수는 없었습니다.

숙소에 돌아와 코앞에 있는 산티아고 대성당을 가기 위해 곧장 나왔습니다. 가다 보니 나그네와 함께 처음 대성당을 찾던 길이더군요. 그래서 그날처럼 대성당의 뒷모습부터 보면서 걸어갔습니다. 산티아고에 도착했을 때 내렸던 비는 그새 멈추고 흐리기만 했습니다. 역시 관광객이 많았고, 그사이에 이제 막 도착한 듯한 순례객들의 모습이 보였습니다.

4€를 내고 박물관 구경도 잠시 했습니다. 대성당은 10세기경부터 짓기 시작했다고 합니다. 내부 구조는 튼튼해 보였고, 조각상들은 섬세했습니다. 대성당을 지을 시기가 스페인이 세계 패권을 잡고 있을 때가 아닌가, 하는 생각이 들더군요. 이 정도 규모

철인의 자전거 그리고 산티아고

와 내·외부의 화려한 장식을 갖추려면 엄청난 인력과 돈이 소요되었을 것이라는 생각에서 비롯된 겁니다. 스페인, 우습게 볼 나라가 아닙니다.

박물관 구경을 마치고, 우리나라 라면을 판다는 아시안 마켓으로 향했습니다. 점심 식사비를 고려했을 때, 산티아고의 물가가 다른 곳보다 비싸다는 판단하에 굳이 저녁 식사까지 외식할 필요가 없었기 때문입니다. 물론 맛있는 음식을 배불리 먹으면 좋기야 하겠지만, 혼자 먹는 음식은 언제나 그 한계가 있었기에 그냥 배만 채우고자 했습니다.

걸어가고 있는데 거리가 왠지 낯익어 보였습니다. 처음 산티아고 대성당을 둘러보고 네그레이라로 떠나기 전에 점심 식사를 위해 중국식당을 찾아 헤매던, 바로 그 골목이었습니다. 그때 찾아온 곳이 정작 중국식당이 아니라 일본식당이어서 1㎞ 정도 떨어진 곳에 있는 중국식당에서 식사를 했었죠.

불과 1시간 전에 먹었던 점심 식사가 부실해서 그 일본식당에 들어갔습니다. 먹고 싶었던 우육면을 주문하곤 금방 한 그릇 다 비웠습니다. 처음 이 식당을 찾았을 때도 우육면을 먹을 수 있었다는 사실을 알고 나니 좀 씁쓸해지더군요. 식사를 마친 뒤에 아시안 마켓 대신에, 근처 슈퍼에서 과일과 빵을 사서 오늘 저녁과 내일 아침 식사를 때우기로 했습니다. 라면 하나 먹겠다고 왕복 2㎞를 걸을 엄두가 나질 않았습니다.

숙소로 돌아와 샤워를 한 후 이번 자전거 여행 마무리를 어떻게 하면 좋을지, 잠시 생각해 봤습니다. 배낭에 슈퍼에서 산 캔 맥주 두 개와 올리브 한 봉지를 넣고 다시 산티아고 대성당 광장에 갔습니다. 아무래도 그곳에서 여행을 마무리하는 게 맞는다는 생각이 들었습니다. 대성당 맞은편 벽에 기대어 앉아 맥주 한잔하며 대성당을 멍하니 바라보는 것만으로도 제 의도에 부합될 것 같았습니다.

 다시 찾은 대성당 광장에 햇살이 비치고 있었습니다. 사진 찍기도 좋았습니다. 대성당을 배경으로 셀카를 찍고 있는데 누군가가 사진을 찍어 주겠노라고 하더군요. 고맙다면서 휴대폰을 맡겼습니다. 그러곤 그 친구에게 캔 맥주 하나를 건네며 함께 마셨습니다. 가끔 성당을 봐 가면서, 한동안 그 친구와 유쾌하고 의미 있는 이야기를 나누었습니다. 프랑스 친구인데 2월 27일 오를레앙에서 걸어왔다고 하더군요(거기서 예까지 거리가 얼만데!). 그는 바지 허리춤을 보여 주면서 10kg은 족히 빠진 것 같다고 했습니다. 순례길에선 일부러 스탬프를 찍지 않았으며, 순례자 여권 자체도 아예 없다고 했습니다. 순례길의 모든 장면은 자기 머릿속에 간직하고 있기에 굳이 스탬프를 찍고, 순례 인증서를 받을 필요가 없었다고 하더군요. 진지한 말들을 재미나게 이야기하는 친구였습니다. 4일째 대성당 광장에서 그렇게 죽치고 앉아서 광장 사람들을 구경했다고 하더군요.

 둘이서 이야기하는 동안 많은 광경을 보았습니다. 순례길 마지

철인의 자전거 그리고 산티아고

막을 이곳 대성당 광장에서 마무리하면서 약식 결혼식을 하는 부부도 있었습니다. 대성당을 배경으로 키스 장면을 남기는 연인도 있었고, 무리 지어 큰 소리로 순례길을 마감하는 이들도 있었습니다. 제각각의 이유와 제각각의 포즈와 제각각의 표정으로 사진을 찍고 있었습니다. 그 모습들을 물끄러미 보면서, 그리고 옆에 앉아있는 프랑스 친구와 이야기를 하면서 그렇게 저의 이번 여행을 마무리 지었습니다. 굳이 나서서 사진을 더 찍을 필요나 이유도 없었고, 그저 그렇게 앉아있는 것만으로도 충분한 마무리가 되었습니다.

내일 아침에 비행기로 이곳 산티아고를 떠납니다. 다시 올 수 있을는지, 오게 된다면 그때가 언제일지는 모르겠습니다만 만약 다시 이곳에 오게 된다면, 그때는 사랑하는 이와 함께 걸어서 오고 싶습니다. 그날이 오리라 믿습니다.

그동안 제 얘길 들어 주시고 함께해 주셔서 감사했습니다. 순례길을 포함한 이번 자전거 여행 이야기는 아쉽지만 이쯤에서 마무리를 짓겠습니다. 행복한 주말 맞으시길….

> 여보! 오고 있소? 바르셀로나에서 그대를 기다리고
> 있겠소. 입국장에서 그대를 원 없이 안아줄 거요.
> 사랑하오.
> 아들, 딸! 엄마 만나서 재미있게 놀다 갈게. 사랑한다.

# 에필로그

저의 자전거 여행은 이렇게 산티아고에서 끝을 맺습니다.

5월 11일 토요일, 다시 오리라는 작은 희망을 품고, 산티아고를 떠나 아내와 함께 새로운 여행을 시작하기 위해 바르셀로나에 도착했습니다. 숙소에서 잠시 쉬다 반갑고 긴장된 마음으로 바르셀로나 엘프라트(El Prat) 공항으로 향했습니다.

아내의 비행기가 도착하기 30여 분 전부터 입국장 게이트 정면에 자리를 잡고 그저 멍하니 입국장을 빠져나오는 사람들을 바라보았습니다. 4월 4일 집을 떠나, 한 달 하고도 8일 만에 아내를 만난다고 생각하니 만감이 교차하더군요. 만나게 되면 서로 어떤 반응을 보일까 궁금했습니다. 절대로 약한 모습은 보이지 말고, 웃으며 맞이하자고 마음먹었습니다. 아내의 바르셀로나 입성을 환영하는 이벤트도 하고 싶었는데 마땅히 할 만한 게 없었습니다. A4 용지에 아내 이름이라도 적어서 들고 있을까도 생각해봤지만, 종이 한 장과 유성펜 구하기가 쉽지 않더군요. 경기장에서 선수들 응원할 때처럼 아내 이름을 반짝이게 하려고 고개를 숙인 채 메뉴 찾기에 몰두하고 있는데 입국장 게이트 쪽에서 누군가 "여보!" 하는 소리가 들렸습니다. 고개를 들어보니 아내였습니다. 당황스러운 마음을 급히 접고, 아내에게 달려갔습니다. 그러곤 환하게 웃고 있는 아내를 안았습니다. 비록 입국장을 나오는 아내의 모습을 찍진 못했지만, 그건 전혀 문제가 되지 않았습니다. 아내와 같이 찍은 사진을 가족 단톡방에 올려 '울 아들'과 딸에게 엄마와 아빠의 재회를 알렸습니다.

아내와 저는 재회한 후 8박 9일 동안 바르셀로나와 포르투갈의 '포르투(Porto)'를 여행했습니다. 사그라다 파밀리아 성당의 긴 역사와 웅장함, 그리고 포트(Port) 와인과 함께한 포르투의 야경은 아직도 눈에 선합니다. 아내와 동행하면서 30여 일의 외로움과 그리움 그리고 애틋함이 즐겁고 행복하며 낭만적인 시간으로 채워졌습니다. 제가 생각해도 참으로 극적인 연출이 아닐 수 없었습니다.

집에 돌아와서 몸무게를 재어 봤습니다. 정확한 숫자는 말씀드릴 수는 없지만, 한참 열심히 트라이애슬론 훈련할 때보다도 적게 나갔습니다. 중저가와 고가의 자전거와는 차이가 좀 있긴 합니다만. 자전거 타는 사람들끼리는 '자전거 무게 1kg 줄이는 데 100만 원이 든다'라는 말을 하곤 합니다. 저는 이번 여행으로 600만 원 이상을 벌었습니다. 여행 경비가 그 정도는 되지 않으니, 저는 꿩 먹고 알 먹고 한 겁니다. 좋은 시간도 보내고, 돈도 벌고….

나름 알찼던 38일간의 여행을 잠시 뒤돌아봅니다. 저에게 두 달 동안의 시간이 주어질 것이라는 얘기를 들었을 때부터 이번 여행을 준비했습니다. 하얀 도화지에 밑그림을 수도 없이 그려댔죠. 그러한 일련의 과정은 여행 출발을 앞두고서야 어쩔 수 없이 끝나게 됩니다.

여행 출발일이 다가오자 서서히 긴장되기 시작했습니다. 유경험자나 여행 중이신 분들이 당부하는 것들이 걱정거리로 다가오더군요. 그중에서 산티아고 순례길 도중에 만날 수도 있다는 '베드 버그'는 거의 공포 수준이었습니다. 출발 2~3일 전부터는 혼자 할 여행에 대한 자신감마저 뚝 떨어져 버리더군요. '지금이라도 여행을 포기하고, 우리나라에서 가 보지 못한 곳이나 둘러볼까?'라는 고민을 머리에서 쉽게 지울 수가 없었습니다. 여행 포기는 간단했습니다. 비행기나 여행 초기에 머물 숙소 예약의 취소 수수료만 물면 되었습니다. 그런데 그것보다는 여행에 대한 미련과 포기했을 때의 자책과 후회가 더 클 것 같았고 여행 간다고 동네방네 다 떠들어댔는데, 막상 가지 않으면 주변 사람들에게 면목도 서지 않을 것 같았습니다. 결국 '가서 며칠 견뎌 보다 정 힘들면 그땐 미련 없이 돌아오자. 그러니 일단 한번 가 보자'고 다짐하며 뒤숭숭했던 마음을 정리했습니다.

취리히 공항 도착 2시간 전에 저에게 찾아왔던 '멘탈 붕괴'는 아직도 기억에 남아 있습니다. 갑자기 심장이 두근거리며, 머릿속이 하얗게 텅 비어 버린 것 같았습니다. 공항에 내려 무엇부터 해야 할지 전혀 생각이 나질 않았습니다. 그때 옆 좌석의 두 자매분이 말을 걸어 주지 않았다면 혼자서 힘겨운 시간을 보냈을 겁니다.

스위스와 프랑스의 자전거 길 여행은 한마디로 외로움과 그리움의 시간이었습니다. 매일 보고 느꼈던 것들을 누군가에게 들려주고 싶은 간절함이 그때 생겼습니다. 그동안 써 오던 대로 일인칭 주인공 시점으로 여행기를 계속 썼다면 아마도 여행을 마무리하지 못했을지도 모릅니다. 글을 쓸 때뿐만 아니라 자전거를 타고 갈 때도 여러분께 많은 이야기를 들려드렸습니다. 그것이 적적하고 고요했던 저의 자전거 길을 버티게 했던 유일한 낙이자 여행을 계속하게 하는 힘이었습니다. 여러분 고마웠습니다.

혼자서 시간을 보내게 되면 자연스럽게 많은 생각을 하게 됩니다. 가족에 대한 그리움, 많은 추억과 후회 등 수많은 장면이 뇌리를 스쳐 갔습니다. 떠오르는 모든 회상과 그것에 대한 저의 솔직한 감정과 마음을 글로 옮겨 적고 싶었습니다. 만약 이번 기회에 그 이야기를 하지 못한다면 앞으로 영원히 하지 못할 것 같았고, 부끄러운 제 이야기도 중년의 길에 접어든 지금에서는 할 수 있다고 생각했습니다. 제 글을 읽을 아내와 아들딸뿐만 아니라 동생들, 알고 지내던 지인들에게 평소에 하지 못한 이야기를 이번 여행을 통해 모두 다 하고 싶었습니다. 그리고 대부분의 이야기를 했습니다. 사랑한다는 말이 절로 떠오를 때는 사랑한다고 했으며, 내면 깊숙이 자리 잡고 있었던 슬픔과 미안함도 모두 꺼냈습니다. '보고 싶다' 그리고 '미안하다'는 말과 함께 말입니다. 속 후련하고 행복한 시간이었습니다.

산티아고 순례길은 그야말로 고행의 시간이었습니다. 숙소에서 그리고 길에서 만난 많은 순례자가 저의 동행이 되어 주었기에 외로움을 덜 수 있었습니다. 하지만 제가 달려왔던 스위스와 프랑스 자전거 길에 비해 순례길은 나그네와 함께하기에는 버거운 길이 많았습니다. 첫날 피레네산맥을 넘고, 둘째 날 '용서의 언덕'을 오를 때는 정말 힘들었습니다. '용서의 언덕'을 오를 때는 봉크까지 와서 엄청 고생을 했죠. 하지만 그날도 예약해 둔 알베르게에 무사히 도착했습니다. 그건 아마도 그동안 철인3종경기를 통해 경험했던 인내와 지구력, 그리고 완주에 대한 의지 덕분인지도 모르겠습니다. 아침 7시에 3.8㎞의 수영을 시작으로, 180.2㎞의 자전거 그리고 마지막으로 42.195㎞의 마라톤을 해냈던, 몇 번의 경험이 없었다면 이번 자전거 여행은 어떻게 마무리되었을지 모르겠습니다.

바르셀로나 공항 입국장 앞에서 아내를 기다리며 보낸 시간은 행복, 그 자체였습니다. 한 달 남짓 떨어져 있으면서, 평소에 아내에게서 느끼지 못했던 많은 감정을 접하게 되었고, 함께 보내온 시간이 파노라마처럼 이어져 지나갔습니다. 아내와 함께한 바르셀로나와 포르투를 영원히 기억할 것입니다. 사그라다 파밀리아 성당이 완성된 모습도 같이 보고 싶고, 인생 최고의 낭만적인 밤을 보낸 도우루강변의 와인바에 다시 들러 포트와인을 마시며 야경과 함께 포르투의 날들을 회상하고 싶습니다. 아내는 며칠 뒤에 수술대에 오를 예정입니다. 여행 전에 이미 예정되어 있었습니다. 그것과는 상관없이 우리 부부는 바르셀로나와 포르투를 마음껏 즐겼습니다. 행복한 시간이었습니다. 10여 년 전처럼 우리 가족의 사랑과 함께 아내 곁에 제가 있을 겁니다.

귀국 다음 날, 아내는 출퇴근을 제 차로 했습니다. 제가 데려다주고 데리고 왔습니다. 그냥 그렇게 하고 싶었습니다. 엄마께 들러 좋아하시는 귤도 까 드리고, 병원 주변도 산책했습니다. 사랑하는 아들과 딸이 보고 싶어 학교로 찾아가기도 했습니다. 그리고 이번 여행 때 산, 각 도시의 마그네틱도 장식 판에 붙이고, 부모님과 함께한 산티아고 순례길의 인증서도 액자에 넣어 책상 앞에 달았습니다. 감사의 뜻으로 씨에리한테 보낼 그림엽서도 샀습니다. 엽서에 몇 자 적어 곧 보낼 예정입니다.

저는 다음 주에 일상으로 복귀를 합니다. 방학을 마치고 개학을 맞이하게 된 거죠. 그 전에 이번 여행을 마무리하기 위해 아침에 나그네와 함께 안민고개에 올라왔습니다. 어제 진해장애인복지관에서 자전거 여행 동안 나그네에게 묻어 있던 찌든 기름때를 복지관의 장애우들이 말끔히 청소해 주었습니다. 덕분에 나그네는 예전의 깔끔한 모습을 되찾았습니다.

이제는 여러분께도 이번 여행에 대한 작별을 고해야 할 시간이

다가온 것 같습니다. 몹시 아쉽고 서운합니다. 이번 여행을 통해 정말 고맙고 소중한 분들을 많이 만났습니다. 취리히행 비행기를 같이 타고 갔던 두 자매, 용 형과 마갈리 형수와 함께했던 리옹에서의 2박 3일, 씨에리가 저에게 베푼 배려와 진솔한 대화, 나그네를 정성껏 수리해준 앙트네, 많은 에어비앤비 숙소 주인들과 가족들, 순례길에서 만났던 많은 분들, 그리고 여러분입니다. 작별이 아쉬워 나그네와 같이 안민고개에 올라, 조용한 벤치에 앉아 글을 마무리하며 여러분께 인사를 드리고 싶었습니다. 그동안 너무나도 감사했습니다. 올여름은 역대 최고의 더위가 맹위를 떨칠 것이라고 합니다. 건강 잘 챙기시고, 여러분의 가정에 늘 행복이 함께하길 기원합니다.

철인의 자전거 그리고 산티아고

여행, 그 이후

여행을 마치고 돌아온 지 벌써 8개월이 되어 갑니다. 그새 해가 바뀌었습니다. 아내는 여행 복귀 후 수술을 무사히 받았으며, 재활을 꾸준히 한 덕분에 지금은 예전처럼 건강하게 잘 지내고 있습니다. 재활은 운동장 트랙을 걷는 것부터 시작했는데 3개월 후에는 저와 같이 뛸 정도로 몸이 많이 좋아졌습니다. 우리 부부가 더운 여름밤을 정말 핫하게 보낸 결과입니다.

씨에리의 추천으로 읽게 된『돈키호테』1권을 마무리했고, 2권을 읽고 있습니다. 다 읽은 후에는 씨에리에게 소감문을 보내기로 했습니다. 씨에리는 제가 소개해 준 우리 고전,『홍길동전』과『구운몽』을 모두 읽었습니다. 요새 짧은 한글 메시지를 저에게 보내기도 합니다.

프랑스 셍장에서 산티아고 순례길을 앞두고 필요 없는 짐들을 스페인 바르셀로나 우체국으로 부쳤습니다. 잘 도착했을 것이라 믿고 우체국에 갔을 때는 이미 프랑스 우체국으로 반송되어 우리 집으로 보낼 준비를 하고 있었습니다. 그 와중에 결국 저의 짐은 분실 처리가 되었고, 마갈리 형수와 씨에리가 우체국에 여러 번 연락을 주고받았지만 허사였습니다. 다른 것은 몰라도 용 형이 아내에게 전해 달라고 한 선물과 아내와 함께 마시려고 구매한 '상떼밀리옹'산 와인 한 병이 아직도 눈에 선합니다. 그나마 씨에리의 노력으로 보상금을 조금 받았습니다. 그 돈으로 씨에리에게 김치와 소주를 보내 줄 겁니다.

우리 형제는 10월 말에 있었던 '2019 ITU통영 국제트라이애슬론 월드컵대회' 릴레이 종목에 '멋진 4형제'라는 팀 이름으로 출전했습니다. 첫째 동생 혜란이가 수영 1.5㎞를 완영했고, 이어 제가 자전거로 40㎞를 질주하여 바통을 막내 영신이에게 넘겨주었습니다. 영신이는 10㎞를 최선을 다해 달렸습니다. 미리 마중을 나가 있다가 셋이서 함께 결승점을 통과했습니다. 잊지 못할 추억이 하나 더 탄생한 순간이었습니다. 열렬한 응원을 보내 준 여란이와 함께 4형제가 멋진 기념사진을 남겼습니다.

확 달라진 몸매는 다행스럽게도 유지하고 있고, 76번째 하프마라톤도 완주했습니다. 아내의 재활을 함께한 덕분입니다. 새로 투자한 옷이 아깝지 않게 체중은 계속해서 관리해 나갈 것입니다.

놀라운 반전은 아내에게도 일어났습니다. 12월에 있었던 31회 진주마라톤대회에서 아내는 '10㎞'를 거뜬히 완주했습니다. 제가 대회 참가를 계속 부추긴 덕분에 아내는 참가 결심을 하게 되었고, 매번 '부담스럽다'라는 말을 하면서도 열심히 연습한 성과였습니다. 제가 옆에서 함께 뛰며 힘이 되어 주었습니다. 이 모든 변화가 이번 여행에서 비롯된 것 같아 기쁩니다. 이젠 저의 글을 마무리할 때가 된 것 같습니다. 좋아하는 콘스탄티노스 카바피

철인의 자전거 그리고 산티아고

의 〈이타카〉의 일부를 옮기며, 작별 인사를 드립니다. 언제나 행복하세요. 감사합니다.


네가 이타카로 가는 길을 나설 때,
기도하라, 그 길이 모험과 배움으로 가득한
오랜 여정이 되기를

기도하라, 크나큰 즐거움과 크나큰 기쁨을 안고
미지의 항구로 들어설 때까지

설령 그 땅이 불모지라 해도,
이타카는 너를 속인 적이 없고,
길 위에서 너는 현자가 되었으니
마침내 이타카의 가르침을 이해하리라.

# 여행 정리와 정보

## 여행 일정

　우리나라에서의 경험을 바탕으로 자전거 타기 좋은 4월부터 여행하는 것이 좋다고 판단하였고, 한 달여 정도만 혼자 여행하고 나머지는 바르셀로나와 포르투를 같이 여행하자는 아내의 제안에 따라 전체 일정을 잡고 보니 자전거 여행 기간이 5주가량 되었다. 최종 목적지는 산티아고로 이미 낙점을 한 상태였기에 출발지만 결정하면 되었는데, 여러 욕심으로 특정 도시를 선택하기가 쉽지 않았다. 자전거의 천국이라는 네덜란드 암스테르담을 꼽기도 했지만, 4월 초부터 자전거를 타기에는 너무 기온이 낮았고, 스위스 산악지역도 마찬가지였다. 그렇다고 파리에서 출발하려니 프랑스 내륙 길만 타야 해서, 별로 구미가 당기지 않았다. 한편으로는 들르고 싶은 곳을 경로에 다 넣다 보니 여행 기간에 이동해야 할 거리가 너무 늘어나서 부담스러웠다. 따라서 선택과 집중이 필요했고, 여행의 주안점을 아래와 같이 먼저 설정했다.

- 자전거 여행을 위해 최소 영상 5도 이상의 경로를 택한다.
- 훈련이 아니라 여행이기에 무리한 욕심은 접는다.
- 산악, 평지, 해안 길을 두루 경험한다.
- 투르 드 프랑스(Tour de France, 세계 3대 자전거 레이스 대회 중의 하나) 구간을 조금이라도 맛보고 싶다.

철인의 자전거 그리고 산티아고

- 보르도에서 와인을 즐기는 여유도 갖고 싶다.
- 마지막으로 산티아고 순례자들의 모습을 지켜보고 싶다.

이 기준을 바탕으로 스위스 취리히에서 출발하는 여행 경로를 계획해보니 스위스 미텔랜드(Mittelland), 유로벨로(EuroVelo) 15, 6, 1, 그리고 3 자전거 길을 포함한 전체 거리가 3,500㎞ 이상 되었으며 산악지대의 경사 난이도를 고려했을 때 이 일정 역시 무리라고 판단되었다. 하는 수 없이 가감하게 경로를 수정하였다. 투르 드 프랑스 구간으로도 애용되는, 21개의 헤어핀을 가진 알프듀에즈(Alpe d'Huez)를 포기할 때는 무척 아쉬웠다. 결국, 프랑스 가는 김에 용형 부부도 만나고 가능한 유로벨로 자전거 길을 두루두루 경험하는 것이 좋을 것 같아 스위스에서 프랑스로 이동하는 미텔랜드, 용 형 부부가 사는 리옹으로 가는 유로벨로 17, 유럽 자전거 길의 대표 중 하나인 유로벨로 6, 대서양 해안을 달리는 유로벨로 1, 그리고 산티아고 순례길 순으로 최종 경로를 확정하게 되었다.

| 기간 | 자전거 길 | 구간 | 거리(km) | 국가 |
|---|---|---|---|---|
| 4/4 | 인천 ~ Zurich 항공기 이동 | | | |
| 4/05 ~ 4/08 | Mittelland | Zurich ~ Lausanne | 288 | 스위스 |
| 4/09 ~ 4/12 | EuroVelo 17 | Lausanne ~ Lyon | 318 | 스위스/프랑스 |
| 4/13 ~ 4/14 | Lyon 관광 및 Nevers 기차 이동 | | | |

| 기간 | 자전거 길 | 구간 | 거리(km) | 국가 |
|---|---|---|---|---|
| 4/15 ~ 4/21 | EuroVelo 6 | Nevers ~ Saint Brevin Les Pins | 642 | 프랑스 |
| 4/21 ~4/23 | EuroVelo 1 | Saint Brevin Les Pins ~ La Rochelle | 296 | 프랑스 |
| 4/24 ~ 4/26 | Bordeaux 관광 및 Saint Jean Pied de port 기차 이동 | | | |
| 4/27 ~ 5/09 | 산티아고 순례길 | Saint Jean Pied de port ~ Fisterra / Muxina | 940 | 프랑스/스페인 |
| 5/10 ~ 5/11 | 산티아고 관광 및 바르셀로나 항공기 이동 | | | |

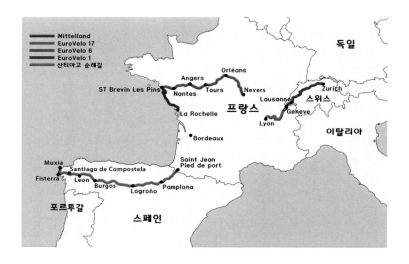

## 1. 미텔랜드 루트(Route 5)

스위스의 자전거 길은 velotouren.ch 사이트에서 확인할 수 있다. 사이트 회원 등록을 해야 더 많은 정보를 접할 수 있다. 사이트 참고 시 영어 번역 기능을 제공하는 구글 크롬을 사용하는 것이 편리하다.

철인의 자전거 그리고 산티아고

미텔랜드 루트(Mittelland Route)는 로만손(Romanshorn)에서 로 잔(Lausanne)까지 9개 구간으로 나누어져 있으며, 총거리는 370 ㎞다. 이번 여행에선 3구간(Winterthur - Baden)에 속하는 클로텐 (Kloten)에서 시작하여 로잔까지 탔다.

http://www.velotouren.ch/en에 접속해서 상단의 [Veloland] 메뉴를 선택하면 다양한 경로가 나타나며 그중에서 "Mittel-land-Route (Route 5)"을 선택하면 해당 정보를 구할 수 있다. 아 래는 미텔란트 루트로 바로 들어가는 주소이다.

http://www.velotouren.ch/de/veloland-schweiz/nationale-velo-routen/mittelland-route.html

각 구간의 링크를 클릭하면 구간의 GPS 파일을 다운로드할 수 있고, 'route map'을 클릭하면 SwizerlandMobility 앱에서 제공 하는 거리와 고도에 대한 정보도 확인할 수 있다. 아래는 velo-touren.ch에서 제공한 각 이동 경로의 거리와 소요시간을 정리 한 표이다. 소요시간은 평균 시속 15~20㎞로 생각하면 될 것 같 다. 간간이 짧은 오르막이 있기는 하지만 대부분 평지이며, 온화 한 분위기를 연출한다.

| 날짜 | 이동경로 | 거리(km) | 소요시간 |
|------|---------|---------|---------|
| 4/5 | Kloten - Baden | 30 | 2:00 |
| | Baden - Brugg - Aarau - Olten | 49 | 3:30 |
| | 소계 | 79 | 5:30 |
| 4/6 | Olten - Aarwangen - Wan-gen a.A. - Solothurn | 42 | 3:00 |
| | Solothurn - Altreu - Büren aA - Biel | 32 | 2:00 |
| | 소계 | 74 | 5:00 |
| 4/7 | Biel - Erlach - Ins | 33 | 2:30 |
| | Ins - Portalban - Estavayer - Yverdon | 51 | 3:30 |
| | 소계 | 84 | 6:00 |
| 4/8 | Yverdon - La Sarraz - Lausanne | 51 | 3:45 |
| 합계 | | 288 | 20:15 |

## 2. 유로벨로 17

유럽의 자전거 길을 유로벨로(EuroVelo)라고 하며, 최근에 유로벨로 19가 만들어져 유로벨로 시리즈는 전체 16개(EuroVelo 1~13, 15, 17, 19)로 늘어났다. 이 중 유로벨로 사이트(https://en.eurove-lo.com/ev17)에 실린, 유로벨로 17의 소개글을 옮기자면 아래와 같다.

스위스의 아름다운 산악마을인, 안데르마트(Andermatt)는 유로벨로 15의 시작점이자, 론(Rhone)강 자전거 길인 유로벨로 17의 시작점이기도 하다. 론강을 따라 1,100㎞ 이상을 달리면 프랑스의 지중해안에 도달하게 된다. 유로벨로 17 자전거 길은 유로벨로 시리즈 중에서 제일 짧은 경로지만, 알프스, 레만 호수(영어

철인의 자전거 그리고 산티아고

: 제네바 호수), 프로방스(Provence) 지방의 라벤더(lavender), 그리고 카마르그(Camargue)의 야생 백마 등을 포함한 문화와 경치 그리고 체험을 다양하게 즐길 수 있다.

참고로 유로벨로 15는 라인(Rhine)강을 따라 달리는 길이며, 네덜란드의 Hoek van Holland에서 끝난다. 여행을 준비하는 과정에서 이 구간을 여행하신 분의 블로그도 접할 수 있었다.

프랑스에서는 유로벨로 17을 ViaRhôna 라고 한다. 각 구간에 대한 설명과 GPS 파일은 아래의 프랑스 자전거 여행자 사이트 (https://en.francevelotourisme.com/cycle-route/viarhona)에서 다운로드할 수 있다.

이번 여행에서 유로벨로 17 자전거 길은 스위스 로잔에서 프랑스 리옹(Lyon) 구간을 달렸다. 아래는 en.francevelotourisme.com에서 제공하는 구간별 거리와 소요시간을 정리한 것이다. 로잔에서 제네바 구간의 거리와 소요시간은 미텔랜드 루트(Mittelland Route)를 위해 참고한, 스위스 자전거 길 사이트인 www.velotouren.ch에서 참고한 것이다.

유로벨로 17 자전거 길 일부만 탔기 때문에 프로방스의 라벤더나 카마르그의 백마는 보지 못했지만, 레만호숫가의 노랗게 물든 버드나무와 자전거로 넘은, 스위스와 프랑스 간의 국경만으로도 충분히 인상적이었다.

| 날짜 | 이동경로 | 거리(km) | 소요시간 |
|---|---|---|---|
| 4/9 | Lausanne - Morges - Nyon - Geneva | 70.0 | 5:30 |
| 4/10 | Geneva - Vulbens | 32.9 | 1:26 |
| | Vulbens - Seyssel | 27.3 | 1:48 |
| | Seyssel - Belley | 33.2 | 2:12 |
| | 소계 | 93.4 | 5:26 |
| 4/11 | Belley - Groslée | 40.0 | 2:39 |
| | Groslée - La Balme-les-Grottes | 51.8 | 3:27 |
| | 소계 | 91.8 | 6:06 |
| 4/12 | La Balme-les-Grottes - Jons | 36.1 | 2:24 |
| | Jons / Lyon | 26.4 | 1:45 |
| | 소계 | 62.5 | 4:09 |
| 합계 | | 317.6 | 21:11 |

## 3. 유로벨로 6

유럽의 자전거 길 중에서 가장 대표적인 것 중의 하나가 유로벨로 6이다. www.eurovelo.com은 이 자전거 길을 아래와 같이 소개하고 있다.

해안, 강, 성, 자전거 여행을 위한 인프라, 그리고 평평한 지형에 펼쳐진 약 4,400km의 유로벨로 6(대서양 - 흑해)은 유로벨로 시리즈 중에서 가장 인기 있는 자전거 길이며, 세계 자전거 여행자들의 로망이기도 하다. 루아르(Loire)강과 다뉴브(Danube)강변을 달리는 구간은 전 세계적으로도 유명하다.

유로벨로 6은 10개국(프랑스, 스위스, 독일, 오스트리아, 슬로바키아, 헝가리, 크로아티아, 세르비아, 루마니아, 불가리아)에 걸쳐 있으며, 이

철인의 자전거 그리고 산티아고

자전거 길에서 4개의 유네스코 문화유산을 만나볼 수 있고, 6개의 강을 따라 달릴 수 있다고 한다. 거리는 서두에 소개한 글에서는 4,400㎞로 되어있고, 다른 곳에서는 3,653㎞로 표기되어 있어 확인이 필요한 것 같다.

이번 여행에서는 7일간 느베르(Nevers)에서 유로벨로 6의 끝인 셍브레방(Saint Brevin Les Pins)까지 달렸다. 셍브레방에서 루아르강이 대서양과 만나는 것을 보았다. 프랑스에서는 유로벨로 6구간을 La Loire à vélo 라고 한다. 루아르강 자전거 길 정도로 해석할 수 있겠다. 마지막에 루아르강이 바다가 되는 모습도 인상적이었지만 루아르강과 함께 달린 것 자체가 좋았다. 잠시 스친 정도밖에 되진 않았지만, 오를레앙(Orléans), 투르(Tours), 낭트(Nantes) 등의 도시는 프랑스의 도시라고는 '파리' 정도밖에 모르고 있었던 나에게 적지 않은 문화적 충격을 안겨주었다. 자동차로 이들 도시마다 들러서 천천히 둘러볼 수 있는 시간을 가지는 것도 좋을 것 같다.

체력 안배 등을 이유로 하루 이동 거리를 비슷하게 맞추려 했지만 숙소 문제로 인해 그 편차가 다소 컸다. 덕분에 소뮈르(Saumur)에서 씨에리를 만나는 행운도 잡을 수 있었다. 우리나라 자전거 여행자 중에서도 이 구간을 달린 분들을 블로그를 통해 만나볼 수 있었는데 기회가 된다면 유로벨로 6의 모든 구간을 여유롭게 달려 보고 싶다.

자전거 길의 정보는 GPS 파일과 함께 아래 사이트에서 참고했다.

https://en.francevelotourisme.com/cycle-route/la-loire-a-velo-loire-valley-by-bike

아래 표는 이번 여행에서 경험한 유로벨로 6의 일부 구간(Nevers - Saint Brevin Les Pins)을 날짜별로 정리한 것이다. 소요시간은 위 en.francevelotourisme.com에서 제공한 참고 시간으로, 실제로 달려 보니 대부분 이 시간보다 더 소요되었다. 아마도 간단한 복장의 주말 자전거 여행자를 기준으로 산정한 시간인 것 같다. 난이도는 'Family'와 'Intermediate'로 되어있는데, Family는 대부분이 평지이고 노면도 깨끗한 길이며, Intermediate는 흙길이나 작은 자갈길 정도로 보면 된다.

| 날짜 | 이동경로 | 거리 (km) | 소요 시간 | 난이도 |
|------|----------|-----------|-----------|--------|
| 4/15 | Nevers / Cuffy | 13.4 | 0:53 | Family |
| | Cuffy / Marseilles-lès-Aubigny | 15.4 | 1:01 | Family |
| | Marseilles-lès-Aubigny / La Charité-sur-Loire | 11.9 | 0:47 | Family |
| | La Charité-sur-Loire / Pouilly-Sur-Loire | 13.0 | 0:52 | Family |
| | Pouilly-Sur-Loire / Couargues / Sancerre | 11.0 | 0:42 | Intermediate |
| | Sancerre / Beaulieu-Sur-Loire | 31.5 | 2:06 | Intermediate |
| | 소계 | 96.2 | 6:21 | |

철인의 자전거 그리고 산티아고

| 날짜 | 이동경로 | 거리 (km) | 소요 시간 | 난이도 |
|------|----------|-----------|-----------|--------|
| 4/16 | Beaulieu-Sur-Loire / Briare | 14.2 | 0:56 | Family |
|      | Briare / Gien | 12.3 | 0:49 | Intermediate |
|      | Gien / Sully-Sur-Loire | 28.5 | 1:52 | Intermediate |
|      | Sully-Sur-Loire / Germigny-des-Prés | 16.0 | 1:03 | Intermediate |
|      | Germigny-des-Prés / Jargeau | 13.0 | 0:50 | Family |
|      | Jargeau / Orléans | 20.7 | 1:23 | Family |
|      | 소계 | 104.7 | 6:53 | |
| 4/17 | Orléans / Saint-Hilaire-Saint-Mesmin | 12.6 | 0:51 | Family |
|      | Saint-Hilaire-Saint-Mesmin / Beaugency | 17.5 | 1:10 | Family |
|      | Beaugency / Muides-Sur-Loire | 16.0 | 1:03 | Family |
|      | Muides-Sur-Loire / Blois | 18.7 | 1:14 | Family |
|      | Blois / Chaumont-Sur-Loire | 20.5 | 1:21 | Family |
|      | Chaumont-Sur-Loire / Amboise | 19.0 | 1:15 | Family |
|      | Amboise / Montlouis-Sur-Loire | 15.5 | 1:01 | Family |
|      | Montlouis-Sur-Loire / Tours | 15.6 | 1:02 | Family |
|      | 소계 | 135.4 | 8:57 | |
| 4/18 | Tours / Villandry | 22.0 | 1:27 | Family |
|      | Villandry / Rigny-Ussé | 20.5 | 1:22 | Family |
|      | Rigny-Ussé / Candes-Saint-Martin | 24.0 | 1:35 | Intermediate |
|      | Candes-Saint-Martin / Saumur | 17.7 | 1:12 | Intermediate |
|      | 소계 | 84.2 | 5:36 | |

| 날짜 | 이동경로 | 거리 (km) | 소요 시간 | 난이도 |
|---|---|---|---|---|
| 4/19 | Saumur / Saint-Rémy-la-Varenne | 31.8 | 1:59 | Family |
| | Saint-Rémy-la-Varenne / La Daguenière | 13.3 | 0:53 | Family |
| | La Daguenière / Bouchemaine | 14.7 | 0:58 | Family |
| | Bouchemaine / Chalonnes-Sur-Loire | 19.7 | 1:18 | Family |
| | 소계 | 79.5 | 5:08 | |
| 4/20 | Chalonnes-Sur-Loire / Saint-Florent-Le-Vieil | 24.6 | 1:38 | Intermediate |
| | Saint-Florent-Le-Vieil / Champtoceaux | 24.5 | 1:35 | Family |
| | Champtoceaux / Mauves-Sur-Loire | 12.3 | 0:49 | Family |
| | Mauves-Sur-Loire / Nantes | 19.0 | 1:11 | Family |
| | 소계 | 80.4 | 5:13 | |
| 4/21 | Nantes / Le Pellerin | 24.6 | 1:38 | Intermediate |
| | Le Pellerin / Paimboeuf | 25.5 | 1:42 | Family |
| | Paimboeuf / Saint-Brevin-Les-Pins (EV6 끝) | 11.8 | 0:47 | Intermediate |
| | 소계 | 61.9 | 4:07 | |
| 합계 | | 642.3 | 42:15 | |

## 4. 유로벨로 1

www.eurovelo.com에 소개된 유로벨로 1(Atlantic Coast Route)의 내용은 아래와 같다.

유럽의 기나긴 서해안을 달리는 9,100㎞의 유로벨로 1 자전거 길에서 노르웨이의 장엄한 피오르, 아일랜드의 거친 해안선, 그

철인의 자전거 그리고 산티아고

리고 포르투갈의 따사로운 해변을 만나 볼 수 있다. 북적거리는 항구도시와 아늑한 어촌마을이 여행자의 마음을 유혹할 것이며, 여러 절경이 깊은 인상을 심어줄 것이다. 또한, 각 나라의 최고 해산물을 즐기는 것은 또 하나의 즐거움이다.

유로벨로 1은 6개국(노르웨이, 영국, 아일랜드, 프랑스, 스페인, 포르투갈)을 거친다. 영국 웨일스 구간에는 펨브로커셔 해안(Pembrokershire Coast) 국립공원이 포함되어 있다. 2017년 몽블랑(Tour de Mont Blanc) 트레킹 때 만난 웨일스 출신의 그레이함이 소개해 줘서 알게 되었다. 유럽 자전거 여행을 계획하는 과정에서 영국부터 유로벨로 1을 따라 스페인으로 가는 것도 고려해 보았지만, 장거리 자전거 여행 경험이 전혀 없는 상태에서 해상 이동을 3번이나 해야 하는 이 코스가 부담스러워 조금 망설이다 결국 단념했었다. 유로벨로 1은 산티아고 순례길 경로에도 포함되는 스페인 팜플로나(Pamplona)를 거치는데, 이곳을 지나다가 유로벨로 1의 이정표를 본 것 같다.

프랑스 느베르(Nevers)에서 시작한 유로벨로 6 자전거 길을 생 브레방에서 4월 21일에 끝내고, 그곳부터 곧장 남쪽으로 이어진 유로벨로 1을 따라 3일간을 달려 라로셸(La Rochelle)에 도착한 후, 아쉽지만 유로벨로 1을 끝냈다. 전장 9,100㎞ 중 프랑스 길만 겨우 296㎞ 남짓 달렸지만, 대서양을 곁에 두고 달렸다는 것만으로도 만족스러웠다. 그리고 그 구간에서 잠시 스쳤던 부왕(Bouin)을 비롯한 프랑스 도시들도 무척 인상 깊었다.

| 날짜 | 이동경로 | 거리 | 소요시간 | 난이도 |
|---|---|---|---|---|
| 4/21 | St-Brevin-les-Pins / Pornic | 39.5 | 2:38 | Intermediate |
| | Pornic / Les Moutiers-en-Retz | 15.6 | 2:15 | Intermediate |
| | Les Moutiers-en-Retz / Bouin | 18.3 | | Family |
| | 소계 | 73.4 | 4:53 | |
| 4/22 | Bouin / La Barre de Monts - Fromentine | 34.4 | 2:17 | Intermediate |
| | La Barre de Monts - Fromen-tine / Saint-Jean-de-Monts | 18.5 | 2:23 | Family |
| | Saint-Jean-de-Monts / Saint-Gilles-Croix-de-Vie | 17.3 | | Family |
| | Staint-Gilles-Croix-de-Vie / Brem-sur-Mer | 16.2 | | Intermediate |
| | Brem-sur-Mer / Les Sables d'Olonne | 20.9 | 2:28 | Intermediate |
| | 소계 | 107.3 | 7:08 | |
| 4/23 | Les Sables d'Olonne / Jard-sur-Mer | 25.5 | 2:56 | Family |
| | Jard-sur-Mer / La Tranche-sur-Mer | 18.5 | | Intermediate |
| | La Tranche-sur-Mer / St-Michel-en-l'Herm | 23.6 | 3:05 | Family |
| | St-Michel-en-l'Herm / Pont du Brault (Marans) | 22.5 | | Intermediate |
| | Pont du Brault (Marans) / La Rochelle | 25.5 | 1:42 | Intermediate |
| | 소계 | 115.6 | 7:43 | |
| 합계 | | 296.3 | 19:44 | |

라로셀까지 자전거 여행을 한 후, 기차로 보르도(Bordeaux)까지 이동하여 그곳을 하루 정도 둘러보았으며 다시 기차를 타고 바

철인의 자전거 그리고 산티아고

욘(Bayonne)을 거쳐 자전거 여행의 마지막 여정인, 산티아고 순례길을 여행하기 위해 셍쟝(Saint Jean Pied de Port)에 도착했다.

### 5. 산티아고 순례길을 자전거로

프랑스 셍쟝에서 스페인 산티아고(Santiago de Compostela)에 이르는, 산티아고 순례길의 프랑스 경로를 도보 순례자들의 길을 따라 '투어링(여행용)' 자전거로 간다는 것은 불가능에 가깝다. 수시로 멜바(자전거를 메고 가는 것)를 해야 하고, 끌바(자전거를 끌고 가는 것)는 선택이 아닌 거의 필수사항이다. 우리 지리산 둘레길이나 임도 산책길을 생각하면 될 것 같다. 걷는 이에겐 갑자기 나타난 깔딱고개가 조금 더 발품을 팔면 되는 길이라면, 라이더에겐 순간적인 기어 변속과 함께 적지 않은 압박감을 느끼게 하는 두려운 존재가 된다. 맨몸으로 MTB를 타고 싱글 코스를 타는 것으로 생각하면 되겠다. 그리고 경사가 심한 곳을 이야기하자면 진해 드림로드 끝 부근에 있는 만장대(약 1.1㎞, 경사도 - 평균 13%) 이상이었다. 그곳을 20㎞ 이상 되는 짐을 싣고 올라가기란 절대 만만하지가 않다.

순례길 라이딩은 '투어앤라이드(www.tournride.com)'에 있는 정보에 전적으로 의지했다. 이곳에서 순례길과 자전거 우회도로에 대한 안내, 그리고 GPS 파일도 구할 수 있다. 셍쟝에서 산티아고까지 14일간의 일정으로 자전거 길을 소개하고 있는데 각 구간에서 즐기고 감상할 주요 관광 포인트도 함께 제공된다. 투어앤라이드에서 제공하는 자전거용 GPS 경로 외에 바이크맵(www.bikemap.net)에서 이동 구간별로 국도를 이용하는 GPS 경로를 따로 준비했다. 컨디션이 좋지 않거나 기상이 좋지 않은 경우를 대비하기 위한 것이었다. 투어앤라이드에서 알려주는 우회도로도 노면이 좋지 않은 경우가 있었고, 너무 둘러 가는 곳도 있어서 따로 준비한 이 경로가 유용한 방비책이 되었다.

산티아고 순례길의 전체 라이딩 일정은 투어앤라이드에서 제안하는 14일보다 짧게 잡았다. 셍장에서 산티아고까지 11일, 이후 피스테라(Fisterra)와 무시아(Muxia)까지 2일, 전체 13일간의 일정이었다.

아래 표는 투어앤라이드에서 제공한 경로와 별도로 준비한 국도 위주의 경로 중에서 상황에 맞춰 이동하면서 가민 시계로 측정한 내용이다. 셍장에서 산티아고까지는 830㎞, 마지막 무시아까지는 930㎞였는데, 일부 구간에서는 출발과 함께 측정하지 못하여 전체 거리는 이보다 다소 길다고 보면 된다. 이동 시간은 순수 자전거를 탄 시간을 의미하고, 경과 시간은 측정 시작과 종료 사이의 시간으로써 이동 시간에 휴식 등이 포함된 시간을 의미한다. 매일 마지막 도착지의 경우(예: 4/28, Estella)는 숙소에 도착했을 때 측정 종료 버튼을 누른 것이다. 라이딩 사이에 점심 식사 등으로 짧은 휴식 이상의 시간이 필요할 경우, 그 시점에서 측정을 종료하고, 다시 출발할 때 새로 측정을 한 것이므로 각 구간의 거리와 경과 시간을 비교하여 시속 15㎞ 이하면 노면의 상태나 경사로 인해 상대적으로 힘든 구간인 것으로 간주하면 되겠다.

개별 내용은 'blog.naver.com/minssing97'의 블로그 항목 중 '산티아고 순례길을 자전거로 간다면'에서 가민 데이터 링크를 통해서 확인할 수 있고, 이동 경로를 담은 GPS 파일은 이메일(minssing97@naver.com)로 요청할 수 있다.


순례길 첫날, 생장을 출발하여 나폴레옹이 넘었다는 피레네산맥을 넘어 수비리(Zubiri)에 도착했는데 가민 시계로 측정한 바로는 획득 고도(누적 오르막)가 무려 1,209m이었다. 15㎞ 정도의 첫 구간은 15% 이상의 경사를 자랑하고 있었다. 우리나라에서는 이 정도의 경사와 거리가 있는 길은 없는 것으로 알고 있다. 훈토(Huntto)와 오리손(Orrisson)까지도 고된 오르막길인데 이후에는 비포장길의 등산로를 만났다.

2일 차에 넘었던 용서의 언덕(Alto de Pardon) 역시 고된 길이었다. 획득 고도 216m의 7.8㎞ 구간은 평이한 수준인 것으로 보이나, 투어링 자전거로는 감당하기 어려운 자갈길로 되어있다. 현지 라이더들은 맨몸으로 MTB를 타고 오르던데, 나는 계속 끌바를 해야만 했다. 물론 순례길이 모두 저런 길로만 되어있는 것은 아니다. 5월 2일과 같이 계속해서 평원을 달리는 구간도 있어, 순례길 패트롤을 자처하며 눈 앞에 펼쳐진 광활한 전경을 비교적 여유롭게 감상하기도 했다.

| 날짜 | 도착지 | 거리 (km) | 이동 시간 | 경과 시간 | 누적 오르막 | 누적 내리막 |
|---|---|---|---|---|---|---|
| 4/27 | Zubiri | 65.6 | 4:13:13 | 7:41:47 | 1209 | 1265 |
| 4/28 | Pamplona | 19.8 | 1:05:58 | 1:23:51 | 94 | 297 |
| | Alto de Perdon | 7.8 | 0:55:04 | 2:05:38 | 216 | 58 |
| | Estella | 32.6 | 2:11:20 | 2:38:35 | 361 | 672 |
| 4/29 | Logrono | 45.6 | 3:07:54 | 4:05:45 | 618 | 664 |
| | Najera | 30.2 | 2:22:09 | 3:10:31 | 381 | 301 |
| 4/30 | Santo Domingo de la Calzada | 21.5 | 1:47:18 | 2:20:26 | 238 | 134 |
| | Ages | 49.3 | 3:07:51 | 4:59:40 | 658 | 335 |
| 5/1 | Burgos | 18.6 | 0:47:40 | 0:49:29 | 19 | 146 |
| | Fromista | 65.9 | 3:58:35 | 6:31:11 | 364 | 489 |
| 5/2 | Camino de los Condes | 19.0 | 1:06:38 | 1:08:56 | 89 | 48 |
| | Sahagun | 38.8 | 2:12:57 | 2:38:08 | 210 | 232 |
| | El Burgo Ranero | 16.8 | 0:53:20 | 1:02:47 | 106 | 43 |
| | Mansilla de las Mulas | 28.4 | 1:00:12 | 1:15:40 | 42 | 108 |
| 5/3 | Leon | 17.6 | 1:04:19 | 1:10:19 | 120 | 96 |
| | Astroga | 82.3 | 3:10:28 | 4:33:12 | 339 | 297 |

철인의 자전거 그리고 산티아고

| | | | | | |
|---|---|---|---|---|---|
| 5/4 | Santa Colomba de Somoza | 28.7 | 2:41:29 | 3:21:16 | 671 | 44 |
| | Ponferrada | 21.7 | 1:02:44 | 1:09:40 | 100 | 1018 |
| | Villafranca del Bierzo | 22.1 | 1:24:55 | 1:48:39 | 182 | 179 |
| 5/5 | Pedrafita do Cebreiro | 27.4 | 3:03:49 | 3:45:51 | 803 | 88 |
| | Sarria | 43.9 | 2:34:31 | 3:18:18 | 366 | 1260 |
| 5/6 | Melide | 72.2 | 4:57:42 | 6:45:21 | 947 | 1075 |
| | Arzua | 13.1 | 1:01:54 | 1:13:22 | 205 | 304 |
| 5/7 | Santiago de Compostela | 39.0 | 2:42:20 | 3:03:08 | 488 | 629 |
| | Negreira | 18.7 | 1:36:50 | 1:58:50 | 343 | 412 |
| 5/8 | Mazaricos | 19.2 | 1:56:38 | 2:18:51 | 394 | 246 |
| | Dumbría | 11.6 | 0:57:45 | 1:06:23 | 174 | 241 |
| | Fisterra | 32.5 | 2:28:00 | 2:59:02 | 571 | 717 |
| 5/9 | Cee | 12.9 | 0:51:40 | 1:07:35 | 221 | 207 |
| | Muxia | 17.3 | 1:19:28 | 1:27:11 | 317 | 293 |
| 합계 | | 940.0 | 61:44:41 | 82:59:22 | 10,846 | 11,898 |

## 6. GPS 파일과 자전거 내비게이션 앱

지도를 보면서 이동하는 자전거 여행자들을 보긴 했지만 생소한 지역, 특히 외국에서의 라이딩에는 내비게이션이 필수다.

[GPS 파일 입수 및 생성]
GPS 경로 파일 대부분은 앞서 소개한 다양한 사이트에서 입수

하였으며, 산티아고 순례길 라이딩을 위해 국도 전용 경로를 만들 때나 자전거 길에서 제법 벗어난 숙소까지의 경로를 작성할 때에는 바이크맵을 이용하였다. 근거리 숙소로 이동할 때는 별도로 GPS 파일을 만들지 않고 구글 지도나 구루맵스(Guru Maps)의 내비게이션 기능을 사용했다.

### [GPS 파일 편집기]

입수한 GPS 파일(확장자 : *.gpx) 중에는 이동 방향이 반대로 설정된 것도 있어 방향을 변경했으며, 유로벨로 구간 중 일부 구간을 발췌하기도 했다. 이러한 후속 작업은 GPS 파일 편집기인 'GPS Track Editor v1.15.141'를 노트북에 설치해서 사용하였다.

### [구글 KMZ 파일을 GPS 파일로 변환]

구글 지도에서 KMZ 파일을 다운로드한 뒤 www.gpsvisualizer.com에 접속하여 〈Convert to GPS〉 메뉴를 선택한다. 해당 메뉴에서 KMZ 파일을 업로드하면 GPS 파일로 변환할 수 있다. 다수 개의 KMZ 파일을 함께 업로드하면 하나의 GPS 파일이 생성된다.

### [GPS 파일 관리 및 백업]

GPS 파일들은 구글 지도에서 개별 자전거 길마다 "새 지도"를 만든 후 업로드하여 전체 경로를 확인했다. 노트북에서 작성 또는 편집을 하였으며, 파일들은 휴대폰 2대와 구글 드라이브에 같이 백업하였다. 출발 전날 저녁이나 당일 아침 출발 전에 휴대폰에서 GPS 파일을 확인했으며, 현지에서 갑작스럽게 노트북에서 만들 파일은 구글 드라이브를 통해서 휴대폰으로 내려받아 사용하였다.

**[내비게이션 앱]**

이번 여행에서는 이용자 수가 제일 많은 것 중의 하나로 알려진 구루맵스를 두 대의 휴대폰(한 대는 예비용)에 설치하여 이용하였다. 내비게이션 기능은 전체적으로 만족스러웠고, 전지 용량 제한으로 인해 보통 점심 무렵부터는 충전기에 연결하여 사용하였다.

## 7. 숙박

낮은 기온으로 여행 전에 야영을 포기했기 때문에 스위스와 프랑스에서는 적정거리로 판단한, 하루 평균 80~100㎞ 간격의 숙소를 구하기가 어려워서 4월 17일은 오를레앙에서 투르까지 130㎞ 이상을 달리기도 했다. 산티아고 순례길 구간은 곳곳에 '알베르게'가 있어 사전에 예약만 한다면 숙소 잡기는 상대적으로 쉬웠다.

스위스와 프랑스의 숙소는 대부분 에어비앤나(airbnb)와 부킹닷컴(Booking.com) 앱을 이용하여 비앤비(Bed & Breakfast) 숙소를 주로 예약했는데, 상대적으로 외곽 지역이었던 이브레동(Yverdon)에서는 별장 같은 단독 주택에서 하룻밤을 보내기도 했다. 비앤비의 숙박비는 평균 35€ 유로였고, 별채로 된 주택의 경우 60€ 수준이었다. 자전거 길에서 수 ㎞ 이상 벗어난 곳에 숙소가 있었던 4월 15일의 Beaulieu Sur Loire의 경우 자전거 길을 마치고 숙소로 이동하는 것이 더 고역이었다.

산티아고 순례길의 경우, 'Camino Pilgrim' 앱으로 자전거를 보관할 수 있는 곳 중에서 시설이 상대적으로 깨끗한 사설 알베르게를 주로 이메일로 예약하였으며, 숙박비는 평균 10€였다.

## 8. 준비물

### [우중 라이딩]

우중 라이딩을 대비해 우의를 가져갔고, 간간이 소량의 비가 내릴 때 마라톤대회에서 지급하는 체온 보온용 비닐을 입었는데 우중 라이딩뿐만 아니라 찬 맞바람이 불 때 득을 크게 봤다. 특히 우중 라이딩 때에는 시야 확보를 위해 챙모자는 필수이며, 신발(트레일화)은 젖으면 쉽게 마르지 않기 때문에 레인 슈즈 커버를 사용했다. 랙팩은 방수가 되지만 추가적인 방수 효과와 청결 유지를 위해 대형 비닐을 랙팩에 먼저 넣은 후 비닐 안에 물품들을 담았다.

철인의 자전거 그리고 산티아고

[체온 보호]

보온성이 좋고 땀이 빨리 마르는 아웃윗(Outwet) 상의 속옷과 허벅지 압박 효과가 있는 스포츠용 짧은 타이츠를 종아리 압박 스타킹(Galf guard)과 함께 늘 착용했다.

비상시 체온 유지를 위해 알루미늄 담요를 준비했고, 휴식시간 동안 젖은 땀에 의해 체온이 내려가지 않게 짧은 패딩을 입고 비니를 썼다. 아침 라이딩 때는 겨울용 장갑을 껴도 손끝이 시리기 때문에 장갑 안에 일회용 위생 장갑을 끼었다.


[물과 비상 약품 등]

충분한 물을 보유하기 위해 다운 튜브에는 1.5ℓ, 생수통을 꽂을 수 있는 케이지(거치대)를 설치했고, 앞 포크 양쪽에 0.7ℓ짜리 물통 두 개를 꼽고 다녔다.

비상 약품과 함께 체력 유지를 위해 강황과 마늘 캡슐 등의 건강보조제를 복용했으나, 산티아고 순례길의 숙소에서 조심해야 하는 '베드 버그' 방지를 위한 약은 따로 준비하지 않았다. 사전 조사에 따르면, 우리나라에서 미리 베드 버그 치료 약을 처방받아 여행한 이도 있었다. 한 달 치 분량의 건강보조제가 모두 떨어져 순례길 중간 즈음의 프로미스타(Fromista)에서 영양제를 추가로 구매했다.

**[위탁 수화물로 보낼 수 없는 자전거 관련 물품]**

인화성 물질인 펑크 수리용 접착제는 위탁 수화물로 보낼 수 없다. 체인 오일은 제조사로부터 물질안전보건자료(MSDS)를 이 메일로 신청해서 받은 후, 탑승 전까지 항공사에 탑재 가능 여부를 문의해야 한다. 이 절차에 따라 다른 여행자가 위탁 수화물로 가지고 갔던 제품이라도 본인이 MSDS를 지참하지 않으면 탑재가 불가하다.

참고로 캠핑용 가스통도 수화물로 운송할 수 없으므로 여행 중에 캠핑용품점에서 구매하였다. 구매할 때는 우리나라에서 주로 사용되는 가스통(gas cartridge) 타입인 screw thread 방식인지 확인할 필요가 있다.

| 구분 | | 항목 |
|------|------|------|
| 필수 준비물 | | 여권, 항공 이티켓, 여행자보험, 지갑, 복대, 현금, 카드, 유심(추출핀 포함) |
| 전자/전기 기기 | | 휴대폰(삼각대 포함), 라이딩용 휴대폰(예비폰), 시계(가민Finix 3), 건전지/충전기 세트, 멀티어댑터 |
| 휴대폰앱 | 자전거 | Guru Maps, MAPS.ME, Bikemap |
| | 숙소/교통 | 에어비앤비, Booking.com / ZVV(스위스 교통앱) |
| 자전거 | 장비 | 자전거, 헬맷, 헬멧 커버, 선글라스, 자전거, 랙팩(40L), 리어 패니어 가방(30L, 2개), 핸들바 가방, 휴대폰 거치대, 후레쉬 거치대, 물통 케이지(3), 물통(2) |
| | 공구/예비품 | 스패너(페달), 크기별 렌치, 예비 5mm 나사, 멀티툴, 펑크패치, 튜브(2), 자전거 스트링, 브레이크 패드(2쌍) |
| | 우중 라이딩 | 체온 보호용 비닐(2), 레인 슈즈 커버, 일회용 위생 장갑, 우의(상, 하), 자전거 방수 커버 |

철인의 자전거 그리고 산티아고

| | | |
|---|---|---|
| 의류 | | 바람막이 재킷, 방수 재킷, 반소매 경량패딩, 긴 저지(2), 짧은 저지(1), 등산 티, 짧은 상의(2), Outwet, 등산바지, 짧은 타이츠(2), 레그 워머, Calf guard, 동계용 장갑, 긴 장갑(2), 짧은 장갑(2), 신발(트레일 런닝화), 챙모자, 비니, 버퍼(3), 팬티(2), 양말(3) |
| 침구류 | | 침낭, 그라운드시트 |
| 조리 | | 코펠(2), 소형 버너(2), 프라이팬, 수저 세트, 맥가이버칼, 소형 가위, 라면(3), 육포, 누룽지 |
| 세면 및 빨래 도구 | | 치약(소)/칫솔, 비누(소)/샴푸, 면도기, 때수건, 수건/스포츠수건, 로션 |
| 의약품 | 비상약 | 소독약, 감기약, 소염진통제, 소화제, 지사제, 동전 파스, 호빵맨 동전 파스 |
| | 보조용 | 스포츠 테이프, 압침봉, 강황, 마늘 캡슐, 건강보조제 |
| 기타 | | 대형 비닐봉지(5), 슬리퍼, 물티슈(2), 목장갑(3), 손톱깎이 |

## 9. 기타

여행 준비 과정부터 준비한 다른 내용은 여행기와 블로그 (blog.naver.com/minssing97)의 카테고리 [해외여행 - 유럽 자전거 여행 준비] 등에서 참조할 수 있으며, 추가 질의 역시 블로그를 통해 할 수 있다.

4th 자전거, 알톤 '투어로드'의 첫 실전 라이딩
자전거 포장, 이송 @김해공항
핸들 바 가방 & 랙팩
자전거용 오프라인 GPS 내비게이션 앱
테스트 라이딩@안민고개

몸 만들기: 부족한 근력 강화

자전거 탑재를 포함한 프랑스 기차 예약하기

프랑스 기차 타기

산티아고에서 자전거 포장(www.elvelocipedo.com)과 소포로

보내기(여행기 5월10일 내용 참조)

철인의 자전거 그리고 산티아고